T0010317

ALMA CLÁSICOS ILUSTRADOS

Ilustrado por
Sebastián Cabrol

Títulos originales: *The Apparition of Mrs Veal, The Signal Man, Les Tombeaux de Saint-Denis, Le Pied de momie, Young Goodman Brown, The Rats in the Walls, The Tomb, Rip van Winkle, Sir Edmund Orme, Le Monstre vert, The Dream, Schalken the Painter,* Семья вурдалака.

www.editorialalma.com

 @almaeditorial

Diseño de la colección: lookatcia.com
Diseño de cubierta: lookatcia.com
Maquetación y revisión: LocTeam, S.L.

ISBN: 978-84-18008-98-6
Depósito legal: B120-2021

Impreso en España
Printed in Spain

Este libro contiene papel de color natural de alta calidad que no amarillea (deterioro por oxidación) con el paso del tiempo y proviene de bosques gestionados de manera sostenible.

ÍNDICE

ANTOLOGÍA
DE
RELATOS
DE
MIEDO

PRÓLOGO

> Si bien es cierto que este mundo visible parece hecho de amor, no parece menos cierto que las esferas invisibles fueron creadas en el terror.
>
> HERMAN MELVILLE, *Moby Dick*

Querido lector:

Si has llegado hasta estas páginas es porque eres uno de los nuestros y disfrutas con ciertas emociones: el horror, el misterio, la incertidumbre... así que prepárate, porque este volumen reúne una incomparable selección de relatos escalofriantes con los que experimentarás el placer inmenso de sentir mucho miedo.

Se suele considerar la segunda mitad del siglo XIX y el primer tercio del XX como la edad de oro indiscutible del cuento de terror. La novela gótica ya estaba asentada como un género popular. Además, el Romanticismo favoreció la proliferación de escenarios agrestes terroríficos, leyendas populares reconvertidas en nuevos arquetipos del género y la sensación de que, frente a las luces de la razón y la Revolución Industrial, existía un resquicio para la incertidumbre, lo irracional y lo tenebroso. La ciencia era capaz de proporcionarnos un hombre nuevo, pero el terror se encargaba de recordarnos lo peligroso que era jugar a ser Dios y lo insignificantes que resultábamos ante unas fuerzas que escapaban a nuestra comprensión. En un contexto de auge de la literatura popular, Edgar Allan Poe disparó de manera exponencial las ventas y el interés del gran público por el género, y renovó su lenguaje narrativo.

Este es el contexto histórico y social en el que nace la literatura de terror, pero en esta recopilación hemos querido seleccionar relatos de épocas y autores muy diversos que demuestran el éxito del género y reflejan su variedad tanto geográfica como temporal.

Por un lado, si bien no cabe duda de que el terror gótico tiene un origen británico, que los autores estadounidenses recogieron el testigo de la creatividad hacia finales del siglo XIX y que siempre ha habido escritores franceses muy destacables, ¿se corresponden el anglocentrismo y el francocentrismo con la realidad del género? Este volumen demuestra que no, pues se incluyen autores de nacionalidades muy diversas. Por otro, estas 17 historias abarcan más de 200 años, los que median entre *La aparición de la señora Veal,* de Daniel Defoe (1706) y *Thanatopia,* de Rubén Darío (1925).

Darío, adscrito al modernismo literario, le confiere una profundidad insólita a una historia que en otras manos habría sido poco más que una anécdota truculenta. Conjuga a la perfección el dominio del lenguaje para crear una atmósfera inquietante, a la manera de la tradición gótica o la pintura prerrafaelita, y, en una vuelta de tuerca magistral, remata la narración con un giro temático que al mismo tiempo resume el terror decimonónico y anticipa el terror posmoderno de finales del siglo XX y principios del XXI. Ello contrasta con el relato de Daniel Defoe, que tiene más de pieza breve de teatro que de narración propiamente dicha y no termina de aclarar si existe elemento sobrenatural o no: el carácter terrorífico de la historia queda sujeto a la interpretación del lector, quien, de todos modos, se ha llevado un buen susto. Aunque entre ambos enfoques media todo un mundo, comparten un elemento común a toda la antología: más que ajustarse a las convenciones genéricas del terror, lo que predomina es la sensación de miedo y angustia, hecho que deriva de recopilar historias escritas antes de que el género de terror fuera consciente de su propia existencia. Defoe inspira más miedo que terror porque este aún no tiene un lenguaje propio y, al igual que sucedía en las historias fantásticas o de ciencia ficción que resultaban ser sueños del narrador, todavía no sabe que es terror, pues el género aún no existe como tal. Por el contrario, Rubén Darío ha estado en el centro de las tendencias del momento, bebe tanto de la tradición francesa como de la británica y entrega una obra en la que la puesta al día de los lugares comunes del género es inseparable de una revolución estilística que nos permite hablar de un puente entre el gótico que declinaba y lo posmoderno que se adivinaba en el horizonte; que escribiera su relato en los mismos años en que Bram Stoker redactaba *Drácula,* la novela que cambió el terror para siempre, no es casualidad, sino parte del mismo fenómeno.

La presente antología nace, pues, como un punto de encuentro destinado a hacer disfrutar a lectores de todos los países y con todo tipo de gustos literarios, pero unidos por un elemento común: la pasión por las historias de miedo. Estos 17 relatos de vampiros, muertos vivientes, fantasmas, visitas demoníacas y monstruos que acechan en las almohadas nos hacen temblar de miedo y, al mismo tiempo, nos atrapan e impiden abandonar la lectura.

¡Atrévete a temblar, sufrir y disfrutar!

EL EDITOR

LA MUJER ALTA

PEDRO ANTONIO DE ALARCÓN

I

—¡Qué sabemos! Amigos míos..., ¡qué sabemos! —exclamó Gabriel, distinguido ingeniero de montes, sentándose debajo de un pino y cerca de una fuente, en la cumbre del Guadarrama, a legua y media de El Escorial, en la línea divisoria de las provincias de Madrid y Segovia. Conozco el sitio, la fuente y el pino, y me parece estar viéndolos, pero su nombre se me ha olvidado—. Sentémonos, como es de rigor y está escrito..., en nuestro programa, a descansar y hacer por la vida en este ameno y clásico paraje, famoso por la virtud digestiva del agua de ese manantial y por los muchos borregos que aquí se han comido nuestros ilustres maestros don Miguel Rosch, don Máximo Laguna, don Agustín Pascual y otros grandes naturalistas; os contaré una rara y peregrina historia en comprobación de mi tesis..., reducida a manifestar, aunque me llaméis oscurantista, que en el globo terráqueo ocurren todavía cosas sobrenaturales: esto es, cosas que no caben en la cuadrícula de la razón, de la ciencia ni de la filosofía, tal y como hoy se entienden (o no se entienden) semejantes «palabras, palabras y palabras», que diría Hamlet...

Le enderezaba Gabriel este pintoresco discurso a cinco sujetos de diferente edad, pero ninguno joven, y solo uno entrado ya en años; también ingenieros de montes tres de ellos, pintor el cuarto y un poco literato el quinto. Todos ellos habían subido con el orador, que era el más pollo, en sendas burras de alquiler, desde el Real Sitio de San Lorenzo, a pasar aquel día herborizando en los hermosos pinares de Peguerinos, cazando mariposas por medio de mangas de tul, cogiendo coleópteros raros bajo las cortezas de los pinos enfermos y comiéndose una carga de víveres fiambres pagados a escote.

Todo esto sucedió en 1875, y era en el rigor del estío; no recuerdo si el día de Santiago o el de san Luis... Me inclino a creer que en el de san Luis. En todo caso, en aquellas alturas disfrutábamos de un fresco delicioso, y el corazón, el estómago y la inteligencia funcionaban allí mejor que en el mundo social y la vida ordinaria.

Cuando los seis amigos se hubieron sentado, Gabriel siguió hablando de esta manera:

—Creo que no me tacharéis de visionario... Por fortuna o por desgracia, soy, digámoslo así, un hombre a la última, nada supersticioso, y tan positivista como el que más, bien que incluya entre los datos positivos de la Naturaleza todas las misteriosas facultades y emociones de mi alma en materias de sentimiento... Pues bien: a propósito de fenómenos sobrenaturales o extranaturales, oíd lo que yo he oído y ved lo que yo he visto, aun sin ser el verdadero héroe de la singularísima historia que voy a contar; y decidme enseguida qué explicación terrestre, física, natural, o como queramos llamarla, puede darse a tan maravilloso acontecimiento.

»El caso fue como sigue... ¡A ver! ¡Echad una gota, que ya se habrá refrescado el pellejo dentro de esa bullidora y cristalina fuente, colocada por Dios en esta pinífera cumbre para enfriar el vino de los botánicos!

II

—Pues, señor, no sé si habréis oído hablar de un ingeniero de caminos llamado Telesforo X..., que murió en 1860...

—Yo no...

—¡Yo sí!

—Yo también: un muchacho andaluz, con bigote negro, que estuvo a punto de casarse con la hija del marqués de Moreda... y que murió de ictericia.

—¡Ese mismo! —continuó Gabriel—. Pues bien: mi amigo Telesforo, medio año antes de su muerte, era todavía un joven brillantísimo, como se dice ahora. Guapo, fuerte, animoso, con la aureola de haber sido el primero de su promoción en la Escuela de Caminos, y acreditado ya en la práctica por la ejecución de notables trabajos, se lo disputaban varias empresas particulares en aquellos años de oro de las obras públicas, y también se lo disputaban las mujeres casaderas o mal casadas, y, por supuesto, las viudas impenitentes, y entre ellas alguna muy buena moza que... Pero la tal viuda no viene ahora a cuento, pues a quien Telesforo quiso con toda formalidad fue a su ya mencionada novia, la pobre Joaquinita Moreda, y lo otro no pasó de un amorío puramente usufructuario.

—¡Señor don Gabriel, cíñase al asunto!

—Sí..., sí, me ceñiré al asunto, pues ni mi historia ni la controversia pendiente se prestan a chanzas ni donaires. Juan, échame otro medio vaso... ¡Pero qué bueno está este vino! Conque atención y poneos serios, que ahora comienza lo luctuoso.

Como bien sabréis quienes la conocisteis, Joaquina murió de repente en los baños de Santa Águeda al fin del verano de 1859. Yo estaba en Pau cuando me dieron tan triste noticia, que me afectó de manera muy especial debido a la íntima amistad que me unía a Telesforo. Solo había hablado una vez con ella, en casa de su tía la generala López, y por cierto que aquella palidez azulada, propia de las personas que padecen un aneurisma, me pareció indicio de mala salud. Pero, en fin, la muchacha poseía distinción, hermosura y garbo en abundancia. Como, además, era hija única de título, y de título que llevaba aparejados algunos millones, comprendí que mi buen matemático estaría inconsolable... Por tanto, no bien estuve de regreso en Madrid, a los quince o veinte días de su desgracia, fui a verlo una mañana muy temprano a su elegante habitación de mozo de casa abierta y de jefe de oficina, en la calle del Lobo... No recuerdo el número, pero sí que era muy cerca de la carrera de San Jerónimo.

Vi al joven ingeniero, sumido en la tristeza, si bien con gesto serio y en apariencia dueño de su dolor. Pese a lo temprano de la hora, trabajaba ya con sus ayudantes en no sé qué proyecto de ferrocarril. Vestía de luto riguroso. Me estrechó en un cálido abrazo y por largo rato, sin lanzar ni el más leve suspiro. Le dio enseguida algunas instrucciones sobre el trabajo pendiente a uno de sus ayudantes, y me condujo, en fin, a su despacho particular, situado al extremo opuesto de la casa, diciéndome por el camino con acento lúgubre y sin mirarme:

—Cuánto me alegro de que hayas venido... Muchas veces te he echado de menos en el estado en que me hallo... Me sucede algo muy peculiar y extraño, que solo un amigo como tú podría oír sin considerarme un imbécil o un loco, y acerca de lo cual necesito oír alguna opinión serena y fría como la ciencia. Siéntate —añadió, cuando hubimos llegado a su despacho—, y no temas en modo alguno que vaya a angustiarte describiéndote el dolor que me aflige, y que durará tanto como mi vida... ¿Para qué? ¡Tú te lo figurarás fácilmente a poco que entiendas de cuitas humanas, y yo no quiero ser consolado ni ahora, ni después, ni nunca! De lo que te voy a hablar con el detenimiento que requiere el caso, o sea tomando el asunto desde su origen, es de una circunstancia horrenda y misteriosa que ha servido como de agüero infernal a esta desventura, y que causa desazón a mi espíritu hasta un extremo que te dará espanto...

—¡Habla! —respondí yo, comenzando a sentir, en efecto, no sé qué arrepentimiento por haber entrado en aquella casa, al ver la expresión de cobardía que se pintó en el rostro de mi amigo.

—Oye... —repuso él, enjugándose la sudorosa frente.

III

No sé si por fatalidad innata de mi imaginación, o por vicio adquirido al oír alguno de aquellos cuentos de vieja con que de manera tan imprudente se asusta a los niños en la cuna, el caso es que desde mis tiernos años no hubo cosa que me causase tanto horror y susto, ya me la figurara para mí mismo, ya me la encontrase en realidad, como una mujer sola, en la calle, a altas horas de la noche.

Te consta que nunca he sido cobarde. Me batí en duelo, como cualquier hombre decente, en cierta ocasión en que fue necesario, y recién salido de la Escuela de Ingenieros, la emprendí a palos y a tiros en Despeñaperros con mis sublevados peones, hasta que los reduje a la obediencia. Toda mi vida, en Jaén, en Madrid y en otros lugares, he andado a deshora por la calle, solo, sin armas, atento tan solo al cuidado amoroso que me hacía velar, y si por acaso he topado con bultos de mala catadura, fueran ladrones o simples perdonavidas, a ellos les ha tocado huir o echarse a un lado, dejándome libre el mejor camino... Pero si el bulto era una mujer sola, parada o caminando, y yo iba también solo, y no se veía más alma viviente por ningún lado... entonces (ríete si se te antoja, pero créeme) se me ponía la carne de gallina, y unos vagos temores asaltaban mi espíritu. Pensaba en almas del otro mundo, en seres fantásticos, en todas las invenciones supersticiosas que me hacían reír en cualquier otra circunstancia, y apretaba el paso, o me volvía atrás, sin que ya se me quitara el susto ni pudiera distraerme ni un momento hasta que me veía dentro de mi casa.

Una vez en ella, me echaba también a reír, avergonzado de mi locura. Me consolaba al pensar que no la conocía nadie. Allí me daba cuenta fríamente de que, pues yo no creía en duendes, ni en brujas, ni en aparecidos, nada había debido temer de aquella flaca hembra, a quien la miseria, el vicio o algún accidente desgraciado tendrían a tal hora fuera de su hogar, y a quien más me habría valido ofrecer auxilio por si lo necesitaba, o dar limosna si me la pedía... Con todo, se repetía la deplorable escena cuantas veces se me presentaba otro caso igual, ¡y cuenta que ya tenía yo veinticinco años, muchos de ellos de aventurero nocturno, sin que jamás me hubiese ocurrido lance alguno penoso con las tales mujeres solitarias y trasnochadoras!... Pero en fin, nada de lo dicho llegó nunca a adquirir verdadera importancia, pues aquel pavor irracional se me disipaba siempre en cuanto llegaba a mi casa o veía otras personas en la calle, y ni tan siquiera lo recordaba a los pocos minutos, como no se recuerdan las equivocaciones o necedades sin fundamento ni consecuencia.

Así las cosas, hace casi tres años (por desgracia, tengo varios motivos para poder fijar la fecha: ¡la noche del 15 al 16 de noviembre de 1857!) volvía yo, a las tres de la madrugada, a aquella casita de la calle de Jardines, cerca de la calle de la Montera, en que recordarás que vivía por entonces... Acababa de salir, a hora tan avanzada, y con un tiempo feroz de viento y frío, no de ningún nido amoroso, sino de (te lo diré, aunque te sorprenda) una especie de casa de juego, no conocida bajo este nombre por la policía, pero donde ya se habían arruinado muchas gentes, y a la cual me habían llevado a mí aquella noche por primera y última vez. Sabes que nunca he sido jugador; entré allí engañado por un mal amigo, en la creencia de que todo iba a reducirse a trabar conocimiento con ciertas damas elegantes, de virtud equívoca (*demi-monde* puro), so pretexto de jugar algunos maravedíes al enano, en mesa redonda, con faldas de bayeta; y el caso fue que a eso de las doce comenzaron a llegar nuevos tertulios, que iban del Teatro Real o de salones verdaderamente aristocráticos, y se cambió de juego, y salieron a relucir monedas de oro, después billetes y luego bonos escritos con lápiz, y yo me enfrasqué poco a poco en la selva oscura del vicio, llena de fiebres y tentaciones, y perdí todo lo que llevaba, y todo lo que poseía, y aun quedé debiendo un dineral... con el pagaré correspondiente. Es decir, que me arruiné por completo, y que, sin la herencia y los grandes negocios que tuve enseguida, mi situación habría sido muy angustiosa y apurada.

Volvía yo, digo, a mi casa aquella noche, tan a deshora, yerto de frío, hambriento, con la vergüenza, y el disgusto que puedes suponer, pensando, más que en mí mismo, en mi anciano y enfermo padre, a quien tendría que escribir pidiéndole dinero, lo cual no podría menos de causarle tanto dolor como asombro, pues me consideraba en muy buena y desahogada posición, cuando, a poco de entrar en mi calle por el extremo que da a la de Peligros, y al pasar por delante de una casa recién construida de la acera que yo llevaba, advertí que en el hueco de su cerrada puerta estaba de pie, inmóvil y rígida, como si fuese de palo, una mujer muy alta y fuerte, como de sesenta años de edad, cuyos malignos y audaces ojos sin pestañas se clavaron en los míos como dos puñales, mientras que su desdentada boca me hizo una mueca horrible por vía de sonrisa...

El propio terror o delirante miedo que se apoderó de mí al instante me dio no sé qué percepción maravillosa para distinguir de golpe, o sea en dos segundos que tardaría en pasar rozando con aquella repugnante visión, los pormenores más ligeros de su figura y de su traje. Voy a ver si coordino mis impresiones del modo y forma que las recibí, y tal y como se grabaron para siempre en mi cerebro a la mortecina luz del farol que alumbró con infernal relámpago tan fatídica escena.

Pero me excito demasiado, ¡aunque no sin motivo, como verás más adelante! Descuida, sin embargo, por el estado de mi razón... ¡Todavía no estoy loco!

Lo primero que me chocó en aquella que denominaré *mujer* fue su elevadísima talla y la anchura de sus descarnados hombros; luego, la redondez y fijeza de sus marchitos ojos de búho, la enormidad de su saliente nariz y la gran mella central de su dentadura, que convertía su boca en una especie de oscuro agujero, y, por último, su traje de mozuela del Avapiés, el pañolito nuevo de algodón que llevaba a la cabeza, atado debajo de la barba, y un diminuto abanico abierto que tenía en la mano, y con el cual se cubría, afectando pudor, el centro del talle.

¡Nada más ridículo y tremendo, nada más irrisorio y sarcástico que aquel abaniquillo en unas manos tan enormes, sirviendo como de cetro de debilidad a giganta tan fea, vieja y huesuda! Igual efecto producía el pañolejo de vistoso percal que adornaba su cara, comparado con aquella nariz de tajamar, aguileña, masculina, que me hizo creer un momento (no sin regocijo) si se trataría de un hombre disfrazado... Pero su cínica mirada y asquerosa sonrisa eran de vieja, de bruja, de hechicera, de parca..., ¡no sé de qué! ¡De algo que justificaba plenamente la aversión y el susto que me habían causado toda mi vida las mujeres que andaban solas, de noche, por la calle!... ¡Parecía como si, desde la cuna, hubiera presentido yo aquel encuentro! ¡Cabría pensar que lo temía por instinto, como cada ser animado teme y adivina, y ventea, y reconoce a su antagonista natural antes de haber recibido de él ninguna ofensa, antes de haberlo visto, solo con sentir sus pisadas!

No eché a correr en cuanto vi a la esfinge de mi vida, menos por vergüenza o varonil decoro que por temor a que mi propio miedo le revelase quién

era yo, o le diese alas para seguirme, para acometerme, para... ¡no sé! ¡Los peligros que sueña el pánico no tienen forma ni nombre traducibles!

Mi casa estaba al extremo opuesto de la prolongada y angosta calle en que me hallaba yo solo, enteramente solo con aquella misteriosa estantigua, a quien creía capaz de aniquilarme con una palabra. ¿Qué hacer para llegar hasta allí? ¡Ah! ¡Con qué ansia veía a lo lejos la anchurosa y muy alumbrada calle de la Montera, donde a todas horas hay agentes de la autoridad!

Decidí, pues, sacar fuerzas de flaqueza; disimular y ocultar aquel pavor miserable; no acelerar el paso, pero ganar siempre terreno, aun a costa de años de vida y de salud, y de esta manera, poco a poco, irme acercando a mi casa, procurando de manera muy especial no caerme antes redondo al suelo.

Así caminaba. Así habría caminado ya lo menos veinte pasos desde que dejé atrás la puerta en que estaba escondida la mujer del abanico cuando, de pronto, se me ocurrió una idea horrible, espantosa y, sin embargo, muy racional: ¡la idea de volver la cabeza a ver si me seguía mi enemiga!

«Una de dos —pensé con la rapidez del rayo—: o mi terror tiene fundamento o es una locura. Si tiene fundamento, esa mujer habrá echado a caminar detrás de mí, estará alcanzándome y no hay salvación para mí en el mundo. Y si es una locura, una aprensión, un pánico como cualquier otro, me convenceré de ello en el presente caso y para todos los que me ocurran, al ver que esa pobre anciana se ha quedado en el hueco de esa puerta preservándose del frío o esperando a que le abran. Con lo cual yo podré seguir marchando hacia mi casa muy tranquilamente y me habré curado de una manía que tanto me abochorna.»

Formulado este razonamiento, hice un esfuerzo extraordinario y volví la cabeza.

¡Ah! ¡Gabriel! ¡Gabriel! ¡Qué desventura! ¡La mujer alta me había seguido con sordos pasos, estaba encima de mí, casi me tocaba con el abanico, casi asomaba su cabeza sobre mi hombro!

¿Por qué? ¿Para qué, Gabriel mío? ¿Era una ladrona? ¿Era en efecto un hombre disfrazado? ¿Era una vieja irónica, que había comprendido que le tenía miedo? ¿Era el espectro de mi propia cobardía? ¿Era el fantasma burlón de las decepciones y deficiencias humanas?

¡Interminable sería decirte todas las cosas que pensé en un momento! El caso fue que di un grito y salí corriendo como un niño de cuatro años que juzga ver al coco, y que no dejé de correr hasta que desemboqué en la calle de la Montera.

Una vez allí, se me quitó el miedo como por ensalmo. ¡Y eso que la calle de la Montera estaba también sola! Volví, pues, la cabeza hacia la de Jardines, que enfilaba en toda su longitud, y que estaba suficientemente alumbrada por sus tres faroles y por un reverbero de la calle de Peligros, para que no se me pudiese oscurecer la mujer alta si por acaso había retrocedido en aquella dirección, y ¡vive el cielo que no la vi parada, ni caminando, ni en manera alguna!

Con todo, me guardé muy bien de penetrar de nuevo en mi calle.

«¡Esa bribona —me dije— se habrá metido en el hueco de otra puerta! Pero mientras sigan alumbrando los faroles no se moverá sin que yo no lo note desde aquí.»

En esto vi aparecer a un sereno por la calle del Caballero de Gracia, y lo llamé sin desviarme de mi sitio. Le dije, para justificar la llamada y excitar su celo, que en la calle de Jardines había un hombre vestido de mujer; que entrase en dicha calle por la de Peligros, a la cual debía dirigirse por la de la Aduana; que yo permanecería quieto en aquella otra salida y que con tal medio no podría escapársenos el que a todas luces era un ladrón o un asesino.

Obedeció el sereno. Tomó por la calle de la Aduana, y cuando yo vi avanzar su farol por el otro lado de la de Jardines, penetré también en ella resueltamente.

Pronto nos reunimos en su promedio, sin que ni el uno ni el otro hubiésemos encontrado a nadie, a pesar de haber registrado puerta por puerta.

—Se habrá metido en alguna casa... —dijo el sereno.

—¡Eso será! —respondí yo abriendo la puerta de la mía, con firme resolución de mudarme a otra calle al día siguiente.

Pocos momentos después me hallaba dentro de mi cuarto tercero, cuyo picaporte llevaba también siempre conmigo, a fin de no molestar a mi buen criado José.

¡Sin embargo, este me aguardaba aquella noche! ¡Mis desgracias del 15 al 16 de noviembre no habían concluido!

—¿Qué ocurre? —le pregunté con extrañeza.

—Aquí ha estado —me respondió visiblemente conmovido—, esperándolo a usted desde las once hasta las dos y media, el señor comandante Falcón, y me ha dicho que, si venía usted a dormir a casa, no se desnudase, pues él volvería al amanecer.

Semejantes palabras me dejaron frío de dolor y espanto, cual si me hubieran notificado mi propia muerte. Sabedor yo de que mi amadísimo padre, residente en Jaén, padecía aquel invierno frecuentes y peligrosísimos ataques de su enfermedad crónica, había escrito a mis hermanos que en el caso de un repentino desenlace funesto telegrafiasen al comandante Falcón, el cual me daría la noticia de la manera más conveniente. ¡No me cabía, pues, duda de que mi padre había fallecido!

Me senté en una butaca a esperar el día y a mi amigo, y con ellos la noticia oficial de tan grande infortunio, y ¡solo Dios sabe cuánto padecí en aquellas dos horas de cruel espera, durante las cuales (y es lo que tiene relación con la presente historia) no podía separar en mi mente tres ideas distintas, y al parecer heterogéneas, que se empeñaban en formar monstruoso y tremendo grupo: mi pérdida al juego, el encuentro con la mujer alta y la muerte de mi honrado padre!

A las seis en punto entró en mi despacho el comandante Falcón, y me miró en silencio.

Me arrojé en sus brazos llorando desconsolado, y él exclamó acariciándome:

—¡Llora, sí, hombre, llora! ¡Y ojalá ese dolor pudiera sentirse muchas veces!

IV

—Mi amigo Telesforo —continuó Gabriel después que hubo apurado otro vaso de vino— descansó también un momento al llegar a este punto, y luego prosiguió en los términos siguientes:

—Si mi historia terminara aquí, acaso no encontrarías nada de extraordinario ni sobrenatural en ella, y podrías decirme lo mismo que por entonces me dijeron dos hombres de mucho juicio a quienes se la conté: que cada persona de viva y ardiente imaginación tiene su terror pánico; que el mío eran las trasnochadoras solitarias, y que la vieja de la calle de Jardines no pasaría de ser una pobre sin casa ni hogar, que iba a pedirme limosna cuando yo lancé el grito y salí corriendo, o bien una repugnante celestina de aquel barrio, no muy católico en materia de amores...

También quise creerlo yo así; también lo llegué a creer al cabo de algunos meses; no obstante lo cual, habría dado entonces años de vida por la seguridad de no volver a encontrarme a la mujer alta. ¡En cambio, hoy daría toda mi sangre por encontrármela de nuevo!

—¿Para qué?

—¡Para matarla en el acto!

—No te comprendo...

—Me comprenderás si te digo que volví a tropezar con ella hace tres semanas, pocas horas antes de recibir la nueva fatal de la muerte de mi pobre Joaquina...

—Cuéntame..., cuéntame...

—Poco más tengo que decirte. Eran las cinco de la madrugada. Volvía yo de pasar la última noche, no diré de amor, sino de amarguísimos lloros y desgarradora contienda, con mi antigua querida la viuda de T..., ¡de quien debía separarme sin demora por haberse publicado mi casamiento con la otra infeliz a quien estaban enterrando en Santa Águeda a aquella misma hora!

Todavía no era día completo; pero ya clareaba el alba en las calles enfiladas hacia oriente. Acababan de apagar los faroles, y se habían retirado los serenos, cuando, al ir a cortar la calle del Prado, o sea a pasar de una a otra sección de la calle del Lobo, cruzó por delante de mí, como viniendo de la plaza de las Cortes y dirigiéndose a la de Santa Ana, la espantosa mujer de la calle de Jardines.

No me miró, y creí que no me había visto... Llevaba la misma vestimenta y el mismo abanico que hace tres años... ¡Mi azoramiento y cobardía fueron mayores que nunca! Corté rapidísimamente la calle del Prado, luego que ella pasó, bien que sin quitarle ojo, para asegurarme de que no volvía la cabeza, y cuando hube penetrado en la otra sección de la calle del Lobo, respiré como si acabara de pasar a nado una impetuosa corriente, y apresuré de nuevo mi marcha hacia acá con más regocijo que miedo, pues consideraba vencida y anulada a la odiosa bruja, en el mero hecho de haber estado tan próximo de ella sin que me viese...

De pronto, y cerca ya de esta mi casa, me acometió como un vértigo de terror pensando en si la muy taimada vieja me habría visto y conocido; en si se habría hecho la desentendida para dejarme penetrar en la todavía oscura calle del Lobo y asaltarme allí con impunidad; en si vendría tras de mí; en si ya la tendría encima...

En esto que me vuelvo... y ¡allí estaba! ¡Allí, a mi espalda, casi tocándome con sus ropas, mirándome con sus viles ojuelos, mostrándome la asquerosa mella de su dentadura, abanicándose de manera irrisoria, como si se burlara de mi pueril espanto...!

Pasé del terror a la más insensata ira, a la furia salvaje de la desesperación, y me arrojé sobre el corpulento vejestorio; lo tiré contra la pared, echándole una mano a la garganta, y con la otra, ¡qué asco!, me puse a palpar su cara, su seno, el lío ruin de sus cabellos sucios, hasta que me convencí a carta cabal de que era criatura humana y mujer.

Ella había lanzado entretanto un aullido ronco y agudo al propio tiempo que me pareció falso, o fingido, como expresión hipócrita de un dolor y de un miedo que no sentía, y luego exclamó, haciendo como que lloraba, pero sin llorar, antes bien mirándome con ojos de hiena:

—¿Por qué la ha tomado usted conmigo?

Esta frase aumentó mi pavor y debilitó mi cólera.

—¡Luego usted recuerda —grité— haberme visto en otra parte!

—¡Ya lo creo, alma mía! —respondió con mirada sardónica—. ¡La noche de san Eugenio, en la calle de Jardines, hace tres años!...

Sentí frío dentro de los tuétanos.

—Pero ¿quién es usted? —le pregunté sin soltarla—. ¿Por qué corre detrás de mí? ¿Qué tiene usted que ver conmigo?

—Yo soy una mujer débil... —contestó con tono diabólico—. ¡Usted me odia y me teme sin motivo!... Y si no, dígame usted, señor caballero, ¿por qué razón se asustó de aquella manera la primera vez que me vio?

—¡Porque la aborrezco a usted desde que nací! ¡Porque es usted el demonio de mi vida!

—¿De modo que usted me conocía hace mucho tiempo? ¡Pues mira, hijo, yo también a ti!

—¡Usted me conocía! ¿Desde cuándo?

—¡Desde antes de que nacieras! Y cuando te vi pasar junto a mí hace tres años, me dije a mí misma: *«¡Este es!»*.

—Pero ¿quién soy yo para usted? ¿Quién es usted para mí?

—¡El demonio! —respondió la vieja escupiéndome en mitad de la cara, librándose de mis manos y echando a correr a toda velocidad con las faldas levantadas hasta más arriba de las rodillas y sin que sus pies moviesen ruido alguno al tocar la tierra...

¡Era una locura intentar alcanzarla! Además, por la carrera de San Jerónimo pasaba ya alguna gente, y por la calle del Prado también. Era completamente de día. La mujer alta siguió corriendo, o volando, hasta la calle de las Huertas, alumbrada ya por el sol. Se detuvo allí a mirarme, me amenazó una y otra vez esgrimiendo el abaniquillo cerrado, y desapareció detrás de una esquina...

¡Espera otro poco, Gabriel! ¡No falles todavía este pleito, en que se juegan mi alma y mi vida! ¡Óyeme dos minutos más!

Cuando entré en mi casa, me encontré con el coronel Falcón, que acababa de llegar para decirme que mi Joaquina, mi novia, toda mi esperanza de dicha y ventura sobre la tierra, ¡había muerto el día anterior en Santa Águeda! El desgraciado padre se lo había telegrafiado a Falcón para que me lo dijese... ¡a mí, que debí haberlo adivinado una hora antes, al encontrarme al demonio de mi vida! ¿Comprendes ahora que necesito matar a la enemiga innata de mi felicidad, a esa inmunda vieja, que es como el sarcasmo viviente de mi destino?

Pero ¿qué digo matar? ¿Es mujer? ¿Es criatura humana? ¿Por qué la he presentido desde que nací? ¿Por qué me reconoció al verme? ¿Por qué no se me presenta sino cuando me ha sucedido alguna gran desdicha? ¿Es Satanás? ¿Es la Muerte? ¿Es la Vida? ¿Es el Anticristo? ¿Quién es? ¿Qué es?...

V

—Os dispenso, mis queridos amigos —continuó Gabriel—, de contaros las reflexiones y argumentos que emplearía yo para tratar de tranquilizar a Telesforo; pues son los mismos, mismísimos, que estáis vosotros preparando ahora para demostrarme que en mi historia no pasa nada sobrenatural o sobrehumano... Diréis que mi amigo estaba medio loco; que lo estuvo siempre; que, cuando menos, padecía la enfermedad moral que unos llaman terror pánico, y por otros, delirio emotivo; que, aun siendo verdad todo lo que refería acerca de la mujer alta, habría que atribuirlo a coincidencias casuales de fechas y accidentes; y, en fin, que aquella pobre vieja podía también estar loca, o ser una ratera o una mendiga, o una zurcidora de voluntades, como se dijo a sí propio el héroe de mi cuento en un intervalo de lucidez y buen sentido...

—¡Admirable suposición! —exclamaron los camaradas de Gabriel de todas las maneras posibles—. ¡Eso mismo íbamos a contestarte nosotros!

—Pues escuchad todavía unos momentos y veréis que yo me equivoqué entonces, como vosotros os equivocáis ahora. ¡El que desgraciadamente no se equivocó nunca fue Telesforo! ¡Ah! ¡Es mucho más fácil pronunciar la palabra «locura» que hallar explicación de ciertas cosas que pasan en la Tierra!

—¡Habla! ¡Habla!

—Voy allá; y esta vez, por ser ya la última, reanudaré el hilo de mi historia sin beberme antes un vaso de vino.

VI

A los pocos días de aquella conversación con Telesforo, me destinaron a la provincia de Albacete en mi calidad de ingeniero de montes; y no habían transcurrido muchas semanas cuando supe, por un contratista de obras públicas, que a mi infeliz amigo lo había atacado una horrorosa ictericia;

que estaba enteramente verde, postrado en un sillón, sin trabajar ni querer ver a nadie, llorando de día y de noche con inconsolable amargura, y que los médicos no tenían ya esperanza alguna de salvarlo. Comprendí entonces por qué no contestaba a mis cartas, y hube de reducirme a pedir noticias suyas al coronel Falcón, quien cada vez me las daba más desfavorables y tristes...

Después de cinco meses de ausencia, regresé a Madrid el mismo día en que llegó el parte telegráfico de la batalla de Tetuán. Me acuerdo como si hubiera sido ayer. Aquella noche compré la indispensable *Correspondencia de España,* y lo primero que leí en ella fue la noticia de que Telesforo había fallecido y la invitación a su entierro para la mañana siguiente.

Comprenderéis que no falté a la triste ceremonia. Al llegar al cementerio de San Luis, adonde fui en uno de los coches más próximos al carro fúnebre, me llamó la atención una mujer del pueblo, vieja, y muy alta, que se reía impíamente al ver bajar el féretro, y que luego se colocó con gesto triunfal delante de los enterradores, señalándoles con un abanico muy pequeño la galería que debían seguir para llegar a la abierta y ansiosa tumba...

A la primera ojeada reconocí, con asombro y temor, que era la implacable enemiga de Telesforo, tal y como él me la había retratado, con su enorme nariz, con sus infernales ojos, con su asquerosa mella, con su pañolejo de percal y con aquel diminuto abanico, que parecía en sus manos el cetro del impudor y de la mofa...

Al momento reparó en que yo la miraba, y fijó en mí la vista de un modo particular como si me reconociera, como si se diera cuenta de que yo la reconocía, como enterada de que el difunto me había contado las escenas de la calle de Jardines y de la del Lobo, como si me desafiase, como si me declarara heredero del odio que había profesado a mi infortunado amigo...

Confieso que entonces mi miedo fue superior a la maravilla que me causaban aquellas nuevas *casualidades.* Veía patente la existencia de alguna relación sobrenatural, anterior a la vida terrena, entre la misteriosa vieja y Telesforo; pero en tal momento solo me preocupaba mi propia vida, mi propia alma, mi propia ventura, que correrían peligro si llegaba a heredar semejante infortunio.

La mujer alta se echó a reír, y me señaló de manera ignominiosa con el abanico, cual si hubiese leído en mi pensamiento y denunciase al público mi cobardía. Tuve que apoyarme en el brazo de un amigo para no caer al suelo, y entonces ella hizo un ademán compasivo o desdeñoso, giró sobre los talones y penetró en el camposanto con la cabeza vuelta hacia mí, abanicándose y saludándome a un propio tiempo, y contoneándose entre los muertos con no sé qué infernal coquetería, hasta que, por último, desapareció para siempre en aquel laberinto de patios y columnatas llenos de tumbas.

Y digo para siempre, porque han pasado quince años y no he vuelto a verla... Si era criatura humana, ya debe de haber muerto, y si no lo era, tengo la seguridad de que me ha desdeñado...

¡Conque vamos a cuentas! ¡Decidme vuestra opinión acerca de tan curiosos hechos! ¿Los consideráis todavía naturales?

Ocioso fuera que yo, el autor del cuento o historia que acabáis de leer, estampase aquí las contestaciones que dieron a Gabriel sus compañeros y amigos, puesto que, al fin y a la postre, cada lector habrá de juzgar el caso según sus propias sensaciones y creencias...

Prefiero, por consiguiente, hacer punto final en este párrafo, no sin dirigir el más cariñoso y expresivo saludo a cinco de los seis expedicionarios que pasaron juntos aquel inolvidable día en las frondosas cumbres del Guadarrama.

Valdemoro, 25 de agosto de 1881

THANATOPIA

RUBÉN DARÍO

Mi padre fue el célebre doctor John Leen, miembro de la Real Sociedad de Investigaciones Psíquicas, de Londres, y muy conocido en el mundo científico por sus estudios sobre el hipnotismo y su célebre *Memoria sobre el Old.* Ha muerto no hace mucho tiempo. Dios lo tenga en gloria.

(James Leen vació en su estómago gran parte de su cerveza y continuó):

—Os habéis reído de mí y de lo que llamáis mis preocupaciones y ridiculeces. Os perdono porque, francamente, no sospecháis ninguna de las cosas que no comprende nuestra filosofía en el cielo y en la tierra, como dice nuestro maravilloso William.

No sabéis que he sufrido mucho, que sufro mucho, aun las más amargas torturas, a causa de vuestras risas... Sí, os repito: no puedo dormir sin luz, no puedo soportar la soledad de una casa abandonada; tiemblo al ruido misterioso que en horas crepusculares brota de los boscajes en un camino; no me agrada ver revolar un mochuelo o un murciélago; no visito, en ninguna ciudad adonde llego, los cementerios; me martirizan las conversaciones sobre asuntos macabros, y cuando las tengo, mis ojos aguardan para cerrarse, al amor del sueño, que la luz aparezca.

Tengo el horror de la que ¡oh Dios! tendré que nombrar: de la muerte. Jamás me harían permanecer en una casa donde hubiese un cadáver, así fuese el de mi más amado amigo. Mirad: esa palabra es la más fatídica de las que existen en cualquier idioma: cadáver... Os habéis reído, os reís de mí: sea. Pero permitidme que os diga la verdad de mi secreto. Yo he llegado a la República Argentina, prófugo, después de haber estado cinco años preso, secuestrado miserablemente por el doctor Leen, mi padre, el cual, si era un gran sabio, sospecho que era un gran bandido. Por orden suya fui llevado a la casa de salud; por orden suya, pues, temía quizá que algún día me revelase lo que él pretendía tener oculto... Lo que vais a saber, porque ya me es imposible resistir el silencio por más tiempo.

Os advierto que no estoy borracho. No he sido loco. Él ordenó mi secuestro, porque... Poned atención.

(Delgado, rubio, nervioso, agitado por un frecuente estremecimiento, levantaba su busto James Leen, en la mesa de la cervecería en que, rodeado de amigos, nos decía esos conceptos. ¿Quién no le conoce en Buenos Aires? No es un excéntrico en su vida cotidiana. De cuando en cuando suele tener esos raros arranques. Como profesor, es uno de los más estimables en uno de nuestros principales colegios, y, como hombre de mundo, aunque un tanto silencioso, es uno de los mejores elementos jóvenes de los famosos *cinderellas dance.* Así prosiguió esa noche su extraña narración, que no nos atrevimos a calificar de *fumisterie,* dado el carácter de nuestro amigo. Dejamos al lector la apreciación de los hechos.)

—Desde muy joven perdí a mi madre, y fui enviado por orden paternal a un colegio de Oxford. Mi padre, que nunca se manifestó cariñoso para conmigo, me iba a visitar de Londres una vez al año al establecimiento de educación en donde yo crecía, solitario en mi espíritu, sin afectos, sin halagos.

Allí aprendí a ser triste. Físicamente era el retrato de mi madre, según me han dicho, y supongo que por esto el doctor procuraba mirarme lo menos que podía. No os diré más sobre esto. Son ideas que me vienen. Excusad la manera de mi narración.

Cuando he tocado ese tópico me he sentido conmovido por una reconocida fuerza. Procurad comprenderme. Digo, pues, que vivía yo solitario en mi espíritu, aprendiendo tristeza en aquel colegio de muros negros, que veo aún en mi imaginación en noches de luna... ¡Oh cómo aprendí entonces a ser triste! Veo aún, por una ventana de mi cuarto, bañados de una pálida y maleficiosa luz lunar, los álamos, los cipreses... ¿por qué había cipreses en el colegio?... y a lo largo del parque, viejos Términos carcomidos, leprosos de tiempo, en donde solían posar las lechuzas que criaba el abominable septuagenario y encorvado rector... ¿para qué criaba lechuzas el rector?... Y oigo, en lo más silencioso de la noche, el vuelo de los animales nocturnos y los crujidos de las mesas y una media noche, os lo juro, una voz: «James». ¡Oh voz!

Al cumplir los veinte años se me anunció un día la visita de mi padre. Alegréme, a pesar de que instintivamente sentía repulsión por él: alegréme, porque necesitaba en aquellos momentos desahogarme con alguien, aunque fuese con él.

Llegó más amable que otras veces, y aunque no me miraba frente a frente, su voz sonaba grave, con cierta amabilidad para conmigo. Yo le manifesté que deseaba, por fin, volver a Londres, que había concluido mis estudios; que si permanecía más tiempo en aquella casa, me moriría de tristeza... Su voz resonó grave, con cierta amabilidad para conmigo:

—He pensado, cabalmente, James, llevarte hoy mismo. El rector me ha comunicado que no estás bien de salud, que padeces de insomnios, que comes poco. El exceso de estudios es malo, como todos los excesos. Además —quería decirte—, tengo otro motivo para llevarte a Londres. Mi edad necesitaba un apoyo y lo he buscado. Tienes una madrastra, a quien he de presentarte y que desea ardientemente conocerte. Hoy mismo vendrás, pues, conmigo.

¡Una madrastra! Y de pronto se me vino a la memoria mi dulce y blanca y rubia madrecita, que de niño me amó tanto, me mimó tanto, abandonada casi por mi padre, que se pasaba noches y días en su horrible laboratorio, mientras aquella pobre y delicada flor se consumía... ¡Una madrastra! Iría yo, pues, a soportar la tiranía de la nueva esposa del doctor Leen, quizá una espantable *bluestocking,* o una cruel sabihonda, o una bruja... Perdonad las palabras. A veces no sé ciertamente lo que digo o quizá lo sé demasiado...

No contesté una sola palabra a mi padre, y, conforme con su disposición, tomamos el tren que nos condujo a nuestra mansión de Londres.

Desde que llegamos, desde que penetré por la gran puerta antigua, a la que seguía una escalera oscura que daba al piso principal, me sorprendí desagradablemente: no había en casa uno solo de los antiguos sirvientes.

Cuatro o cinco viejos enclenques, con grandes libreas flojas y negras, se inclinaban a nuestro paso, con genuflexiones tardas, mudos. Penetramos al gran salón. Todo estaba cambiado: los muebles de antes estaban substituidos por otros de un gusto seco y frío. Tan solamente quedaba en el fondo del salón un gran retrato de mi madre, obra de Dante Gabriel Rossetti, cubierto de un largo velo de crespón.

Mi padre me condujo a mis habitaciones, que no quedaban lejos de su laboratorio. Me dio las buenas tardes. Por una inexplicable cortesía, preguntéle por mi madrastra. Me contestó despaciosamente, recalcando las sílabas con una voz entre cariñosa y temerosa que entonces yo no comprendía:

—La verás luego... Que la has de ver es seguro... James, mi hijito James, adiós. Te digo que la verás luego...

Ángeles del Señor, ¿por qué no me llevasteis con vosotros? Y tú, madre, madrecita mía, *my sweet Lily,* ¿por qué no me llevaste contigo en aquellos instantes? Hubiera preferido ser tragado por un abismo o pulverizado por una roca, o reducido a ceniza por la llama de un relámpago...

Fue esa misma noche, sí. Con una extraña fatiga de cuerpo y de espíritu, me había echado en el lecho, vestido con el mismo traje de viaje. Como en un ensueño, recuerdo haber oído acercarse a mi cuarto a uno de los viejos de la servidumbre, mascullando no sé qué palabras y mirándome vagamente con un par de ojillos estrábicos que me hacían el efecto de un mal sueño. Luego vi que prendió un candelabro con tres velas de cera. Cuando desperté a eso de las nueve, las velas ardían en la habitación.

Lavéme. Mudéme. Luego sentí pasos, apareció mi padre. Por primera vez, ¡por primera vez!, vi sus ojos clavados en los míos. Unos indescriptibles ojos, os lo aseguro; unos ojos como no habéis visto jamás, ni veréis jamás: unos ojos con una retina casi roja, como ojos de conejo; unos ojos que os harían temblar por la manera especial con que miraban.

—Vamos, hijo mío, te espera tu madrastra. Está allá, en el salón. Vamos.

Allá, en un sillón de alto respaldo, como una silla de coro, estaba sentada una mujer.

Ella...

Y mi padre:

—¡Acércate, mi pequeño James, acércate!

Me acerqué maquinalmente. La mujer me tendía la mano... Oí entonces, como si viniese del gran retrato, del gran retrato envuelto en crespón, aquella voz del colegio de Oxford, pero muy triste, mucho más triste: «¡James!».

Tendí la mano. El contacto de aquella mano me heló, me horrorizó. Sentí hielo en mis huesos. Aquella mano rígida, fría, fría... Y la mujer no me miraba. Balbuceé un saludo, un cumplimiento.

Y mi padre:

—Esposa mía, aquí tienes a tu hijastro, a nuestro muy amado James. Mírale, aquí le tienes; ya es tu hijo también.

Y mi madrastra me miró. Mis mandíbulas se afianzaron una contra otra. Me poseyó el espanto: aquellos ojos no tenían brillo alguno. Una idea comenzó, enloquecedora, horrible, horrible, a aparecer clara en mi cerebro. De pronto, un olor, olor... ese olor, ¡madre mía! ¡Dios mío! Ese olor... no os lo quiero decir... porque ya lo sabéis, y os protesto: lo discuto aún; me eriza los cabellos.

Y luego brotó de aquellos labios blancos, de aquella mujer pálida, pálida, pálida, una voz, una voz como si saliese de un cántaro gemebundo o de un subterráneo:

—James, nuestro querido James, hijito mío, acércate; quiero darte un beso en la frente, otro beso en los ojos, otro beso en la boca...

No pude más. Grité:

—¡Madre, socorro! ¡Ángeles de Dios, socorro! ¡Potestades celestes, todas, socorro! ¡Quiero partir de aquí pronto, pronto; que me saquen de aquí!

Oí la voz de mi padre:

—¡Cálmate, James! ¡Cálmate, hijo mío! Silencio, hijo mío.

—No —grité más alto, ya en lucha con los viejos de la servidumbre—. Yo saldré de aquí y diré a todo el mundo que el doctor Leen es un cruel asesino; que su mujer es un vampiro; ¡que está casado mi padre con una muerta!

LA APARICIÓN DE LA SEÑORA VEAL

DANIEL DEFOE

Esta historia es de lo más extraño que haya oído nunca, y me ha llegado de fuentes tan fiables que jamás hubo lectura o conversación que me produjera un efecto similar, por lo que no tengo duda de que complacería al más ingenioso y concienzudo de los investigadores.

La señora Bargrave, que es a quien se apareció la señora Veal tras su muerte, es íntima amiga mía: por lo que yo sé, su reputación ha sido intachable estos últimos quince o dieciséis años, y puedo confirmar el buen carácter del que ha hecho gala desde su juventud hasta el momento en que la conocí. Aun así, desde que relató estos hechos ha sido objeto de calumnias por parte de algunos amigos del hermano de la señora Veal, que creen que esta aparición no es más que una invención e intentan desacreditarla por todos los medios, mofándose de su testimonio. Con todo, y a pesar de sufrir la cólera de un marido malcarado, la señora Bargrave ha conseguido mantener su carácter alegre y no se ha dejado abatir; nunca la he oído quejarse o murmurar, ni siquiera al convertirse en el blanco de los ataques de su marido, de los que hemos sido testigos tanto yo como muchas otras personas dignas de crédito.

Han de saber que la señora Veal era una dama soltera y respetable de unos treinta años, y que últimamente había padecido ataques que se hacían evidentes cuando en medio de una conversación corriente de pronto soltaba alguna impertinencia. La mantenía su único hermano y ella se ocupaba de la casa de él en Dover. Era una mujer muy piadosa y su hermano, un hombre muy recto en todos los aspectos; pero ahora él hace todo lo que puede para desmentir la historia. La señora Veal era íntima de la señora Bargrave desde la infancia. Fueron tiempos difíciles para la señora Veal: su padre no se ocupaba de sus hijos como debía, de modo que se veían expuestos a todo tipo de miserias. Y el padre de la señora Bargrave, por su parte, trataba mal a su hija, aunque nunca le faltó ni comida ni ropa; mientras que la señora Veal carecía de ambas cosas, hasta el punto que solía decirle:

—Señora Bargrave, no solo sois la mejor amiga que tengo, sino la única; ninguna circunstancia de la vida podría destruir nuestra amistad.

Solían compadecerse mutuamente por su mala suerte y leían juntas el *Libro de la muerte* de Drelincourt y otros textos reconfortantes; y así, como dos amigas cristianas, se consolaban la una a la otra.

Pasado un tiempo, sus amigos le consiguieron al señor Veal un puesto en la aduana de Dover, lo cual hizo que, poco a poco, la señora Veal fuera distanciándose de la señora Bargrave pese a que en realidad nunca discutieron; aun así, fueron distanciándose progresivamente hasta que llegó un momento en que llevaban dos años y medio sin verse. Cierto es que la señora Bargrave había estado doce meses fuera de Dover y que de los últimos seis había pasado un par en una casa que poseía en Canterbury.

En esa misma casa, la mañana del 8 de septiembre de 1705, estaba sentada a solas, pensando en sus desventuras y convenciéndose a sí misma de que debía ponerse en manos de la Providencia, aunque la situación parecía dura: «Hasta el momento no me ha faltado nada —se dijo—, y sin duda así seguirá siendo, pero me da tranquilidad pensar que mis tribulaciones acabarán cuando llegue la hora». Retomó la labor de costura que tenía entre las manos, pero en ese momento oyó que llamaban a la puerta. Fue a ver quién era y se encontró con la señora Veal, su vieja amiga, vestida con ropa de viaje. En ese mismo instante el reloj dio las doce del mediodía.

—Me sorprende veros —dijo la señora Bargrave—. Ha pasado tanto tiempo que pensaba ya en vos como una extraña.

Pero añadió que estaba contenta de verla y se acercó a besarla. La señora Veal hizo lo propio y los labios de ambas casi se tocaron. En ese momento la señora Veal se llevó la mano a los ojos y dijo, echándose hacia atrás:

—No me encuentro muy bien.

Le contó a la señora Bargrave que iba a emprender un viaje, pero que primero había querido verla a ella.

—¿Pero cómo vais a emprender un viaje en solitario? —objetó la señora Bargrave—. Me asombra, teniendo en cuenta lo unida que estáis a vuestro hermano.

—Oh —dijo la señora Veal—. Lo cierto es que me he ido sin decírselo porque tenía muchísimas ganas de veros antes de iniciar el viaje.

La señora Bargrave la llevó a una estancia contigua y la señora Veal se sentó en un sillón, el mismo en que había estado sentada la señora Bargrave en el momento en que su vieja amiga llamó a la puerta.

—Bueno, mi querida amiga —dijo la señora Veal—, he venido a renovar nuestra antigua amistad y a pediros perdón por haberme distanciado; si podéis perdonarme, seréis la mejor de las mujeres.

—Oh —respondió la señora Bargrave—, no digáis eso. No tengo nada que perdonaros.

—¿Qué habréis pensado de mí?

—Pensé que erais como el resto del mundo y que la prosperidad os había hecho olvidaros de vos misma y de mí.

Luego la señora Veal le recordó a la señora Bargrave las numerosas atenciones que había tenido con ella en otros tiempos y las conversaciones que habían tenido en épocas de adversidad; los libros que habían leído y lo que les había reconfortado en particular el *Libro de la muerte* de Drelincourt, que era el mejor, añadió, jamás escrito sobre la materia. También mencionó al doctor Sherlock y dos libros traducidos del holandés sobre el mismo tema, entre muchos otros. Pero Drelincourt, dijo, era el que tenía las ideas más claras sobre la muerte y sobre el estado futuro de entre todos los que habían tratado el asunto. Entonces le preguntó a la señora Bargrave si tenía el libro de Drelincourt.

—Sí —dijo ella.

—Id a buscarlo.

De modo que la señora Bargrave subió las escaleras y volvió con el libro.

—Querida amiga —dijo la señora Veal—, si tuviéramos los ojos de la fe tan abiertos como los del rostro, veríamos bandadas de ángeles guardándonos a nuestro alrededor. Las nociones que tenemos del Cielo no tienen nada que ver con la realidad, tal como dice Drelincourt; por tanto debéis aceptar vuestras tribulaciones y convenceros de que el Todopoderoso os tiene en una consideración especial y que vuestros sufrimientos son señales del favor de Dios; y que cuando hayan cumplido la función para la que se os asignaron, os veréis liberada de ellos. Y creedme, mi querida amiga, creed lo que os digo: un minuto de felicidad futura os compensará infinitamente por todo vuestro sufrimiento. Porque me niego a creer —dijo golpeándose la rodilla con la mano en un gesto de gran vehemencia, la misma que transmitía toda aquella explicación— que Dios vaya a permitir que paséis todos vuestros días en este estado de aflicción. Tened la seguridad de que en breve vuestras penas os abandonarán, o vos las abandonaréis a ellas.

Hablaba con tanta convicción y con un tono tan celestial que la señora Bargrave lloró varias veces, profundamente conmovida.

Luego la señora Veal mencionó *El asceta,* del doctor Kendrick, obra que culmina con un relato sobre la vida de los primeros cristianos, y observó que eran un modelo digno de imitación:

—Ellos no conversaban como lo hacemos actualmente. Porque ahora —señaló— solo se oyen discursos vacuos y llenos de vanidad, muy diferentes de los suyos. Sus alegatos eran edificantes y contribuían mutuamente al fortalecimiento de la fe, de modo que no eran como nosotros, ni nosotros somos como ellos. Pero deberíamos hacer como ellos —añadió—; a ellos los unían amistades sólidas. ¿Dónde está la amistad ahora?

—Efectivamente, hoy en día es difícil encontrar un verdadero amigo —confirmó la señora Bargrave.

—El señor Norris ha escrito un bonito libro de versos llamado *La amistad perfecta* que me parece admirable. ¿Habéis visto el libro?

—No —dijo la señora Bargrave—, pero tengo una copia de esos versos de mi puño y letra.

—¿De verdad? Pues id a buscarlos.

La señora Bargrave lo hizo, y al bajar del piso de arriba se los entregó a la señora Veal para que los leyera, pero ella rehusó, alegando que «si bajaba la cabeza le dolería», por lo que le pidió a su amiga que fuera ella quien se los leyera.

Así lo hizo, y mientras disfrutaban de *La amistad,* la señora Veal dijo:

—Querida amiga, tened la seguridad de que os querré siempre.

En aquellos versos se usaba dos veces la palabra «elíseo».

—¡Ah! —dijo la señora Veal—. Estos poetas tienen unos nombres para el Cielo...

Y en varias ocasiones se llevó la mano a los ojos y dijo:

—Señora Bargrave, ¿no me veis desmejorada por los ataques?

—No —dijo la señora Bargrave—. Yo os veo mejor que nunca.

Tras esta conversación, en que la aparecida empleó palabras mucho más hermosas de las que podía imaginar la señora Bargrave y en tal cantidad que no podría recordarlas todas —porque es impensable que pudiera retener en la mente una conversación de una hora y tres cuartos, pese a que sí recordaría lo principal— la señora Veal le pidió a su amiga que la ayudara a escribir una carta a su hermano, diciéndole que repartiera sus sortijas entre determinadas personas, y que en su escritorio tenía un monedero con oro, del que quería que le diera dos monedas a su primo Watson.

Al oírla hablar así, la señora Bargrave pensó que estaba a punto de sufrir uno de sus ataques, así que se situó en una silla justo delante de sus rodillas, para evitar que cayera al suelo si eso ocurría; porque el sillón, pensó, evitaría que cayera hacia uno u otro lado. Y para distraer la atención de la señora Veal, acarició la manga de su vestido varias veces y alabó su calidad. La señora Veal le contó que era de seda lavada y que se lo acababa de hacer. Pero al mismo tiempo insistía en su petición y le dijo a la señora Bargrave que no podía negarse. Y añadió que debía contarle a su hermano toda su conversación en cuanto tuviera ocasión.

—Querida señora Veal —dijo su amiga—. Todo esto me parece tan raro que no me veo capaz de complaceros. Esta historia podría resultar mortificante para un joven caballero como vuestro hermano, que podría considerarlo una impertinencia. ¿Por qué no se lo decís vos misma?

—No —insistió la señora Veal—. Aunque ahora os parezca una impertinencia, más adelante comprenderéis mis motivos.

La señora Bargrave se dispuso a satisfacer la petición de su amiga y fue a buscar pluma y tinta, pero la señora Veal la frenó:

—No hace falta que lo hagáis ahora, podéis hacerlo cuando me haya ido; pero no dejéis de hacerlo —insistió, de modo que ella se lo prometió.

Luego la señora Veal preguntó por la hija de la señora Bargrave. Ella le dijo que no estaba en casa.

—Pero si deseáis verla puedo mandar a buscarla.

—Sí, claro —dijo la señora Veal.

La señora Bargrave fue a casa de un vecino para que fueran a por ella, y cuando regresó se encontró a la señora Veal en la puerta, frente al mercado de ganado de los sábados —pues era día de mercado— y lista para marcharse. Le preguntó por qué tenía tanta prisa, y su amiga dijo que debía irse, aunque quizá no iniciara su viaje hasta el lunes; y le dijo a la señora Bargrave que esperaba poder volver a verla en casa de su primo Watson, donde estaría hasta el día de su partida. A continuación se despidió y se fue, mientras la señora Bargrave la seguía con la mirada hasta que dobló una esquina y la perdió de vista. Eso fue a las dos menos cuarto de la tarde.

La señora Veal había muerto el 7 de septiembre, a las doce del mediodía, a causa de uno de sus ataques. Había estado inconsciente las últimas cuatro horas previas a su muerte, momento en que había recibido los sacramentos. El día siguiente a su aparición, el domingo, la señora Bargrave se sentía levemente indispuesta, resfriada y con dolor de garganta, de modo que ese día no salió; pero el lunes envió a una persona a casa del capitán Watson para saber si la señora Veal estaba allí. Sorprendidos por la pregunta de la señora Bargrave, le mandaron recado de que no estaba allí ni se la esperaba. Al oír aquello, la señora Bargrave le dijo a la criada que sin duda se habría equivocado de nombre o que habría cometido algún otro error. Aunque no se encontraba bien, se puso el abrigo y acudió a casa del capitán Watson en persona, aunque no conocía a nadie de la familia, para ver si la señora Veal

estaba allí o no. Le preguntaron a qué se debía su interés, puesto que la señora Veal no había visitado la ciudad; de haberlo hecho, sin duda se habría alojado allí.

—El sábado pasó casi dos horas conmigo —dijo la señora Bargrave.

Le dijeron que era imposible, puesto que, de haber sido así, la habrían visto. Mientras discutían apareció el capitán Watson, que le comunicó que la señora Veal había fallecido y que se estaban preparando los servicios fúnebres. Aquello dejó muy sorprendida a la señora Bargrave, quien fue a ver a la persona encargada de dichos trámites y comprobó que era cierto. Entonces le contó toda la historia a la familia del capitán Watson, detallando el vestido que llevaba puesto la señora Veal, que era a rayas y que ella le había dicho que era de seda lavada.

—Entonces sin duda la habéis visto —exclamó la señora Watson—, porque nadie más que la señora Veal y yo misma sabíamos que el vestido era de seda lavada.

Y reconoció que había descrito el vestido con exactitud, puesto que ella misma la ayudó a confeccionarlo.

La señora Watson contó aquello por toda la ciudad, proclamando que la señora Veal se le había aparecido a la señora Bargrave y confirmando su testimonio. El capitán Watson enseguida llevó a dos caballeros a casa de la señora Bargrave para que escucharan el relato de su propia boca. La noticia se extendió a tal velocidad que caballeros y personas distinguidas, tanto juiciosos como escépticos, acudieron en masa y llegó un punto en que tuvo que recluirse. La mayoría quedaban convencidos de la veracidad del suceso y veían que la señora Bargrave no era una fantasiosa, que mantenía el mismo carácter agradable y jovial que le había valido el favor y la estima de la gente, que consideraba un gran honor escuchar el relato de su propia boca.

Antes debí mencionar que la señora Veal le había contado a la señora Bargrave que su hermana y su cuñado acababan de venir de Londres para verla.

—¿Y cómo es que habéis venido aquí en lugar de quedaros con ellos?

—No podía dejar de hacerlo —respondió la señora Veal.

Y su hermano y su cuñada fueron a verla y llegaron a la ciudad de Dover justo en el momento en que la señora Veal expiraba. La señora Bargrave le preguntó si quería tomar un té.

—No me apetece demasiado; además, apuesto a que el bruto de vuestro marido os ha roto todas las tazas.

—De todos modos lo traeré —dijo la señora Bargrave—. Ya encontraré en dónde servirlo.

—No os preocupéis —respondió la señora Veal, rechazando el ofrecimiento con un gesto—, no hace falta.

Y así quedó la cosa.

Todo el tiempo que compartí con la señora Bargrave —y fueron horas— fue recordando detalles de la conversación con la señora Veal. Y otra cosa más que le había contado su amiga era que el anciano señor Bretton le pasaba una asignación de diez libras al año a la señora Veal, lo cual era un secreto del que la señora Bargrave no tenía noticia hasta entonces.

La señora Bargrave nunca se contradice al contar su historia, lo que desconcierta a todos los que dudan de su veracidad o se resisten a creerla. A la hora a la que se supone que la señora Bargrave estaba con la señora Veal, una sirvienta que se encontraba en el patio vecino la oyó hablando con alguien. La señora Bargrave fue a casa de la vecina justo después de despedirse de la señora Veal y le habló de la apasionante conversación que había tenido con una vieja amiga.

Desde que tuvo lugar el suceso, el *Libro de la muerte* de Drelincourt se ha vendido extraordinariamente bien. Y hay que decir que, a pesar de todos los problemas y molestias que ha sufrido la señora Bargrave por este motivo, ella nunca ha aceptado ni un penique por sus explicaciones, ni ha permitido que su hija aceptara nada de nadie, lo que demuestra que no tiene ningún interés en contar la historia.

Pero el señor Veal hace todo lo que puede por tensar la situación y afirma que quiere ver a la señora Bargrave. Sin embargo, el hecho es que desde la muerte de su hermana ha ido a visitar al capitán Watson, pero en ningún momento se ha acercado a casa de ella. Algunos de los amigos del señor Veal afirman que ella es una mentirosa y que tenía constancia de las diez libras al año que le pagaba el señor Bretton. Pero los que así hablan son gente con reputación de mentirosos, aunque se rodeen de personas intachables. El señor Veal es un caballero y no dirá nunca que la señora Bargrave miente, pero sí afirma que su marido la ha vuelto loca. Aun así, solo hay que verla para darse cuenta de que no es verdad. El señor Veal afirma que le preguntó a su hermana, en el lecho de muerte, si tenía una última voluntad. Y que ella dijo que no. Las cosas mencionadas por la señora Veal en su aparición serían de valor tan insignificante que a mí me da la impresión de que solo tienen por objetivo demostrar al mundo la veracidad de lo que había visto y oído, y defender su reputación entre los que quieran mostrarse razonables y comprensivos. Por otra parte, el señor Veal ha admitido que había un monedero con oro, pero que no se encontraba en su escritorio, sino en una caja de peines. Eso parece improbable, puesto que la misma señora Watson reconoció que la señora Veal guardaba con tanto celo la llave de su escritorio que no se la confiaba a nadie; y en ese caso, está claro que nunca guardaría el oro en otro sitio.

El hecho de que la señora Veal se pasara las manos por los ojos repetidamente, preguntándole a la señora Bargrave si le parecía desmejorada por la enfermedad, me parece algo deliberado, para que no se extrañara de su petición de que le escribiera a su hermano solicitándole que repartiera sus sortijas y su oro, petición que parece propia de un moribundo; y funcionó, puesto que la señora Bargrave interpretó que estaba a punto de sufrir uno de sus ataques. Fue una demostración más del cariño extraordinario que sentía por ella, tomando precauciones para no asustarla, algo que se hace evidente en otros detalles, como el hecho de que se presentara de día, cuando ella estaba sola, evitando besarla; y la manera que tuvo de despedirse, para evitar besarla por segunda vez.

No me explico por qué considera el señor Veal que este relato pueda ser fruto de una alucinación —y por qué se empeña tanto en demostrarlo—, cuando la mayoría ve en su hermana un espíritu bondadoso de carácter celestial, cuyos dos grandes objetivos habrían sido consolar a la señora Bargrave en un momento de aflicción y pedirle perdón por haberse alejado de ella, animándola al mismo tiempo con sus palabras piadosas.

Así pues, suponer que la señora Bargrave pudiera inventarse algo así, del mediodía del viernes al mediodía del sábado —considerando que supiera de la muerte de la señora Veal desde el primer momento— sin contradecirse en los detalles y sin tener ningún interés particular en ello, supondría una astucia, una imaginación y una perversión excepcionales. Le pregunté varias veces si estaba segura de haber tocado el vestido. A lo que ella respondió con modestia:

—Si puedo confiar en mis propios sentidos, sí, estoy segura de ello.

Le pregunté si había oído algún ruido al darse su amiga una palmada con la mano en la rodilla. Dijo que no lo recordaba, pero que el sonido le pareció tan real como yo mismo en el momento de hablar con ella.

—Quizá, después de hablar con vos —concedió— podrían convencerme de que no habéis sido sino una presencia, igual que dicen que no hablé con ella, pero yo no sentía ningún miedo y la recibí como a una amiga, y como tal se despidió. Yo no daría un penique por que nadie creyera mi historia —añadió—. No tengo ningún interés en ello; esto no me ha traído más que problemas y si no hubiera salido a la luz por casualidad, desde luego yo nunca le habría dado publicidad.

La señora Bargrave afirma que piensa hacer un uso privado de su historia y que evitará que se hable de ella en público, como ha hecho desde un primer momento. Dice que ha habido un caballero que ha recorrido treinta millas para oír su relato; y que ha llegado a tener una sala llena de personas que querían oírlo. Numerosos caballeros han oído la historia de su propia boca.

A mí, personalmente, este asunto me ha afectado sobremanera y estoy convencido de su veracidad. Además, no acabo de entender por qué hay quien se empeña en discutir los hechos, solo porque no podamos demostrarlos. Desde luego, de haberse tratado de otro asunto, nadie habría puesto mínimamente en duda la autoridad y la sinceridad de la señora Bargrave.

El guardavía

Charles Dickens

—¡Eh! ¡Ahí abajo!

Cuando oyó aquella voz que lo llamaba estaba de pie junto a la puerta de su garita, con una bandera en la mano, enrollada en torno a un corto palo. Teniendo en cuenta la naturaleza del terreno cabría pensar que tendría claro de dónde venía la voz, pero en lugar de levantar la vista hacia donde yo estaba, en lo alto del escarpado terraplén situado prácticamente sobre su cabeza, se giró y miró hacia la vía. Hubo algo especial en el modo en que lo hizo, pero no sabría decir por qué. Lo que sé es que fue lo bastante especial como para llamarme la atención, a pesar de que lo veía empequeñecido y entre las sombras de aquella profunda zanja, y que yo estaba muy por encima de él, tan deslumbrado por el brillo de una furiosa puesta de sol que tuve que cubrirme los ojos con la mano para verlo.

—¡Eh! ¡Ahí abajo!

Después de mirar hacia la vía, volvió a girarse y, al levantar la vista, distinguió mi silueta en lo alto.

—¿Hay algún camino por el que pueda bajar y hablar con usted?

Él se quedó mirándome sin responder y yo le devolví la mirada sin repetir la pregunta para que no se sintiera presionado. Justo entonces una vibración atravesó la tierra y el aire; se convirtió después en una sacudida violenta, y una ráfaga me azotó de frente y me hizo dar un paso atrás, amenazando con derribarme. Cuando desapareció la nube de vapor, que llegaba a mi altura, y vi que el tren se iba alejando hacia el horizonte, volví a bajar la vista y lo vi enrollando de nuevo la bandera que había agitado al paso del tren.

Repetí mi pregunta. Tras una pausa, en la que parecía observarme con gran atención, señaló con su bandera enrollada hacia un punto a mi nivel, a dos o trescientas yardas de distancia.

—¡Muy bien! —le grité, y me dirigí a aquel punto. Allí, tras examinar atentamente el lugar, encontré un camino escarbado en la roca que descendía en zigzag y lo seguí.

El camino era extremadamente profundo e insólitamente inclinado. Estaba tallado en una roca fría y rezumante que se volvía cada vez más húmeda a medida que descendía. Todo ello hizo que me pareciera más largo el descenso y tuve tiempo suficiente como para recordar el extraño gesto de reticencia o coacción con que había señalado el camino.

Cuando bajé lo suficiente por el sendero como para verlo de nuevo, observé que estaba de pie entre las vías por las que acababa de pasar el tren, con aspecto de estar esperándome. Tenía la mano izquierda sobre la barbilla y el codo apoyado en la mano derecha, cruzada sobre el pecho. Lo vi tan expectante y me miraba con tal atención que me detuve un momento, intrigado.

Reemprendí el descenso y, al llegar al nivel de las vías y acercarme a él, vi que era un hombre moreno y de piel cetrina, con barba oscura y cejas bastante pobladas. Su caseta estaba en el lugar más solitario y deprimente que había visto nunca, flanqueada por sendas paredes de piedra irregular y húmeda que le quitaban cualquier vista salvo la de una franja de cielo. Hacia un lado, la perspectiva solo le ofrecía una distorsionada prolongación de aquella gran mazmorra; hacia el otro, más corto, terminaba en una tenebrosa luz roja junto a la entrada, aún más tenebrosa, de un túnel negro cuya maciza arquitectura transmitía una sensación bárbara, deprimente e imponente. Era tan poca la luz solar que llegaba hasta aquel lugar que olía a tierra, a muerte; y era tan intenso el frío viento que lo atravesaba que me dio un escalofrío, como si hubiera abandonado el mundo real.

Permaneció inmóvil hasta que me acerqué tanto a él que habría podido tocarlo. Ni siquiera entonces me quitó los ojos de encima; dio un paso atrás y levantó la mano.

Le dije que aquel era un puesto solitario y que me había llamado la atención al verlo desde lo alto. Supuse que no tendría muchas visitas, pero esperaba que no le molestara recibir una. Le pedí que no viera en mí más que a un hombre que había vivido toda la vida dentro de los estrechos límites marcados y que, viéndose libre por fin, sentía que grandes obras como aquella despertaban su interés. Sin embargo, no tengo claro qué palabras usé; aparte de que no se me da demasiado bien iniciar conversaciones, había algo en aquel hombre que me intimidaba.

Echó una mirada de lo más curiosa hacia la luz roja junto a la boca del túnel y se la quedó mirando fijamente, como si le faltara algo, y luego me miró a mí.

—Usted se encarga de aquel semáforo, ¿no?

—¿Es que no lo sabe? —respondió en voz baja.

De pronto, al contemplar aquellos ojos fijos y aquel rostro saturnino, se me ocurrió la monstruosa idea de que aquel hombre fuera un espíritu y no un hombre. Desde entonces, al recordarlo, he especulado con la posibilidad de que sufriese alucinaciones.

Yo también di un paso atrás. Pero al hacerlo detecté en sus ojos un temor latente y eso hizo que mi monstruosa idea se desvaneciera.

—Me mira como si me tuviera miedo —dije con una sonrisa forzada.

—Dudaba de si lo había visto antes —respondió.

—¿Dónde?

Señaló la luz roja que había estado mirando.

—¿Allí?

Me miró fijamente y respondió que sí sin emitir ningún sonido.

—Mi buen amigo, ¿qué iba a hacer yo allí? En cualquier caso, puede estar seguro de que nunca he estado allí.

—Supongo —respondió—. Sí, estoy seguro de ello.

Pareció tranquilizarse, igual que yo. Respondió a mis observaciones con celeridad y con palabras bien escogidas. ¿Tenía mucho trabajo? Sí, es decir, tenía una gran responsabilidad; pero lo que se le exigía era precisión y atención, más que trabajo propiamente dicho. Tenía poco trabajo manual: se limitaba a cambiar la señal, controlar el semáforo y mover aquella palanca de hierro de vez en cuando. Respecto a todas esas horas de soledad que a mí parecían impresionarme tanto, solo podía decir que su vida se había ido adaptando a aquella rutina y que se había acostumbrado. En aquel lugar había aprendido un idioma de forma autodidacta, aunque solo sabía leerlo y se había hecho una idea de la pronunciación por su cuenta. También había estudiado fracciones y decimales y algo de álgebra; pero los números nunca se le habían dado muy bien, ni siquiera de niño. ¿Era necesario, siempre que estuviera de servicio, que permaneciera en aquella corriente de aire húmedo? ¿No podía subir a lo alto de aquellas paredes de piedra a que le tocara el sol? Bueno, eso dependía del momento y de las circunstancias. En algunas ocasiones había menos movimiento de trenes que en otras, y lo mismo ocurría a ciertas horas del día y de la noche. Cuando hacía buen tiempo, buscaba la ocasión para subir un poco y alejarse de las sombras; pero dado que en cualquier momento podían llamarlo a través del timbre eléctrico, cuando lo hacía estaba aún más pendiente, por lo que el desahogo era menor de lo que yo podría suponer.

Me hizo pasar a su garita, donde había una chimenea, un escritorio con un libro de registro en el que tenía que apuntar ciertos datos, un transmisor telegráfico con su dial, su esfera y sus agujas, y el pequeño timbre del que me había hablado. Comenté que parecía tener una buena formación (algo que espero que no le ofendiera), quizá superior a la necesaria para aquel puesto, y él observó que las pequeñas incongruencias de ese tipo no eran raras en cualquier sociedad humana, que él había oído hablar de casos en los asilos para pobres, en la policía e incluso en ese último recurso para desesperados, el ejército; y sabía que se daba, en mayor o menor medida, en cualquier compañía de ferrocarril. En su juventud había estudiado filosofía natural (si podía creerlo, sentado en aquella cabaña; él apenas lo hacía). Había asistido a la universidad, pero se había desbocado; había perdido sus oportunidades, había caído y no había conseguido levantarse de nuevo. No es que se quejara por ello. Él mismo se lo había buscado y ya era demasiado tarde para rectificar.

Todo lo que he resumido en estas líneas lo dijo muy tranquilo, con gesto grave, dirigiendo la mirada alternativamente a mí y al fuego. Introducía la palabra «señor» de vez en cuando y especialmente cuando hacía referencia a su juventud, como si quisiera que comprendiera que no pretendía fingir ser nada más que lo que veía. Le interrumpió varias veces el timbre y tuvo que leer algunos mensajes y enviar respuestas. En una ocasión tuvo que levantarse, situarse junto a la puerta mostrando una bandera mientras pasaba el tren y darle alguna información verbal al maquinista. Observé que era muy escrupuloso y atento en el cumplimiento de sus deberes, hasta el punto de que podía interrumpir su discurso de pronto, a media palabra, y permanecer en silencio hasta completar la labor que requiriera su atención.

En una palabra, habría calificado a este hombre como uno de los más fiables en su puesto si no fuera porque, mientras hablaba conmigo, en dos ocasiones se quedó lívido y se giró hacia el pequeño timbre sin que este sonara, abrió la puerta de la garita (que mantenía cerrada para evitar la insana humedad) y miró hacia el exterior, en dirección a la luz roja junto a la boca del túnel. En ambas ocasiones volvió junto al fuego con la inexplicable expresión que ya había visto antes y que me resultaba imposible definir cuando estábamos tan lejos.

—Casi me da la impresión de que veo en usted a un hombre satisfecho —dije al ponerme en pie para marcharme (y debo reconocer que lo dije para tirarle de la lengua).

—Supongo que en el pasado lo fui —concedió con la misma voz baja con que me había hablado al principio—. Pero estoy preocupado, señor, estoy preocupado.

Habría retirado sus palabras si hubiera podido. Pero las había dicho y yo enseguida me agarré a ellas.

—¿Por qué? ¿Cuál es el problema?

—Es muy difícil de explicar, señor. Es muy, muy difícil de explicar. Si algún día vuelve a visitarme, intentaré contárselo.

—Si es así, desde luego que le haré otra visita. Dígame, ¿cuándo le va bien?

—Acabo el turno a primera hora de la mañana; volveré a estar en mi puesto a las diez de la noche.

—Pues vendré a las once.

Me dio las gracias y me acompañó a la puerta.

—Encenderé la luz blanca hasta que encuentre el camino, señor —dijo con su peculiar tono quedo—. ¡Cuando lo encuentre no me llame! ¡Y cuando llegue arriba tampoco!

Aquello hizo que el lugar me pareciera aún más gélido, pero me limité a responder:

—Muy bien.

—Y mañana cuando baje ¡no me llame! Déjeme que le haga una última pregunta. ¿Qué es lo que le hizo gritar: «¡Eh! ¡Ahí abajo!» esta noche?

—Dios sabe —dije yo—. Grité algo parecido...

—Algo parecido no, señor. Fueron exactamente esas palabras. Las conozco bien.

—Pues admitamos que fueron esas las palabras exactas. Las dije, sin duda, porque le vi ahí abajo.

—¿Y por ningún otro motivo?

—¿Qué otro motivo podría tener?

—¿No tuvo la sensación de que esas palabras le llegaron de un modo sobrenatural?

—No.

Me dio las buenas noches y sostuvo en alto la luz. Caminé junto a la vía (con la desagradable sensación de que un tren se me echaría encima por detrás) hasta que encontré el camino. Era más fácil subir que bajar y regresé a mi pensión sin problemas.

A la noche siguiente, con puntualidad, apoyé el pie en la primera muesca del camino en zigzag justo en el momento en que los relojes daban las once a lo lejos. Él me esperaba abajo con su luz blanca encendida.

—No le he llamado —dije cuando llegué a su altura—. ¿Ahora puedo hablar?

—Por supuesto, señor.

—Buenas noches, pues, y aquí tiene mi mano.

—Buenas noches, señor, aquí tiene la mía —respondió, y fuimos caminando uno al lado del otro hasta su garita; entramos, cerramos la puerta y nos sentamos junto al fuego.

—He estado pensando, señor —dijo echando el cuerpo hacia delante en el momento en que nos sentamos y hablando con un tono de voz que era poco más que un susurro— que no tendrá que preguntarme dos veces qué es lo que me preocupa. Ayer lo tomé por otra persona. Y es eso lo que me preocupa.

—¿Ese error?

—No, esa otra persona.

—¿Quién es?

—No lo sé.

—¿Se parece a mí?

—No lo sé. No le he visto nunca la cara. Se cubre la cara con el brazo izquierdo y agita el derecho violentamente. Así.

Seguí su gesto con la mirada y observé su brazo moviéndose como si expresara con gran pasión y vehemencia: «¡Por el amor de Dios, apártese de ahí!».

—Una noche de luna llena yo estaba ahí sentado —dijo el hombre—, cuando oí una voz que gritaba: «¡Eh! ¡Ahí abajo!». Me sobresalté, miré desde la puerta y vi a esa persona de pie, junto a la luz roja de la entrada del túnel, moviendo los brazos como le acabo de enseñar. La voz parecía ronca de tanto gritar y decía: «¡Cuidado! ¡Cuidado!». Y luego otra vez: «¡Eh! ¡Ahí abajo! ¡Cuidado!». Yo tomé mi farol, lo puse en rojo y corrí hacia la figura diciendo: «¿Qué pasa? ¿Qué ha pasado? ¿Dónde?». Estaba de pie, junto a la negra boca del túnel. Estaba ya tan cerca de él que me extrañó que siguiera tapándose los ojos. Fui corriendo hasta allí y ya tenía la mano extendida para tirarle de la manga cuando desapareció.

—¿Se metió en el túnel?

—No. Me adentré quinientas yardas por el interior del túnel. Paré y levanté mi farol y vi los números que indican la distancia, las manchas de

humedad en las paredes y el agua goteando por el arco. Salí corriendo aún más rápido de lo que había entrado, porque empezaba a sentir una aversión mortal hacia aquel lugar, y examiné los alrededores de la luz roja con mi propia luz roja, subí por la escalera de hierro hasta la galería superior, bajé y volví aquí corriendo. Telegrafié en las dos direcciones: «Ha saltado una alarma. ¿Pasa algo?». Pero la respuesta que llegó de ambas direcciones fue: «Todo bien».

Sentí que un gélido escalofrío me recorría la espina dorsal, pero intenté ignorarlo y le quise hacer ver que debía de haber sido una ilusión óptica y que se había demostrado que esas imágenes, fruto de un trastorno de los delicados nervios que controlan las funciones del ojo, podían llegar a angustiar a quienes lo padecían y algunos incluso tomaban conciencia de la naturaleza de su afección, que en algunos casos habían confirmado con experimentos sobre sí mismos.

—Y respecto al grito imaginario —dije—, no hay más que escuchar por un momento el viento en este valle artificial mientras hablamos en voz baja, y los sonidos de arpa desafinada que emiten los cables del telégrafo.

Me respondió, cuando llevábamos sentados un rato, que todo eso estaba muy bien, y desde luego él sabía bastante de viento y cables después de haber pasado tantas largas noches de invierno en aquel lugar, solo, observando. Pero me señaló que no había acabado su relato. Me disculpé y él, lentamente, añadió estas palabras, con la mano puesta sobre mi brazo:

—Seis horas después de la aparición, se produjo el famoso accidente de esta línea y al cabo de diez horas ya estaban transportando a los muertos y heridos por el túnel, por el mismo sitio donde había aparecido la figura.

Un desagradable escalofrío me recorrió el cuerpo, pero hice lo que pude para contenerlo. No podía negarse, concedí, que aquello era una coincidencia notable que sin duda tenía que haberle impresionado. Pero tampoco podía negarme que se producían coincidencias notables constantemente, y que aquello era algo que había que tener en cuenta en la interpretación de aquel caso. Aun así, me pareció ver que estaba a punto de plantear sus objeciones y tuve que reconocer que los hombres con sentido común no daban demasiado crédito a las coincidencias en su día a día.

De nuevo me hizo notar que no había acabado, y una vez más le pedí perdón por mis interrupciones.

—Esto —dijo apoyando una vez más la mano en mi brazo y mirando por encima del hombro con gesto ausente— fue hace exactamente un año. Pasaron seis o siete meses y ya me había recuperado de la sorpresa, cuando un día, hacia el amanecer, estaba yo en la puerta, miré hacia la luz roja y vi otra vez el espectro.

Se quedó callado mirándome fijamente.

—¿Le llamó?

—No. No dijo nada.

—¿Movió el brazo?

—No. Estaba apoyado en el poste de la luz, con ambas manos delante del rostro. Así.

Una vez más, seguí su gesto con la mirada. La actitud era de duelo. He visto esa postura en figuras de piedra talladas en las tumbas.

—¿Se acercó a él?

—Entré y me senté, en parte para reordenar mis pensamientos, pero también porque me había dejado sin fuerzas. Cuando volví a la puerta ya lucía el sol con fuerza y el espectro había desaparecido.

—¿Y eso fue todo? ¿No pasó nada más después?

Me tocó en el brazo con el dedo índice dos o tres veces, asintiendo gravemente cada vez:

—Ese mismo día, cuando un tren salía del túnel, por la ventana de un vagón vi lo que me pareció una confusión de manos y cabezas y algo que se agitaba. Lo vi justo a tiempo para dar la señal de parada al maquinista. Él echó el freno, pero el tren siguió adelante unas ciento cincuenta yardas o más. Yo corrí tras él y, mientras lo hacía, oí unos gritos terribles. Una hermosa joven había muerto repentinamente en uno de los compartimentos y la trajeron aquí. La tendieron en el suelo, justo aquí, en el mismo sitio donde estamos nosotros.

Yo eché la silla hacia atrás involuntariamente al mirar hacia los tablones del suelo, donde él señalaba.

—Es cierto, señor. Es cierto. Sucedió tal como se lo cuento.

No se me ocurría nada que decir, ni en un sentido ni en el otro, y sentí la boca muy seca. El viento y los cables del telégrafo dieron continuidad a la historia con un largo lamento quejumbroso.

—Bueno, señor —añadió él—, ahora entenderá el motivo de mi turbación. El espectro regresó hace una semana. Y desde entonces se presenta, una y otra vez, a intervalos irregulares.

—¿Junto a la luz?

—Junto a la luz de peligro.

—¿Y qué es lo que hace?

Repitió, aunque con mayor pasión y vehemencia aún, el gesto de: «¡Por el amor de Dios, apártese de ahí!». Luego prosiguió:

—No encuentro reposo. Me llama, durante minutos seguidos, con voz agónica: «¡Eh! ¡Ahí abajo! ¡Cuidado! ¡Cuidado!». Agita los brazos, llamándome. Hace sonar el timbre...

Aquello me llamó la atención.

—¿Hizo sonar su timbre anoche, cuando vine yo y usted fue a la puerta?

—Dos veces.

—Pues vea —dije— cómo le engaña su imaginación. Yo tenía la vista puesta en el timbre y los oídos pendientes de su sonido y como que estoy vivo que el timbre no sonó. Ni en esa ni en ninguna otra ocasión, salvo cuando lo hizo en el transcurso de las comunicaciones rutinarias con la estación.

Él negó con la cabeza.

—En eso nunca me he equivocado, señor. Nunca he confundido el sonido del timbre cuando lo toca el espectro con las ocasiones en que lo hace el hombre. Cuando lo hace sonar el espectro se produce una extraña vibración que no deriva de ninguna otra cosa, y no he dicho que la campanilla hiciera algún movimiento visible. No me extraña que usted no lo oyera. Pero yo lo oí.

—¿Y el espectro parecía estar ahí cuando usted miró?

—¡Estaba ahí!

—¿Las dos veces?

—Las dos veces —repitió con decisión.

—¿Quiere usted venir a la puerta conmigo y mirar ahora?

Se mordió el labio inferior como si no le apeteciera en absoluto, pero se puso en pie. Yo abrí la puerta y me quedé sobre el escalón, mientras que él se situó en el umbral. Ahí estaban la luz de peligro, la sombría boca del túnel y las altas paredes de piedra húmeda del terraplén. Y por encima, las estrellas.

—¿Lo ve? —le pregunté, mirándolo fijamente a la cara.

Parecía que los ojos se le fueran a salir de las órbitas de la tensión, pero quizá no más que a mí cuando había dirigido al mirada hacia allí, escrutando ese mismo lugar.

—No —respondió—. No está ahí.

—Estamos de acuerdo —respondí yo.

Entramos otra vez, cerramos la puerta y volvimos a nuestros asientos. Yo estaba pensando en cómo aprovechar de la mejor manera aquella ventaja, si es que podía considerarse así, cuando él reanudó la conversación con toda naturalidad, dando por supuesto que no podía haber entre nosotros ningún tipo de desacuerdo sobre los hechos, que mi posición no se sostenía.

—A estas alturas ya habrá entendido, señor, que lo que tanto me angustia es la pregunta: «¿Qué significa el espectro?».

Le dije que no estaba seguro de entenderlo del todo.

—¿De qué me está advirtiendo? —dijo, pensativo, con los ojos puestos en el fuego y girándose solo de vez en cuando para mirarme—. ¿Cuál es el peligro? ¿Dónde está? Algún peligro se cierne sobre algún punto de la línea. Se acerca alguna desgracia terrible. Con todo lo ocurrido antes, esta tercera vez no quedan dudas. Pero es una crueldad cómo me está atormentando todo esto. ¿Qué puedo hacer?

Sacó el pañuelo y se secó las gotas de sudor de la frente.

—Si envío una señal de peligro en cualquiera de las dos direcciones, o en ambas, no podría justificar el motivo —añadió, limpiándose las palmas de las manos—. Me metería en un lío y no serviría de nada. Pensarían que estoy loco. Esto es lo que ocurriría. Mensaje: «¡Peligro! ¡Cuidado!». Respuesta: «¿Qué peligro? ¿Dónde?». Mensaje: «No lo sé. ¡Pero por Dios, tengan cuidado!». Me relevarían de mi puesto. ¿Qué otra cosa podrían hacer?

Resultaba doloroso ver el suplicio que estaba viviendo. Era la tortura mental de un hombre con conciencia, atormentado hasta el límite de su resistencia por una responsabilidad incomprensible de la que dependían vidas humanas.

—Cuando se situó por primera vez bajo la luz de peligro —prosiguió, echándose hacia atrás el oscuro cabello con las manos y llevándoselas luego a las sienes, en un gesto de angustia febril—, ¿por qué no me dijo que iba a producirse un accidente, si así debía ser? ¿Por qué no me dijo cómo podía evitarse, si es que podía evitarse? Cuando vino por segunda vez y ocultó su rostro, ¿por qué no me dijo: «Ella va a morir. Que se quede en casa»? Si esas dos ocasiones vino solo para demostrarme que sus avisos eran reales y para prepararme para el tercero, ¿por qué ahora no me advierte directamente? Y yo... ¡Que Dios me ayude! ¡No soy más que un pobre guardavía en su puesto solitario! ¿Por qué no acude a alguien con el prestigio suficiente como para que le crean y con el poder necesario para actuar?

Cuando lo vi en aquel estado tuve claro que, por su bien y por el de la seguridad pública, tenía que tranquilizarlo. Así que, dejando de lado la cuestión de la realidad o irrealidad de su visión, le dije que cualquiera que realizara su trabajo a conciencia actuaba bien, y que al menos debía quedarse tranquilo sabiendo que cumplía con su deber, aunque no entendiera el significado de aquellas confusas apariciones. En esto tuve más éxito que con mi intento de hacerle razonar para convencerle de su error. Se calmó; a medida que transcurría la noche las tareas propias de su trabajo empezaron a requerir más atención por su parte y a las dos de la madrugada le dejé y me fui. Me había ofrecido a quedarme a pasar la noche, pero él no quiso ni oír hablar de ello.

No voy a ocultar que mientras ascendía por el camino me giré más de una vez a mirar la luz roja, que no me gustaba aquella luz roja y que habría dormido mal de haber tenido que hacerlo allí abajo. Y tampoco me gustaban las dos secuencias del accidente y de la joven muerta. Tampoco veo motivo para ocultar eso.

Pero lo que más me ocupaba la mente era la duda de cómo debía actuar tras haberme convertido en su confidente. Había comprobado que aquel hombre era inteligente, atento, concienzudo y preciso. ¿Pero cuánto tiempo más podría seguir siéndolo, en su estado de ánimo? A pesar de que su puesto era humilde, también tenía una importante responsabilidad. ¿Estaría yo dispuesto, por ejemplo, a poner en juego mi propia vida confiando en que siguiera ejecutando su trabajo con precisión?

No podía evitar pensar que sería una traición por mi parte comunicar lo que me había contado a sus superiores en la compañía sin hablar antes claramente con él y proponerle una vía intermedia, así que decidí ofrecerme para acompañarle al mejor médico que pudiéramos encontrar en la zona y pedirle su opinión, por supuesto guardándole el secreto por el momento. Me había dicho que la noche siguiente cambiaba de turno, acabaría una hora o dos después del amanecer y volvería a su puesto poco después del anochecer, así que me organicé para volver de acuerdo con este horario.

La tarde del día siguiente hacía un tiempo estupendo y salí temprano para disfrutarlo. El sol aún no se había puesto del todo cuando atravesé el camino junto a lo alto del profundo terraplén. Me dije a mí mismo que alargaría el paseo una hora, media hora de ida y media de vuelta, y así haría tiempo hasta el momento de mi encuentro con mi amigo el guardavía.

Antes de seguir adelante con mi paseo, me acerqué al borde y miré hacia abajo mecánicamente, desde el punto donde le había visto por primer vez. No puedo describir la emoción que me invadió cuando vi cerca del túnel a un hombre, tapándose los ojos con la manga izquierda y agitando el brazo derecho frenéticamente.

El horror innombrable que me oprimía se pasó enseguida, porque al instante vi que aquella aparición era realmente un hombre y que había un pequeño grupo de otros hombres, a poca distancia, a quien parecía dirigir aquel gesto. La luz de peligro aún no se había encendido. Apoyada en el poste de la luz vi una pequeña garita que me parecía totalmente nueva, hecha con unos soportes de madera y una lona. No debía ser más grande que una cama.

Con la inequívoca sensación de que algo iba mal, reprochándome de pronto el terrible error que había cometido dejando allí a aquel hombre, sin enviar a nadie para que corroborara o desmintiera lo que me había dicho, descendí por el sendero excavado en la roca lo más rápido que pude.

—¿Qué ha pasado? —pregunté a los hombres.

—El guardavía ha muerto esta mañana, señor.

—¿No será el que trabajaba en esa caseta?

—Sí, señor.

—¿No será el hombre que yo conozco?

—Lo reconocerá, señor, si lo conocía —dijo el hombre que parecía liderar el grupo, quitándose el sombrero con gesto solemne y levantando un extremo de la lona—, porque el rostro ha quedado bastante entero.

—¿Pero cómo fue? ¿Cómo pudo ocurrir? —pregunté mirando a uno tras otro, mientras la lona caía de nuevo.

—Lo arrolló una locomotora, señor. No había hombre en Inglaterra que conociera mejor su trabajo. Pero por algún motivo no se había apartado del raíl. Ocurrió en pleno día. Había encendido la luz y aún tenía el farol en la mano. Cuando la locomotora salió del túnel, él estaba de espaldas y el tren lo embistió. Ese hombre lo conducía, y nos estaba explicando cómo sucedió. Explícaselo al caballero, Tom.

El hombre, que llevaba un uniforme oscuro de tela gruesa, volvió a su posición anterior, en la boca del túnel.

—Salía de la curva del túnel, señor —dijo—. Y entonces lo vi en la salida, fue como si lo viera al fondo de un catalejo. No había tiempo para reducir la velocidad, y sabía que era un hombre muy cuidadoso. Dado que no parecía que oyera el silbato, lo apagué justo en el momento en que íbamos a arrollarlo y le grité todo lo fuerte que pude.

—¿Y qué le dijo?

—Le dije: «¡Eh! ¡Ahí abajo! ¡Cuidado! ¡Cuidado! ¡Por el amor de Dios, apártese de ahí!».

Me quedé de piedra.

—¡Ah! fue un momento terrible, señor. No dejé de gritarle en ningún momento. Me puse el brazo ante los ojos para no verlo y agité el otro hasta el último momento, pero no sirvió de nada.

No quiero prolongar mi relato para ahondar en ninguna de sus curiosas circunstancias en particular, pero no puedo concluir sin señalar la coincidencia de que la advertencia del conductor no solo incluía las palabras que tanto habían atormentado al desdichado guardavía, según su propio relato, sino también las palabras con que yo mismo —y no él— había acompañado mentalmente los gestos que él había representado.

LAS TUMBAS DE SAINT-DENIS

ALEXANDRE DUMAS, PADRE

—Y bien, ¿eso qué prueba, doctor? —preguntó el señor Ledru.

—Prueba que los órganos que transmiten al cerebro las percepciones que reciben pueden verse alterados por ciertas causas hasta el punto de ofrecer al espíritu un espejo infiel y que, en semejantes casos, se ven objetos y se oyen sonidos que no existen. Eso es todo.

—Sin embargo —dijo el caballero Lenoir con la timidez de un sabio de buena fe—, sin embargo, ocurren ciertas cosas que dejan una huella. Ciertas profecías se cumplen. ¿Cómo explicaría, doctor, que golpes propinados por espectros hayan dado lugar a moratones en el cuerpo que los ha recibido? ¿Cómo explicaría que una visión haya podido diez, veinte, treinta años antes, revelar el porvenir? ¿Lo que no existe puede causar moratones o anunciar lo que ha de pasar?

—¡Ah! —dijo el doctor—, ¿se refiere a la visión del rey de Suecia?

—No, a algo que yo mismo he visto.

—¿Usted?

—Yo.

—¿Dónde?

—En Saint-Denis.

—¿Cuándo?

—En 1794, durante la profanación de las tumbas.

—¡Ah! Sí, escuche esto, doctor —dijo el señor Ledru.

—¿Qué? ¿Qué vio? Diga.

—Lo siguiente.

Fui nombrado director del Museo de Monumentos Franceses en 1793 y, como tal, estuve presente en la exhumación de los cadáveres de la abadía de Saint-Denis, cuyo nombre, los ilustrados patriotas habían cambiado por el de Franciade. Puedo, cuarenta años después, contarles los extraños sucesos que hicieron destacable tal profanación.

El odio que había conseguido inspirar el pueblo contra Luis XVI y que el cadalso del 21 de enero no llegó a saciar se extendió a los reyes de su raza: se quiso perseguir a la monarquía hasta su fuente, a los monarcas hasta sus tumbas, para arrojar al viento la ceniza de sesenta reyes. También, quizá, se tuvo la curiosidad de ver si los grandes tesoros que se suponía que encerraban algunas de esas tumbas se habían conservado intactos, como se decía.

El pueblo se agolpó en Saint-Denis. Del 6 al 8 de agosto, destruyeron cincuenta y una tumbas, la historia de doce siglos. Entonces, el gobierno decidió regularizar tales desórdenes e inspeccionar por su propia cuenta las tumbas y declararse heredero de la monarquía a la que había puesto fin con su último representante, Luis XVI. Se trataba, además, de reducir a la nada el nombre, hasta el recuerdo, hasta los huesos de los reyes; se trataba de tachar de la historia catorce siglos de monarquía. Pobres locos que no comprenden que los hombres, a veces, pueden cambiar el futuro... ¡pero jamás el pasado!

Se había dispuesto en el cementerio una gran fosa común siguiendo el modelo de las fosas para los pobres. Era en esa fosa, sobre un lecho de cal, donde tenían que ser arrojados, como basura, los huesos de aquellos que habían hecho de Francia la primera de las naciones, desde Dagoberto hasta Luis XV. Así se daba satisfacción al pueblo, pero, sobre todo, gran gozo a esos legisladores, a esos abogados, a esos periodistas envidiosos, aves de presa de las revoluciones, cuyo ojo es herido por cualquier esplendor, como el ojo de sus hermanos, los pájaros de la noche, es herido por cualquier luz. El orgullo de aquellos que no pueden edificar es el de destruir.

Fui nombrado inspector de las excavaciones; era para mí un medio de salvar tantas cosas valiosas como pudiera. Acepté.

El sábado 12 de octubre, mientras se instruía el proceso de la reina, hice abrir el mausoleo de los Borbones, al lado de las capillas subterráneas, y empecé por sacar el ataúd de Enrique IV, asesinado el 14 de mayo de 1610, a la edad de cincuenta y siete años.

Por lo que respecta a la estatua del Pont Neuf, obra maestra de Jean de Bologne y de su discípulo, se había fundido para acuñar monedas de escaso valor.

El cuerpo de Enrique IV estaba maravillosamente conservado; los rasgos faciales eran perfectamente reconocibles, los mismos que el amor del pueblo y el pincel de Rubens han consagrado. Al verlo salir el primero de la tumba y aparecer a la luz en su sudario, tan bien conservado como su persona, la emoción se desbordó y faltó poco para que el grito de «¡Viva Enrique IV!», tan popular en Francia, resonara instintivamente bajo las bóvedas de la iglesia.

Al ver tales muestras de respeto, incluso diría de amor, hice colocar el cuerpo apoyado en una de las columnas del coro para que cada cual pudiera ir allí a contemplarlo. Iba vestido, como en vida, con un jubón de terciopelo negro, encima del cual destacaban la gola y los puños blancos; sus pantalones eran igualmente de terciopelo, como el jubón; las medias de seda eran del mismo color y asimismo los zapatos. Sus hermosos cabellos grisáceos seguían formando una aureola alrededor de su cabeza y la bella barba blanca le seguía cayendo encima del pecho.

En aquel momento empezó una larga procesión, como ante las reliquias de un santo: unas mujeres tocaban las manos del buen rey; otras besaban los bajos de su manto; otras arrodillaban a sus hijos, murmurando en voz baja:

—¡Ah! Si viviera, el pueblo no sería tan infeliz.

Y hubieran podido añadir: ni tan feroz; ya que la causa de la ferocidad del pueblo es la infelicidad.

Esta procesión se alargó durante toda la jornada del sábado 12 de octubre, del domingo 13 y del lunes 14. El lunes, las excavaciones se retomaron tras la comida de los obreros, es decir, hacia las tres de la tarde.

El primer cadáver que salió a la luz después del de Enrique IV fue el de su hijo Luis XIII. Estaba bien conservado y, aunque los rasgos faciales se habían aplastado, todavía se lo podía reconocer por el bigote. Le siguió el de Luis XIV, reconocible por sus grandes rasgos que han hecho de su rostro la máscara típica de los Borbones, solo que estaba negro como la tinta. Aparecieron sucesivamente los de María de Médici, segunda mujer de Enrique IV; Ana de Austria, mujer de Luis XIII; de María Teresa, mujer de Luis XIV y el del gran Delfín. Todos estos cuerpos estaban putrefactos; el del gran Delfín se encontraba en estado de putrefacción líquida.

El martes 15 de octubre, las exhumaciones prosiguieron. El cadáver de Enrique IV permanecía de pie apoyado en la columna y asistía impasible a ese gran sacrilegio que se cometía a la vez contra sus antepasados y sus descendientes.

El miércoles 16, justo en el momento en que a la reina María Antonieta le cortaban la cabeza en la plaza de la Revolución, es decir, a las once de la mañana, se sacaba del mausoleo de los Borbones el ataúd del rey Luis XV. Según la antigua costumbre ceremonial de Francia, estaba tendido a la entrada del mausoleo, donde esperaba a su sucesor, que no iría a reunirse con él. Se tomó el ataúd, se trasladó y solo se abrió en el cementerio, al borde de la fosa. En principio, al retirar el cuerpo del ataúd de plomo, bien envuelto en ropa blanca y cintas, parecía entero y en buen estado de conservación; pero desprovisto de su envoltorio, no ofrecía más que la peor imagen de la putrefacción y emanó de él un olor tan infecto que todo el mundo huyó y tuvimos que quemar bastantes libras de pólvora para purificar el aire. Arrojamos enseguida en la fosa lo que quedaba del héroe del Parc-aux-Cerfs, del amante de Châteauroux, de madame Pompadour y de madame du Barry y, caídas sobre un lecho de cal viva, fueron cubiertas de más cal esas inmundas reliquias.

Me había quedado el último para quemar pólvora y echar cal, y fue entonces cuando oí un gran barullo que provenía de la iglesia; allí me dirigí prontamente y vi a un obrero que forcejeaba en medio de sus camaradas mientras que las mujeres le mostraban el puño y lo amenazaban. El miserable había abandonado su tarea para ir a presenciar un espectáculo aún más triste: la ejecución de María Antonieta; luego, ebrio de los gritos que había proferido y los que había oído proferir, de la sangre que había visto derramarse, había regresado a Saint-Denis y, acercándose a Enrique IV, de pie junto a la columna y rodeado como siempre de curiosos, y aun diría de devotos, dijo:

—¿Con qué derecho permaneces de pie, cuando se están cortando las cabezas de los reyes en la plaza de la Revolución?

Y, al mismo tiempo, agarrando la barba con la mano izquierda, se la arrancó, mientras que, con la derecha, daba un bofetón al cadáver real. El cadáver cayó al suelo produciendo un ruido seco, parecido al de un saco de huesos.

Al instante, un gran griterío se alzó por todos lados. Con otro rey cualquiera se podría haber arriesgado a realizar semejante ultraje, pero con Enrique IV, el rey del pueblo, significaba casi lo mismo que ultrajar al pueblo. El obrero sacrílego corría, pues, un gran riesgo cuando acudí a su auxilio. Al ver que podía contar con mi apoyo, se puso bajo mi protección. Pero, a pesar de protegerlo, quería que recayeran sobre él las consecuencias de la acción infame que había cometido:

—Amigos míos —dije a los obreros—, soltad a este miserable; ha insultado a alguien que está en buena posición, allá en los cielos, para obtener de Dios su castigo.

Después, tras haber recuperado la barba que había arrancado al cadáver y que aún sostenía en la mano izquierda, lo expulsé de la iglesia, anunciándole que ya no formaba parte de los obreros a los que yo había empleado. El abucheo y las amenazas de sus camaradas lo persiguieron hasta la calle.

Temiendo nuevos ultrajes a Enrique IV, ordené que fuera llevado a la fosa común. Pero, incluso hasta allí, el cadáver fue acompañado con muestras de respeto. En vez de ser arrojado, como los otros, al pudridero real, lo bajaron despacio y lo depositaron con cuidado en una de las esquinas;

luego, en lugar de una capa de cal, le echaron piadosamente una capa de tierra.

Concluida la jornada, los obreros se retiraron y el guarda se quedó solo: era un hombre valiente que había dejado allí por miedo a que durante la noche alguien penetrara en la iglesia, ya fuera a cometer nuevas mutilaciones, ya fuera para robar más cosas; este guarda dormía durante el día y velaba de siete de la tarde a siete de la mañana. Se pasaba la noche en pie y se paseaba para entrar en calor, o bien se sentaba cerca de una hoguera encendida junto a uno de los pilares más cercanos a la puerta.

Todo en la basílica presentaba la imagen de la muerte, y la devastación hizo que esta imagen fuera aún más terrible. Las criptas estaban abiertas y las lápidas apoyadas en los muros; las estatuas rotas cubrían el empedrado de la iglesia; aquí y allá, los ataúdes habían devuelto a los muertos de los que no pensaban dar cuenta hasta el día del juicio final. Todo, en fin, invitaba al espíritu del hombre, si este era un espíritu elevado, a la meditación; si era débil, al terror.

Afortunadamente, el guarda no estaba hecho de espíritu sino de materia orgánica. Observaba los escombros con la misma mirada que hubiera puesto al ver un bosque talado o un campo segado y lo único que le preocupaba era contar las horas de la noche y seguir la voz monótona del reloj, que era lo único que seguía vivo en la basílica desolada.

Cuando tocó la medianoche y aún vibraba el último golpe de martillo en las sombras profundas de la iglesia, el guarda oyó unos fuertes gritos que provenían del cementerio. Eran gritos de auxilio, largos quejidos, dolorosas lamentaciones. Tras el primer momento de sorpresa, se armó con un pico y avanzó hacia la puerta que comunicaba la iglesia con el cementerio; pero, una vez abierta la puerta y habiendo reconocido perfectamente que los gritos salían de la fosa de los reyes, no se atrevió a ir más lejos, la cerró y corrió a despertarme en el hotel en el que yo me alojaba.

Al principio no quise creer que ese clamor saliera de la fosa real, pero como me hospedaba delante de la iglesia, el guarda abrió mi ventana y, en medio del silencio roto solamente por el murmullo de la brisa invernal, creí oír efectivamente largos quejidos que no parecía que se pudieran atribuir solamente a la lamentación del viento. Me levanté y acompañé al guarda hasta la iglesia. Una vez allí y después de cerrar el portal tras nosotros, oímos más claramente los quejidos de los que he hablado. Aún resultaba más fácil distinguir de dónde procedían porque el guarda había cerrado la puerta y esta se había vuelto a abrir. No cabía duda de que los gritos provenían de allí.

Encendimos dos antorchas y nos encaminamos hacia la puerta; pero hasta tres veces, al acercarnos, la corriente establecida entre el exterior y el interior las apagó. Entendí que era como esos estrechos difíciles de doblar y que al llegar al cementerio no tendríamos que sostener la misma lucha. Encendí una linterna, además de las antorchas. Las antorchas se apagaron, pero la linterna aguantó. Cruzamos el estrecho y, una vez en el cementerio, volvimos a encenderlas y el viento las respetó. Sin embargo, a medida que nos acercábamos, el clamor se amortecía y, en el momento de llegar al borde de la fosa, casi se había extinguido. Movimos nuestras antorchas por encima de la vasta apertura y, en medio de los huesos, sobre la capa de cal y tierra arrojada por nosotros, vimos que una cosa informe forcejeando. Esa cosa parecía ser un hombre.

—¿Qué le pasa? ¿Qué busca? —pregunté a esa especie de sombra.

—¡Pobre de mí! —murmuró—, soy el miserable obrero que dio un bofetón a Enrique IV.

—Pero ¿cómo ha llegado hasta aquí?

—Sáqueme primero, señor Lenoir; me estoy muriendo. Después, se lo contaré todo.

Desde el momento en que el guarda de los muertos se había convencido de que se las tenía que ver con un ser vivo, el terror que se apoderara de él había desaparecido. Había recogido una escalera que estaba tirada entre las hierbas del cementerio y, sosteniéndola de pie, esperaba mis órdenes. Yo le mandé bajar la escalera a la fosa e indiqué al obrero que subiera. Se arrastró hasta la base de la escalera, pero llegado allí, cuando se tuvo que erguir y subir el primer escalón, se dio cuenta de que tenía una pierna y un brazo rotos. Le lanzamos una cuerda con un nudo corredizo y se la pasó por los hombros. Retuve el otro cabo entre mis manos, el guarda descendió algunos escalones y, gracias a esta doble sujeción, logramos sacar al vivo de la compañía de los muertos.

Apenas estuvo fuera de la fosa, se desvaneció. Lo llevamos al lado del fuego y lo tendimos sobre un lecho de paja. Luego envié al guarda a buscar a un médico. El guarda regresó con el doctor antes que el herido hubiera recuperado la consciencia y fue durante la operación cuando abrió los ojos. Realizado el vendaje, di las gracias al doctor y, como quería saber por qué extraña circunstancia el profanador se encontraba en la tumba real, mandé retirarse al guarda. Este, tras las emociones de semejante noche, no deseaba otra cosa, y así quedé a solas con el obrero. Me senté en una piedra al lado del lecho de paja donde estaba echado, de cara a la hoguera, cuyas llamas temblorosas iluminaban la parte de la iglesia en la que estábamos, dejando los demás espacios profundos en una oscuridad que parecía más espesa debido a la luz que nosotros recibíamos.

Interrogué al herido y he aquí lo que me contó. El hecho de ser despedido lo inquietó poco. Tenía dinero en el bolsillo y sabía bien que con dinero no le faltaría nada. En consecuencia, entró en una taberna y allí se pidió una botella. Al ir por el tercer vaso, vio entrar al dueño.

—Acaba pronto —le dijo este.

—¿Y por qué? —preguntó el obrero.

—Porque he oído decir que eres tú quien ha dado un bofetón a Enrique IV.

—Pues sí, soy yo —dijo insolentemente el obrero—. ¿Y qué pasa?

—Pasa que no quiero dar de beber a un bribón como tú que pueda atraer la maldición sobre mi casa.

—¡Tu casa! Tu casa es la de todos desde el momento en que cobras.

—Sí, pero tú no pagarás.

—¿Y eso por qué?

—Porque no quiero tu dinero. Y puesto que no vas a pagar, no estás en tu casa, sino en la mía; y como estás en mi casa tengo derecho a ponerte de patitas en la calle.

—Eso si lo consigues.

—Y si no lo consigo, llamaré a mis muchachos.

—Pues venga, llámalos, a ver.

El tabernero había convocado con antelación a tres muchachos que entraron a su llamada, cada uno con un garrote en la mano, y el obrero se vio forzado a retirarse por muchas ganas que tuviera de resistirse, sin decir palabra.

Salió, deambuló un rato por la ciudad y, a la hora de cerrar, se fue a una casa de comidas muy frecuentada por los obreros. Estaba terminando su sopa cuando estos, finalizada la jornada, aparecieron. Al verlo, se quedaron en la puerta y llamaron al dueño para asegurarle que, si ese hombre continuaba comiendo en su casa, ellos, del primero al último, dejarían de hacerlo. El cocinero preguntó qué había hecho tal hombre para merecer una reprobación tan general. Le dijeron que era el individuo que había dado un bofetón a Enrique IV.

—Entonces, ¡fuera de aquí! —dijo el cocinero, avanzando hacia él—. ¡Y ojalá lo que has comido te sirva de veneno!

Había menos posibilidades de resistencia en la casa de comidas que en la taberna. El obrero maldito se levantó amenazando a sus camaradas, que le abrieron paso, no por las amenazas que había proferido, sino a causa de la profanación que había cometido. Salió, con el corazón lleno de rabia; erró una parte de la noche por las calles de Saint-Denis, jurando y blasfemando. Después, hacia las diez de la noche, se dirigió a la habitación que tenía alquilada. Contra la costumbre de la casa, las puertas estaban cerradas. Llamó a la puerta y el dueño apareció en una ventana. Como era noche oscura, no pudo reconocer quién llamaba.

—¿Quién es? —preguntó.

El obrero dijo su nombre.

—¡Ah! —dijo el dueño—. Tú eres el que ha dado un bofetón a Enrique IV; espera.

—¿Cómo? ¿Qué tengo que esperar? —dijo el obrero con impaciencia.

Y, al mismo tiempo, un paquete cayó a sus pies.

—¿Qué es esto? —preguntó el obrero.

—Tus pertenencias.

—¿Cómo? ¿Mis cosas?

—Sí, ve a donde te plazca; no quiero que la casa caiga por tu culpa.

El obrero, furioso, tomó un adoquín y lo lanzó contra la puerta.

—Espera, iré a despertar a tus compañeros y ya veremos lo que pasa.

El obrero comprendió que nada bueno podía salir de aquello y se retiró. Encontró una puerta abierta a cien pasos de allí y se metió en un cobertizo. En ese cobertizo había paja y sobre ella se echó a dormir. A las doce menos cuarto le pareció que alguien le tocaba el hombro. Se despertó y vio ante él una forma blanca que tenía el aspecto de una mujer y que le hacía señas para que la siguiera. Creyó que se trataba de una de esas desdichadas que siempre tienen un catre y placer que dar a quien pague por el catre y por el placer; y como tenía dinero y prefería pasar la noche bajo techo y acostado en una cama, antes que pasarla en el cobertizo y acostado sobre la paja, se levantó y siguió a la mujer.

La mujer bordeó unos instantes las casas del lado izquierdo de la Grande-Rue; luego cruzó la calle y se metió en un callejón a la derecha, haciendo señas al obrero para que la siguiera. Este, acostumbrado a estas maniobras nocturnas, conocía por experiencia las callejuelas donde acostumbran a alojarse las mujeres del tipo que estaba siguiendo, y sin sospechar nada, se metió en el callejón. El callejón se abría a los campos; creyó que la mujer vivía aislada y no dejó de seguirla. Al cabo de cinco pasos, saltaron una zanja que había en el suelo; pero, de golpe, al levantar los ojos, vio que estaba delante de la vieja abadía de Saint-Denis, con su gigantesco campanario y sus ventanales ligeramente iluminados por el fuego del interior, al lado del cual vigilaba el guarda. Buscó a la mujer; había desaparecido. Estaba en el cementerio. Quiso volver a saltar la zanja; pero, en esa zanja, sombrío, amenazante, con el brazo tendido hacia él, le pareció ver al espectro de Enrique IV.

El espectro dio un paso hacia delante y el obrero un paso hacia atrás. Al cuarto o quinto paso, la tierra desapareció bajo sus pies y cayó de espaldas en la fosa. Entonces le pareció que veía de pie a su alrededor a todos aquellos reyes, antepasados y descendientes de Enrique IV, alzando sobre él unos sus cetros, otros las manos de justicia, mientras todos ellos gritaban: «¡Ay del sacrílego!». Luego le pareció que, al contacto de las manos de justicia y de los cetros pesados como el plomo y ardientes como el fuego, se

le rompían los miembros, uno tras otro. Fue en ese momento cuando tocó la medianoche y el guarda oyó los quejidos.

Hice lo que pude para tranquilizar a aquel infeliz; pero había perdido la razón y, después de un delirio que duró tres días, murió gritando: «¡Merced!».

—Perdón —dijo el doctor—, pero no comprendo en absoluto la consecuencia de su relato. El caso de vuestro obrero prueba que, con la cabeza preocupada por lo sucedido durante la jornada, sea en estado de vigilia o en estado de sonambulismo, erró durante la noche y que, errando, entró en el cementerio y que mientras miraba hacia lo alto, en vez de mirar dónde ponía los pies, cayó en la fosa en la que, naturalmente, por culpa del golpe, se fracturó un brazo y una pierna. Sin embargo, usted ha hablado sobre una predicción que se había cumplido, y no veo predicción por ningún lado.

—Espere, doctor —dijo el caballero—, la historia que acabo de contar y que, tiene razón, no es más que un hecho, lleva directamente a la predicción de la que le he hablado y que resulta un misterio. He aquí la predicción:

Hacia el 20 de enero de 1794, después de la demolición de la tumba de Francisco I, se abrió el sepulcro de la condesa de Flandes, hija de Felipe el Largo. Eran las dos últimas tumbas que quedaban por inspeccionar; todos los mausoleos estaban destruidos, las sepulturas vacías, los huesos en el osario. Una última sepultura había quedado inexplorada; era la del cardenal de Retz quien, según se decía, había sido enterrado en Saint-Denis. Los mausoleos habían sido sellados en su mayoría, tanto el de los Valois como el de los Carlos. Solo quedaba el de los Borbones, que había que sellar al día siguiente.

El guarda pasaba su última noche en la iglesia, donde ya no había nada que guardar, así que se le dio permiso para dormir, y no lo desaprovechó. A medianoche se despertó por el sonido del órgano y de los cantos religiosos. Se irguió, se frotó los ojos y giró la cabeza hacia el coro, es decir, del lado del que provenían los cánticos. Entonces vio con sorpresa las sillas del coro ocupadas por los religiosos de Saint-Denis; y vio a un arzobispo oficiar en el altar; vio la capilla iluminada y debajo el gran lienzo de oro que, como es costumbre, solo cubre el cuerpo de los reyes. Cuando se despertó, la misa había terminado y la ceremonia del entierro comenzaba.

El cetro, la corona y la mano de justicia, colocados sobre un cojín de terciopelo rojo, fueron entregados a los heraldos que los presentaron a tres príncipes y los tomaron. Al instante, avanzaron, más deslizándose que caminando, y sin que el sonido de sus pasos provocara el más mínimo eco en la sala. Los nobles de la cámara alzaron el cuerpo y lo llevaron al mausoleo de los Borbones, el único que permanecía abierto, mientras que el resto se había sellado.

Entonces, el maestro de armas descendió y, una vez allí, llamó a los heraldos para que siguieran el ritual. El maestro de armas y los heraldos eran cinco. Desde el fondo del mausoleo, el maestro de armas llamó al primer heraldo, que descendió portando las espuelas; luego al segundo, que descendió portando los guanteletes; luego al tercero, que descendió portando el escudo; luego al cuarto, que descendió portando el almete timbrado; luego el quinto, que descendió portando la cota de armas. Acto seguido, llamó al primer ayuda de cámara, que trajo el estandarte, a los capitanes suizos, a los arqueros de la guardia y a doscientos nobles de la casa. Delante del gran escudero desfilaron todos los lacayos, lanzando sus bastones blancos al mausoleo y saludando a los tres príncipes portadores de la corona, el cetro y la mano de justicia.

Entonces, el maestro de armas dijo en voz alta por tres veces: «¡El rey ha muerto! ¡Viva el rey! ¡El rey ha muerto! ¡Viva el rey! ¡El rey ha muerto! ¡Viva el rey!». Un heraldo, que había permanecido en el coro, repitió la triple salva. Al final, el gran maestro partió su vara de mando en señal de que la sucesión de la casa real se había roto y que los oficiales del rey podían retirarse. Al momento, el órgano y las trompetas sonaron y el guarda se despertó. Luego, mientras las trompetas seguían sonando cada vez más débilmente y el órgano más bajo, las luces de los cirios palidecieron, los cuerpos de los asistentes se difuminaron y, con el último quejido del órgano y la última nota de la trompeta, todo desapareció.

A la mañana siguiente, el guarda, cubierto de lágrimas, contó el entierro real que había presenciado y al que él, pobre hombre, asistió solo, prediciendo que esas tumbas dañadas serían reconstruidas y que, a pesar de los decretos de la Convención y la obra de la guillotina, Francia vería una nueva monarquía y Saint-Denis nuevos reyes. Esta predicción le costó la prisión y casi el cadalso al pobre diablo que, treinta años después, es decir, el 20 de septiembre de 1824, detrás de la misma columna desde donde había tenido la visión, me dijo, tirándome del faldón de mi chaqueta:

—Y bien, señor Lenoir, cuando yo le dije que nuestros pobres reyes regresarían un día a Saint-Denis, ¿me equivocaba o no?

En efecto, ese día enterraban a Luis XVIII con el mismo ceremonial que el guarda de las tumbas había visto treinta años antes.

—Explique eso, doctor.

EL PIE DE LA MOMIA

THÉOPHILE GAUTIER

Sin nada mejor que hacer, entré en la tienda de uno de esos vendedores de curiosidades que, en el argot parisino, completamente incomprensible para el resto de Francia, se llaman *marchands de bric-à-brac.*

No me cabe duda de que habrán dado ustedes algún vistazo a una de estas tiendas que tanto abundan desde que está de moda comprar muebles antiguos. Ha llegado a tal punto que hasta el último de los empleados de una agencia bursátil se cree obligado a tener una estancia de estilo medieval.

Estos establecimientos tienen algo de negocio de chatarrero, almacén de tapicero, laboratorio de alquimista y taller de pintor. En estos antros misteriosos en los que las contraventanas filtran una tímida claridad, lo más notoriamente antiguo es el polvo. Las telarañas son más auténticas que los guipures y el viejo peral es más antiguo que la caoba recién llegada de América.

La tienda de mi mercader de baratijas se hallaba en un desorden sin par: parecían allí reunidos todos los siglos y las naciones; una lámpara etrusca de terracota estaba puesta sobre un armario de Andrés-Charles de Boulle, con la madera de ébano profusamente trabajada con filamentos de cobre; un canapé de la época de Luis XV estiraba lánguidamente sus patas de ciervo bajo una robusta mesa del reinado de Luis XIII, con sus enredadas espirales de roble y tallas entremezcladas de follajes y quimeras. Una armadura damasquinada de Milán hacía espejear en un rincón el vientre sinuoso de su coraza; amores y ninfas de porcelana, simios chinos, jarroncitos de verde celedón craquelado, tazas de porcelana de Meissen y antigua porcelana de Sèvres, llenaban los estantes y repisas. En los denticulados anaqueles de los aparadores, refulgían inmensos platos de Japón con dibujos en rojo y azul, realzados con rayados en oro, al lado de cerámica esmaltada de Bernard Palissy, con representaciones de culebras, sapos y lagartos en relieve. De unos armarios abiertos de par en par, se escapaban cascadas de cortinajes de sedas brillantes y plateadas, olas de brocatel tachonado de abalorios que un oblicuo rayo de sol iluminaba; retratos de todas las épocas sonreían a través del barniz amarillento en marcos más o menos deslustrados.

El mercader me seguía con preocupación por el tortuoso pasaje practicado entre los muebles amontonados, golpeando con la mano el vuelo de los faldones de mi chaqueta y vigilando mis codos con la inquieta atención del anticuario y el usurero.

El rostro del mercader era, ciertamente, singular: un cráneo inmenso, pulido como una rodilla, rodeado de una escasa aureola de cabellos blancos que hacían resaltar con más viveza el tono salmón claro de la piel y le confería un falso aire de afabilidad patriarcal corregida, por lo demás, por el centelleo de los pequeños ojos amarillos que titilaban en sus órbitas como dos luises de oro sobre el azogue. La curvatura de la nariz adoptaba una silueta aguileña propia del tipo oriental o judío. Sus manos enjutas, débiles, venosas, cubiertas de nervios prominentes como las cuerdas del diapasón de un violín, con uñas cual garras, parecidas a las que terminan las alas membranosas de los murciélagos, tenían un movimiento de oscilación senil que inquietaba a la vista. Pero esas manos agitadas por tics febriles se convertían en firmes tenazas de acero o pinzas dignas de un bogavante en el momento en que sostenían algún objeto valioso: una copa de ónice, un vidrio de Venecia o un plato de cristal de Bohemia. Aquel peculiar viejo tenía un aire tan profundamente rabínico y cabalístico que, tres siglos atrás, lo habrían quemado en la hoguera hasta reducirlo a cenizas.

—¿No me va a comprar nada hoy, el señor? Vea, tengo aquí un kris malayo cuya hoja se ondula como una llama; fíjese, estas ranuras sirven para que la sangre se escurra y estos dientes afilados en sentido inverso son para arrancar las tripas al retirar la daga; es un arma tremenda, de un tipo singular que encajaría perfectamente en su panoplia; este mandoble es muy hermoso, forjado por Josepe de la Hera; y ¿qué me dice de este espadín de Königsmark, con la cazoleta calada? Es de una gran finura.

—No, ya tengo suficientes armas y herramientas mortales. Quisiera una figurilla, cualquier objeto que pudiera utilizar como pisapapeles. Detesto esos bronces de pésima calidad que venden los libreros y que se hallan invariablemente en todos los escritorios.

El viejo gnomo, que estaba hurgando entre sus reliquias, desplegó ante mí antiguos bronces, o al menos por antiguos había que tomarlos, fragmentos de malaquita, pequeños ídolos hindúes o chinos, una especie de budas de jade, encarnaciones de Brahma o de Visnú, ideales para el uso que les quería dar, tan poco divino, de mantener en su sitio periódicos y cartas.

Dudaba entre un dragón de porcelana constelado de verrugas y las fauces ornadas con colmillos y púas y un pequeño fetiche mexicano bastante horrible que representaba al natural al dios Huitzilopochtli, cuando vi un pie encantador que, al principio, me pareció que era el fragmento de alguna Venus antigua.

Tenía aquellos bellos reflejos de colores leonados y rojizos que dan al bronce florentino ese aspecto cálido y vivaz, preferible en mucho al tono verde grisáceo de los bronces ordinarios que, con facilidad, se confunden con estatuas en putrefacción. Brillos satinados titilaban sobre sus formas redondeadas y pulidas por los amorosos besos de veinte siglos, ya que debía de ser un bronce de Corinto, una obra de la mejor época, quizá del mismo Lisipo.

—Este pie me valdrá —dije al mercader, que me miró con un aire irónico y malicioso a la vez que me ofrecía el objeto solicitado para que lo pudiera examinar a gusto.

Su ligereza me sorprendió. No se trataba de un pie de metal, sino más bien de uno de carne; un pie embalsamado, un pie de momia. Al observarlo de cerca pude distinguir el grano de la piel y la marca, casi imperceptible, dejada por la trama de las vendas. Los dedos eran finos y delicados, terminados en uñas perfectas, puras y transparentes como ágatas; el pulgar, algo separado, se contraponía felizmente a la escalera formada por los otros dedos, a la manera antigua, aportándole una actitud desenvuelta, una esbeltez de pie de pájaro; la planta, apenas rayada por unas líneas invisibles, probaba que ese pie no había pisado la tierra y que solo había estado en contacto con las más finas esteras de juncos del Nilo y las más mullidas alfombras de piel de pantera.

—¡Ah! ¡Ah! Quiere usted el pie de la princesa Hermonthis —dijo el pequeño y singular mercader con una extraña risa burlona y fijando en mí sus ojos de búho. Y añadió a media voz, como si hablara consigo mismo—. ¡Ah, ah, ah! Para usarlo de pisapapeles. ¡Es una idea digna de un artista! Si alguien le hubiera dicho al viejo faraón que el pie de su adorada hija iba a servir de pisapapeles, no lo hubiera creído; él, que hizo excavar una montaña de granito para contener el triple sarcófago pintado y dorado, cubierto por entero de jeroglíficos con bellas representaciones del juicio de las almas.

—¿Por cuánto me vende este fragmento de momia?

—Se lo venderé lo más caro que pueda. Se trata de un magnífico fragmento. Si tuviera el resto, no lo conseguiría por menos de quinientos francos: la hija de un faraón no es algo que se vea todos los días.

—Cierto, no es algo común. Pero, dígame, ¿cuánto pide? Le advierto que todo mi haber se reduce a cinco luises. Compraré aquello que cinco luises cueste, y ninguna otra cosa. Podría rebuscar en los bolsillos de mis chalecos y en mis cajones más íntimos, que no encontraría más que una miserable moneda de cinco francos.

—Cinco luises por el pie de la princesa Hermonthis es más bien poco, muy poco, en realidad, pues es un pie auténtico —dijo el mercader meneando la cabeza e imprimiendo a sus pupilas un movimiento rotatorio—. Hecho, quédeselo; y le regalo la tela en la que va envuelto por el mismo precio —añadió enrollando el pie en un jirón de tela—. Un damasco muy hermoso, un damasco auténtico, de las Indias, sin reteñir. Es fuerte y suave —farfullaba paseando sus dedos sobre el tejido raído por un deje de costumbre comercial que le hacía presumir de un objeto de tan escaso valor que incluso lo juzgaba digno de ser regalado.

Deslizó las piezas de oro en una especie de limosnera de la Edad Media que llevaba atada al cinturón repitiendo:

—¡El pie de la princesa Hermonthis, servir de pisapapeles!

Luego, deteniendo en mí sus pupilas de fósforo, me dijo con la estridencia del maullido del gato que acaba de tragarse una espina:

—Al viejo faraón no le va a gustar; amaba a su hija, ese buen hombre.

—Habla usted como si hubiera sido su contemporáneo; aunque viejo, no me parece que sea usted del tiempo de las pirámides de Egipto —le dije riendo desde la puerta de la tienda.

Regresé a casa satisfecho con mi adquisición.

Con el fin de darle uso de inmediato, coloqué el pie de la divina princesa Hermonthis sobre un legajo de papeles, esbozos de versos, mosaico inefable de tachones, artículos empezados, cartas olvidadas, echadas al correo del cajón, error que comete a menudo la gente distraída. El efecto era encantador, bizarro, romántico.

Muy satisfecho con aquel adorno, volví a la calle y me paseé con la seriedad y el orgullo que se le supone a un hombre que tiene sobre los demás transeúntes con los que se cruza la ventaja inefable de poseer un pedazo de la princesa Hermonthis, hija de un faraón.

Encontraba soberanamente ridículos a quienes no poseían, como yo, un pisapapeles tan notoriamente egipcio y la verdadera ocupación de un hombre me parecía ser la de tener un pie de momia sobre su escritorio. Afortunadamente, el encuentro con algunos amigos me distrajo de mi entusiasmo de comprador reciente y fui a cenar con ellos porque, en verdad, no me habría sido fácil cenar conmigo.

Por la noche, al regresar, con el cerebro veteado de gris perla, una suave bocanada de perfume oriental me cosquilleó delicadamente el aparato olfativo. El calor de la habitación había templado el natrón, el betún y la mirra en los cuales los embalsamadores dedicados a eviscerar los cadáveres habían bañado el cuerpo de la princesa. Era un perfume dulce, aunque penetrante; un perfume que cuatro mil años no habían podido evaporar.

El sueño de Egipto era la eternidad. Sus olores tienen la solidez del granito y duran por igual.

Pronto hube bebido grandes sorbos de la copa negra del sueño. Durante una hora o dos, todo permaneció opaco. El olvido y la nada me inundaron con sus vagas sombras. Sin embargo, las tinieblas de mi intelecto se iluminaron y los sueños empezaron a rozarme con su silencioso vuelo.

Los ojos de mi alma se abrieron y vi mi habitación tal y como efectivamente era. Hubiera podido creerme despierto, pero una vaga aprensión me decía que dormía y que algo extraordinario iba a suceder.

El olor de la mirra se había intensificado y notaba un ligero dolor de cabeza que atribuía con razón a las copas de champán que nos habíamos bebido a la salud de los dioses desconocidos y de nuestros futuros éxitos.

Observaba mi habitación con un sentimiento expectante que nada justificaba: los muebles permanecían en su sitio, la lámpara quemaba sobre la mesilla, suavemente atenuada por la blancura lechosa de su globo de cristal esmerilado, las acuarelas relucían bajo el vidrio de Bohemia, las cortinas colgaban lánguidamente. Todo tenía un aire dormido y tranquilo. Pero al cabo de un instante, ese interior tan sosegado pareció perturbarse. Las maderas crujían furtivamente; la hoguera enterrada entre cenizas lanzó de repente una llamarada de gas azul y los discos de los alzapaños parecieron ojos de metal, atentos como yo a lo que pudiera pasar.

Mi mirada se dirigió al azar hacia la mesa sobre la cual había puesto el pie de la princesa Hermonthis.

En lugar de estar inmóvil como conviene a un pie embalsamado desde hacía cuatro mil años, se agitaba, se contraía y brincaba sobre los papeles como una rana asustada. Se hubiera dicho que había entrado en contacto con una pila voltaica. Escuché claramente el ruido seco que producía su pequeño talón, duro como la pezuña de una gacela.

Estaba bastante descontento con mi adquisición; me gusta que los pisapapeles sean sedentarios y hallo poco natural ver a unos pies pasearse sin piernas; y, además, empezaba a sentir algo muy parecido al pavor.

De pronto, vi que uno de los pliegues de mis cortinas se removía y oí un pisoteo como el de una persona que saltara a la pata coja. Debo confesar que sentí calor y frío alternativamente y noté que un viento desconocido me soplaba por la espalda. Mis cabellos, al erizarse, lanzaron a dos o tres pasos de mí el gorro que llevaba para dormir.

Las cortinas se abrieron y vi avanzar la figura más extraña que se pueda imaginar. Se trataba de una joven de un color café con leche muy oscuro, como la bayadera de Amani, de una belleza perfecta que recordaba al tipo egipcio más puro. Tenía los ojos almendrados con las esquinas elevadas y unas cejas tan negras que parecían azules. Su nariz era de un corte delicado, casi griego por su finura, y se la pudiera haber tomado por una estatua de bronce de Corinto si la prominencia de sus pómulos y la plenitud algo africana de la boca no hubieran dado a conocer, sin dejar lugar a dudas, la raza jeroglífica de las orillas del Nilo.

Sus brazos delgados y redondeados, como los de las jóvenes de pocos años, estaban anillados por una especie de pulseras de metal y vueltas de pedrería. Llevaba la melena trenzada en cuerdecillas y, en su pecho, colgaba un ídolo de un material verde, cuyo látigo de siete brazos mostraba que se trataba de Isis, la conductora de las almas. Una placa de oro centelleaba en su frente y algunos trazos de colorete se transparentaban bajo los matices de cobre de sus mejillas.

En cuanto a sus vestiduras, eran de lo más extrañas. Hay que imaginarse un paño recargado de tiras de jeroglíficos negros y rojos, cubiertos de betún, que parecían pertenecer a una momia recién desvendada.

A causa de uno de esos saltos, tan frecuentes en los sueños, oí la voz distorsionada y enronquecida del mercader de baratijas, que repetía, como un estribillo monótono, la frase que había dicho en su tienda, con tono enigmático: «Al viejo faraón no le va a gustar; amaba a su hija, ese buen hombre».

Una particularidad que no me tranquilizó nada era que la aparición tuviera un solo pie; la otra pierna quedaba interrumpida en el tobillo.

Se dirigió a la mesa donde el pie de la momia se agitaba y se retorcía cada vez con más rapidez. Al llegar a ella, se apoyó en el canto y vi una lágrima brotar y perlar en sus ojos.

Aunque no hablaba, distinguía con claridad su pensamiento. Observaba el pie, que sin duda era el suyo, con una expresión de tristeza coqueta de una gracia infinita. Pero el pie saltaba de un lugar a otro como impulsado por muelles de acero. Dos o tres veces alargó la mano para asirlo, pero no lo consiguió.

Entonces se estableció entre la princesa Hermonthis y su pie, que parecía dotado de vida propia, un diálogo curioso en copto antiguo, el mismo que se podía haber hablado hace treinta siglos en las sepulturas reales del país de Ser. Afortunadamente, aquella noche yo hablaba copto a la perfección.

La princesa Hermonthis decía con un tono de voz dulce y delicado y vibrante como una campanilla de cristal:

—Vamos, querido pie; siempre huyendo de mí, con lo que yo te he cuidado. Te bañaba en agua perfumada en una pila de alabastro; pulía tu talón con la piedra pómez empapada de aceites de palma; tus uñas eran cortadas con tijeras de oro y limadas con dientes de hipopótamo; procuraba escoger para ti sandalias bordadas y pintadas con la punta curvada que eran la envidia de todas las jóvenes de Egipto; en los dedos tenías anillos que representaban al escarabajo sagrado y sostenías al cuerpo más ligero que pudiera haber deseado un pie perezoso.

El pie respondió con un tono malhumorado y lastimoso:

—Pero ya sabes que no soy dueño de mí mismo; me han comprado, han pagado por mí. El viejo mercader sabía lo que se hacía. Aún está dolido porque rechazaste casarte con él. Os ha jugado una mala pasada. Él fue quien envió al árabe que forzó vuestro sarcófago real en el pozo subterráneo de la necrópolis de Tebas. Quería impediros asistir a la reunión de los pueblos tenebrosos, en las ciudades inferiores. ¿Tienes cinco piezas de oro para recomprarme?

—¡Qué desgracia! No. Mis piedras, mis anillos, mis saquitos de oro y plata, todo me lo robaron —respondió la princesa Hermonthis con un suspiro.

—Princesa —intervine yo entonces—, nunca jamás he retenido injustamente el pie de nadie; aunque no tenga los cinco luises que me ha costado, os lo devuelvo encantado. Me desesperaría que por mi culpa fuera coja una persona tan adorable como la princesa Hermonthis.

Di este discurso con un tono regio y trovadoresco que debió sorprender a la bella egipcia.

Me dedicó una mirada llena de agradecimiento y sus ojos se iluminaron con matices azulados. Tomó su pie, que en esta ocasión se dejó atrapar, y, como una mujer que se calza su borceguí, lo ajustó a su pierna con mucha habilidad.

Finalizada la operación, dio dos o tres pasos por la habitación, como si se estuviera asegurando de que realmente no cojeaba.

—¡Ah! Qué feliz va a estar mi padre, él, que estaba tan desolado por mi mutilación y que, desde el día de mi nacimiento, había puesto a todo un pueblo a trabajar para cavarme una tumba lo suficientemente profunda para que pudiera conservarme intacta hasta el supremo día en que las almas deben ser pesadas en las balanzas de Amenthi. Acompáñeme a ver a mi padre. Será bien recibido, puesto que me ha devuelto el pie.

Hallé natural tal propuesta. Me puse un batín rameado que me daba un aire muy faraónico. Me calcé a toda prisa unas babuchas turcas y dije a la princesa Hermonthis que estaba listo para seguirla.

Hermonthis, antes de partir, se desabrochó la pequeña figura verde y la dejó sobre las hojas esparcidas que cubrían la mesa.

—Es justo —dijo sonriendo— que remplace su pisapapeles.

Me tendió su mano, que era suave y fría como la piel de una culebra, y partimos. Nos deslizamos durante algún tiempo a la velocidad del rayo por un fluido grisáceo. A derecha e izquierda, apenas esbozadas, se podían intuir unas siluetas.

Llegó un momento en que solo vimos agua y cielo. Unos minutos después, apuntaron unos obeliscos a lo lejos; pilonas y rampas bordeadas de esfinges se dibujaron en el horizonte. Habíamos llegado.

La princesa me condujo ante una montaña de granito rosa donde se hallaba una apertura estrecha y baja difícil de distinguir de las fisuras de la piedra a no ser por dos estelas abigarradas de esculturas.

Hermonthis encendió una antorcha y se puso a caminar delante de mí. Se trataba de pasadizos tallados en la roca viva. Los muros, cubiertos de paneles de jeroglíficos y de procesiones alegóricas, debieron de dar trabajo a miles de brazos durante miles de años. Esos pasadizos, de una longitud interminable, conducían a unas cámaras cuadradas en medio de las cuales se habían excavado pozos por los cuales descendimos gracias a unos ganchos y a unas escaleras de caracol. Esos pozos nos conducían a otras cámaras de las cuales salían nuevos pasadizos igualmente decorados con aves rapaces, serpientes enrolladas en círculos, cruces de Tau, cayados, barcas sagradas, prodigiosos trabajos que ningún ojo vivo debía ver, interminables leyendas de granito que solo los muertos tenían tiempo para leer durante la eternidad.

Al final, nos encontramos en una sala tan vasta, tan enorme, tan desmesurada, que apenas se distinguían los límites. Hasta donde alcanzaba la vista se extendían hileras de columnas monstruosas entre las cuales temblaban lívidas estrellas de luz amarilla. Esos puntos brillantes revelaban profundidades incalculables.

La princesa Hermonthis no dejaba ir mi mano y saludaba graciosamente a las momias que conocía.

Mis ojos se acostumbraron a esa penumbra crepuscular y empezaron a distinguir los objetos.

Vi, sentados en sus tronos, a los reyes de las razas subterráneas. Eran hombres secos y muy viejos, arrugados, apergaminados, negros de nafta y betún, tocados con la doble corona de oro, cubiertos de pectorales y alzacuellos, constelados de pedrerías, con una fijeza de esfinge en los ojos y largas barbas emblanquecidas por la nieve de los siglos. Tras ellos permanecían de pie sus pueblos embalsamados en las posturas rígidas y forzadas del arte egipcio, guardando eternamente la actitud prescrita por el código hierático. Tras los pueblos, maullaban, batían sus alas y se reían los gatos, los ibis y los cocodrilos de la época, aun más monstruosos por el efecto que les daba el estar envueltos en vendas.

Todos los faraones estaban allí. Keops, Kefrén, Psamético, Sesostris, Amenhotep, todos los negros dominadores de las pirámides y los recintos mortuorios. En un estrado más elevado, se situaban el rey Xixuthros, contemporáneo del diluvio, y Tubalcaín, que lo precedió.

La barba del rey Xixuthros había crecido de tal manera que daba ya siete vueltas a la mesa de granito sobre la que se apoyaba, soñador y soñoliento.

Más allá, envueltos en un vapor polvoriento, a través de la niebla de las eternidades, distinguía vagamente a los sesenta y dos reyes preadamitas con sus sesenta y dos pueblos desaparecidos para siempre jamás.

Tras dejarme algunos minutos para disfrutar de este espectáculo vertiginoso, la princesa Hermonthis me presentó a su padre el faraón, que me dedicó un gesto majestuoso con un movimiento de cabeza.

—¡He encontrado mi pie! He encontrado mi pie! —gritaba la princesa dando palmas con todos los signos de una loca alegría—. Este señor me lo ha devuelto.

Las razas de Khemé, las razas de Nahasi, todas las naciones negras, de bronce, de cobre, corearon:

—¡La princesa Hermonthis ha encontrado su pie!

El mismo Xixuthros se emocionó.

Alzó sus pesados párpados, se pasó los dedos por el bigote y dejó caer sobre mí una mirada cargada de siglos.

—Por Oms, amo de los infiernos, y por Tmeï, hija del sol y la verdad, he aquí un valeroso y digno joven —dijo el faraón, tendiendo hacia mí un cetro terminado por una flor de loto—. ¿Cómo deseas ser recompensado?

Presa de la audacia que conceden los sueños, en los que nada parece imposible, pedí la mano de Hermonthis: la mano a cambio de un pie me parecía una recompensa antitética de bastante buen gusto.

El faraón abrió sus grandes ojos de cristal, sorprendido por mi humor y mi petición.

—¿De qué país provienes y cuántos años tienes?

—Soy francés y tengo veintisiete años, faraón.

—¡Veintisiete años! ¡Y quiere casarse con la princesa Hermonthis, que tiene treinta siglos! —exclamaron a la vez todos los tronos y círculos de las naciones.

Solo Hermonthis no parecía encontrar inconveniente a mi petición.

—Si al menos tuvieras dos mil años —retomó el viejo rey— te daría a gusto a la princesa, pero la desproporción es enorme y, además, nuestras hijas necesitan maridos que les vayan a durar. Tú no sabrías conservarte. Los últimos que vimos hace apenas quince siglos no son más que un montoncito de ceniza. Mira, mi carne es dura como el basalto, mis huesos son barras de acero. Asistiré al último día del mundo con el cuerpo y la figura que tenía cuando estaba vivo. Mi hija Hermonthis durará más que una estatua de bronce. Por entonces el viento habrá dispersado el último grano de tu polvo y ni la misma Isis, que supo encontrar los trozos de Osiris, podría recomponer tu ser. Mira lo vigoroso que soy todavía y lo bien que están mis brazos —me dijo sacudiéndome la mano como los ingleses, de manera que casi me corta los dedos con sus anillos.

Me estrechaba la mano con tal fuerza que desperté y vi a mi amigo Alfred, que me tiraba del brazo y me sacudía para levantarme.

—¿Y eso? ¡Dormilón empedernido! ¿Tendremos que arrastrarte hasta la calle y lanzarte un petardo en los oídos? Es más de mediodía. ¿No te acuerdas que me prometiste venir a recogerme para ver los cuadros españoles del señor Aguado?

—¡Dios mío! ¡Lo olvidé! —respondí mientras me vestía— Iremos, tengo la invitación aquí, en el escritorio.

Y fui a hacerme con ella, pero juzgad mi sorpresa cuando, en lugar del pie de la momia que había comprado la vigilia, vi la figurilla verde colocada allí por la princesa Hermonthis.

El joven Goodman Brown

Nathaniel Hawthorne

Caía la tarde en el pueblo de Salem cuando el joven Goodman Brown salió de casa, pero nada más cruzar el umbral volvió a meter la cabeza para darle un beso de despedida a su joven esposa. Y Faith —hay que decir que el nombre le iba como anillo al dedo— asomó su preciosa cabecita a la calle, dejando que el viento jugueteara con las cintas rosadas de su cofia mientras le hablaba a Goodman Brown.

—Corazón mío —susurró, con voz suave y algo triste, acercándole los labios a la oreja— te lo ruego, pospón tu viaje hasta el amanecer y duerme en tu cama esta noche. Cuando una mujer está sola a veces la asaltan sueños y pensamientos que le hacen tener miedo hasta de sí misma. ¡Te ruego, querido esposo, que de todas las noches del año te quedes conmigo precisamente esta!

—Mi amor, mi Faith —respondió el joven Goodman Brown—. De todas las noches del año, precisamente esta es la única en la que debo separarme de ti. Mi viaje, como lo has llamado, debo efectuarlo entre este momento y la salida del sol. ¿Cómo puedes dudar de mí, mi dulce y preciosa esposa, cuando apenas llevamos tres meses casados?

—¡Si es así, que Dios te bendiga! —dijo Faith con sus cintas rosadas— y ojalá lo encuentres todo bien a tu regreso.

—¡Que así sea! —respondió Goodman Brown—. Reza tus oraciones, querida Faith, acuéstate pronto y no sufrirás ningún daño.

Se separaron y el joven echó a andar hasta que, cuando llegó a la esquina de la iglesia, se dio la vuelta y vio la cabecita de Faith, que todavía le estaba mirando con gesto melancólico, a pesar del alegre color rosado de sus cintas.

«Pobrecita Faith —pensó, con el corazón encogido—. ¡Qué canalla soy, dejándola sola para embarcarme en semejante misión! Ella también habla de sueños y, mientras lo hacía, me ha parecido verla turbada, como si algún sueño le hubiera advertido sobre el trabajo que debo hacer esta noche. ¡Pero no, no puede ser! La destrozaría solo pensar en ello. Ella es un ángel bendito venido a este mundo, y después de esta noche me pegaré para siempre a sus faldas y la seguiré hasta el cielo.»

Goodman Brown sintió que tan espléndido propósito para el futuro era justificación suficiente para apresurarse aún más en la infame tarea que tenía por delante. Había tomado un camino lúgubre, ensombrecido por los árboles más tenebrosos del bosque, que apenas dejaban espacio al estrecho sendero que se abría por en medio y se cerraba inmediatamente a su paso. El paraje no podía ser más solitario, y una soledad así hace que el viajero no pueda saber lo que se esconde entre los innumerables troncos y tras el espeso follaje de las copas, de modo que pese a su solitario caminar podría estar pasando junto a una multitud invisible.

«Podría haber un indio endiablado detrás de cada árbol —se dijo Goodman Brown, que se giró a mirar atrás, temeroso—. ¿Y si el propio demonio estuviera aquí, a un paso?»

Con la vista puesta atrás, giró un recodo del camino y, al volver a mirar hacia delante, se encontró con la figura de un hombre vestido de traje, de aspecto serio y cuidado, sentado a los pies de un viejo árbol. Cuando Goodman Brown se acercó, el hombre se puso en pie y se echó a caminar a su lado, codo con codo.

—Llegas tarde, Goodman Brown —dijo—. Cuando pasé por Boston, la iglesia de Old South estaba tocando las campanas, y de eso hace ya un buen cuarto de hora.

—Faith me ha entretenido un poco —replicó el joven con voz temblorosa, sobresaltado por la repentina aparición de su compañero, aunque no fuera algo totalmente inesperado.

La oscuridad reinaba en el bosque y más aún en la parte por donde transitaban ellos. Por lo que se podía ver, el segundo viajero tenía unos cincuenta años de edad, parecía ser de una clase social similar a la de Goodman Brown y se le asemejaba bastante, aunque quizá más en sus gestos que en sus rasgos. Aun así, podrían pasar por padre e hijo. Y sin embargo, a pesar de que el mayor iba vestido con la misma sencillez que el joven y de que sus ademanes eran igual de humildes, tenía ese aire indescriptible de quien conoce el mundo, y seguramente no se habría sentido cohibido comiendo a la mesa del rey Guillermo de Inglaterra, si así lo requiriera la ocasión. Pero lo único que podía considerarse llamativo en él era su bastón, que imitaba una gran serpiente negra, labrada con tal habilidad que prácticamente parecía que estuviera viva. Sin duda, sería un efecto óptico propiciado por la falta de luz.

—¡Vamos, Goodman Brown! —dijo su compañero de viaje—. Llevas un paso muy lento para estar al inicio de la caminata. Toma mi bastón, si ya estás cansado a estas alturas.

—Amigo —dijo él, pasando de caminar despacio a pararse del todo—. Ya he cumplido con nuestro acuerdo de encontrarnos aquí, así que ahora voy a volver por donde he venido, pues tengo reservas con respecto al asunto que usted ya sabe.

—¿Ah, sí? —respondió el de la serpiente, con una sonrisa disimulada—. Sigamos adelante, discutiendo sobre el tema y, si no consigo convencerte, podrás dar media vuelta. Apenas nos hemos adentrado en el bosque.

—¡Ya es demasiado lejos! —exclamó el bueno de Goodman, echando a caminar de nuevo sin darse cuenta—. Mi padre nunca se adentró en el bosque para algo como esto, ni su padre antes que él. Desde los días de los mártires hemos sido una raza de hombres honestos y buenos cristianos. Y yo sería el primero de los Brown que emprendiera este camino y lo siguiera...

—Con semejante compañía, ibas a decir —observó el de mayor edad, interpretando aquella pausa—. ¡Bien dicho, Goodman Brown! Conozco tan bien a tu familia como a la de muchos otros puritanos, lo cual no es poco. Ayudé a tu abuelo, el policía, cuando azotó tan duramente a aquella cuáquera por las calles de Salem. Y fui yo quien le llevó a tu padre la tea de pino embreado, encendida en mi propia chimenea, para que prendiera fuego a un poblado indio, durante la guerra del rey Felipe. Ambos eran buenos amigos míos, y hemos dado más de un agradable paseo por este camino y regresado llenos de alegría tras la medianoche. En memoria a ellos, sería para mi un placer ser amigo tuyo.

—Si es como dice —respondió Goodman Brown—, me sorprende que no hablaran nunca de esos asuntos. O en realidad no, no me sorprende, dado que un mínimo rumor en ese sentido habría bastado para que los expulsaran de Nueva Inglaterra. Somos gente de oración y de buenas obras, y no practicamos semejantes maldades.

—Sean maldades o no —dijo el viajero del bastón retorcido—, tengo muchos conocidos por aquí, en Nueva Inglaterra. Los diáconos de muchas iglesias han bebido el vino de la comunión conmigo; personas notables de diversas poblaciones me han otorgado puestos de presidencia, y muchos de los miembros de la Corte General son firmes defensores de mis intereses. Y el gobernador y yo... Pero bueno, eso es secreto de Estado.

—¿Cómo puede ser? —exclamó Goodman Brown, mirando con asombro a su compañero, que ni se inmutó—. Sea como fuere, yo no tengo nada que ver con el gobernador ni el consejo; ellos siguen sus propias normas, y lo que hagan no afecta a un simple campesino como yo. Pero si yo le acompañara, ¿cómo iba a mirar después a los ojos a ese buen anciano, al pastor del pueblo de Salem? ¡Oh, me echaría a temblar nada más oír su voz, fuera en día de fiesta o en día de sermón!

Hasta aquel momento el viajero de mayor edad había escuchado con la debida circunspección, pero de pronto estalló en una carcajada incontenible, agitándose con tal violencia que hasta daba la impresión de que su sinuoso bastón realmente se contorsionaba con él.

—¡Ja, ja, ja! —se rio una y otra vez hasta que recuperó la compostura—: ¡Bueno, sigue, Goodman Brown, sigue, pero te lo ruego, no hagas que me muera de risa!

—Y para concluir el asunto —dijo Goodman Brown, considerablemente irritado— está mi esposa, Faith. ¡Le rompería el corazón, tan frágil y querido para mí, y antes preferiría romperme el mío propio!

—Ya, bueno —respondió el otro—. Si es ese el caso, ve por tu camino, Goodman Brown. No querría yo, ni por veinte viejas como la que renquea ahí delante de nosotros, que Faith sufriera ningún daño.

Y al decir aquello, señaló con su bastón a una figura femenina que estaba en el camino, en la que Goodman Brown reconoció a una dama muy piadosa y ejemplar que le había enseñado el catecismo en su infancia y que seguía siendo su consejera moral y espiritual, junto con el pastor y el diácono Gookin.

—¡Realmente es increíble que Goody Cloyse se haya adentrado tanto en el bosque, y de noche! —dijo él—. Pero con su permiso, amigo, daré un rodeo por el bosque para dejar atrás a esta cristiana. Al no conocerle a usted, podría preguntarme quién me acompaña y adónde me dirijo.

—Que sea como dices —dijo su compañero de viaje—. Tú adéntrate en el bosque y yo seguiré el camino.

Así pues, el joven se fue hacia un lado, pero con cuidado de no perder de vista a su compañero, que siguió adelante por el camino hasta situarse a un bastón de distancia de la anciana señora. Ella, por su parte, avanzaba a paso ligero, con una velocidad notable para alguien de su edad, mientras murmuraba unas palabras incomprensibles, sin duda una oración. El viajero alargó el bastón hacia delante y le tocó el cuello con lo que parecía la cola de la serpiente.

—¡El diablo! —exclamó la piadosa anciana.

—¿Así que Goody Cloyse reconoce a su viejo amigo? —observó el viajero, mirándola de frente y apoyándose en su retorcido bastón.

—Ah, ¿verdaderamente es usted, señoría? —respondió la buena señora— Sí, sí que lo es, la viva imagen de mi viejo compadre Goodman Brown, el abuelo de ese tontorrón que ahora lleva su nombre. Pero... ¿quiere creérselo su señoría? Mi escoba había desaparecido misteriosamente, supongo que me la habría robado esa bruja de Goody Cory, justo cuando yo ya estaba ungida con el jugo de apio silvestre, cincoenrama y acónito...

—Mezclado con harina de trigo fina y grasa de recién nacido —dijo el doble del viejo Goodman Brown.

—Ah, su señoría conoce la receta —exclamó la anciana, con una carcajada—. Bueno, pues como decía, ya estaba lista para el encuentro y, al quedarme sin montura, decidí venir a pie; porque me han dicho que esta noche entrará en la comunidad un guapo joven. Pero ahora su señoría tendrá la amabilidad de prestarme su brazo, y llegaremos en un abrir y cerrar de ojos.

—Desgraciadamente no puede ser —respondió su amigo—. No puedo ofrecerle mi brazo, Goody Cloyse, pero sí le puedo dejar mi bastón, si quiere.

Y dicho aquello, lo arrojó a sus pies, donde acaso cobró vida, pues era uno de los báculos prestados tanto tiempo atrás a los magos de Egipto. Aunque Goodman Brown no podía tener conocimiento de aquello. Levantó los ojos, atónito, y al bajarlos de nuevo no vio ni a Goody Cloyse ni el bastón serpentino, sino solo a su compañero de viaje, que le esperaba tranquilamente como si no hubiera pasado nada.

—¡Esa mujer me enseñó el catecismo! —dijo el joven, y en aquel simple comentario había todo un mundo de significados.

Siguieron adelante, y el viajero de más edad exhortó a su compañero para que acelerara el paso mientras argumentaba con tanta habilidad que sus razonamientos parecían proceder de su interlocutor en lugar de ser sugeridos por él mismo. Mientras caminaban arrancó una rama de arce para que le sirviera de bastón y se puso a limpiarla de tallos y retoños, húmedos por efecto del rocío vespertino. En cuanto sus dedos los tocaban, se mustiaban y se secaban inexplicablemente, como si hubieran pasado una semana al sol. La pareja siguió caminando a buen ritmo hasta que, de pronto, en una lúgubre hondonada del camino, Goodman Brown se sentó en el tocón de un árbol y se negó a seguir adelante.

—Amigo —dijo convencido—, he tomado una decisión. No daré otro paso más. ¿Qué me importa a mí si una vieja despreciable ha decidido entregarse al diablo cuando yo pensaba que iba a ir al cielo? ¿Es motivo suficiente para que abandone a mi querida Faith y vaya tras ella?

—Con el paso del tiempo lo verás más claro —dijo su compañero, sin perder la compostura—. Quédate un rato sentado y descansa y, cuando te veas con ánimo para seguir, aquí tienes mi bastón para que lo uses de apoyo.

Y sin más palabras le arrojó a su compañero su bastón de arce y desapareció de su vista tan de repente que parecía que se hubiera esfumado en las tinieblas, cada vez más densas. El joven se quedó sentado unos instantes junto al camino, felicitándose a sí mismo y pensando que cuando volviera a cruzarse con el pastor, durante su paseo matinal, tendría la conciencia bien limpia, y que no tendría nada que esconderle al diácono Gookin. ¡Y qué tranquilo dormiría esa misma noche!, que en principio iba a dedicar a algo tan indigno, pero que finalmente pasaría entre los puros y dulces brazos de Faith. Y justo cuando estaba absorto en tan placenteras y encomiables meditaciones, Goodman Brown oyó el trote de unos caballos por el camino, y pensó que lo mejor sería ocultarse en la linde del bosque, consciente del injustificable propósito que le había llevado hasta allí, aunque ahora ya lo hubiera abandonado.

Oyó las pisadas de los caballos y las voces de los jinetes; dos voces graves que conversaban en tono serio, acercándose. Tuvo la sensación de que aquella mezcla de sonidos pasaba a pocas yardas de su escondite para seguir por el camino, pero, sin duda a causa de la profunda oscuridad, no consiguió ver a ninguno de los jinetes ni sus monturas. Aunque al pasar rozaron las ramitas que bordeaban el camino, no podía decirse que hubieran eclipsado ni por un momento el tenue resplandor procedente de la franja de cielo contra la que habrían tenido que destacar. Goodman Brown se agachó y se estiró hasta ponerse de puntillas una y otra vez, apartando las ramas y asomando la cabeza en la medida de lo posible, sin llegar a ver ni una sombra. Lo que más le irritaba era que habría jurado que había reconocido las voces del pastor y del decano Gookin —si es que eso hubiera sido posible— trotando tranquilamente, como solían hacer cuando se dirigían a alguna ceremonia de ordenación o a algún consejo eclesiástico. Sin embargo, cuando aún los oía, uno de los jinetes se detuvo a sacar una fusta.

—Si tuviera que escoger, reverendo —dijo la voz que sonaba como la del diácono—, habría preferido perderme una cena de ordenación que la reunión de esta noche. Me han dicho que acudirán algunos de nuestra comunidad desde Falmouth y de aún más lejos, otros de Connecticut y de Rhode Island; además de varios hechiceros indios que, a su modo, saben casi tanto de artes diabólicas como los mejores de los nuestros. Y no solo eso, también va a recibir la comunión por primera vez una bella joven.

—¡Estupendo, decano Gookin! —replicó la voz solemne del pastor—. Apresurémonos, o llegaremos tarde. Como bien sabe, no se puede hacer nada hasta que yo llegue.

Los cascos de los caballos volvieron a repiquetear en el suelo y la extraña conversación se perdió en el aire, atravesando el bosque donde nunca se había congregado iglesia alguna ni había rezado ningún cristiano. ¿Adónde podían dirigirse, pues, aquellos hombres de Dios que se adentraban en la pagana espesura? El joven Goodman Brown se sentía a punto de desfallecer y se apoyó en un árbol para no caerse; débil y sintiendo un enorme lastre en el corazón. Levantó la vista al cielo, dudando ya de si realmente había un cielo sobre su cabeza. Y, efectivamente, ahí estaban la bóveda azul y las estrellas que brillaban en ella.

—¡Con el cielo en lo alto y con Faith en la tierra, me mantendré firme ante el diablo! —gritó Goodman Brown.

Mientras contemplaba la profunda bóveda del firmamento con las manos levantadas para rezar, y pese a que no había viento, una nube cruzó el cénit y ocultó las brillantes estrellas. Aún se veía el cielo azul, salvo en lo más alto, por donde avanzaba rápidamente hacia el norte aquella negra masa de nubes. Desde las alturas, como de las profundidades de la nube, le llegó un murmullo de voces indescifrable. Por un momento le pareció distinguir el acento de la gente de su pueblo, hombres y mujeres, tanto devotos como no creyentes, muchos de los cuales conocía de la iglesia, y otros que había visto de fiesta en la taberna. Pero eran tan confusos los sonidos que un momento después dudó, pensando que quizá no fuera más que el murmullo del viejo bosque, susurrando sin un soplo de viento. Entonces volvieron a cobrar fuerza aquellos tonos familiares que solía oír a la luz del día, en el pueblo de Salem, pero nunca, hasta ahora, procedentes de una nube nocturna. Había una voz, la de una joven, que se lamentaba, pero con una aflicción dudosa, y que imploraba algún favor que quizá fuera a traerle un pesar mayor. Y toda aquella multitud invisible, tanto justos como pecadores, parecían alentarla para que insistiera.

—¡Faith! —gritó Goodman Brown, con voz agónica y desesperada; y los ecos del bosque se burlaron de él, gritando «¡Faith! ¡Faith!» como si un coro de seres abominables la estuvieran buscando por el bosque.

El grito de dolor, rabia y terror aún resonaba en la noche, y el desdichado esposo contuvo el aliento a la espera de respuesta. Hubo un grito, ahogado inmediatamente en un sonoro murmullo de voces que se fue apagando entre remotas carcajadas, y la oscura nube se alejó, dejando el cielo despejado y en silencio sobre la cabeza de Goodman Brown. Pero quedó algo que revoloteaba en el aire hasta quedar prendido de la rama de un árbol. El joven lo agarró, y vio que era una cinta rosa.

—¡He perdido a mi Faith![1] —gritó, tras un momento de estupefacción—. No queda Bien en la Tierra, y el pecado es solo un nombre. ¡Ven, diablo! ¡Porque es a ti a quien ha sido concedido el mundo!

Y desquiciado por la desesperación, se puso a reír estentóreamente, hasta que agarró su bastón y se puso en marcha de nuevo, a tal velocidad que parecía que, más que caminar, volaba por el sendero. El camino se volvió más agreste y lúgubre, y cada vez era menos visible, hasta que desapareció y se encontró rodeado de oscura vegetación, corriendo sin parar, con ese instinto que guía a los mortales hacia el mal. Un concierto de sonidos horripilantes resonaba en el bosque: el crujido de los árboles, el aullido de las bestias salvajes y el grito de los indios; y en ocasiones el viento sonaba como el tañido de una campana distante, o rugía en torno al viajero, como si la naturaleza entera estuviera riéndose de él. Pero el mayor horror de aquella escena era el que llevaba encima él mismo, y no se amedrentó ante los otros horrores.

—¡Ja, ja, ja! —bramó Goodman Brown cuando oyó que el viento se reía de él—. ¡Vamos a ver quién ríe más fuerte! ¡No os creáis que vais a asustarme con vuestras malas artes! ¡Ya pueden venir brujas, magos o hechiceros indios! ¡Aquí está Goodman Brown! ¡Intentad asustarle, que a lo mejor es él el que acaba asustándoos!

1 A su esposa Faith, y también la fe. (N. del T.)

Lo cierto es que en todo el bosque no podía haber nada más aterrador que la imagen de Goodman Brown. Siguió avanzando como una exhalación, por entre los negros pinos, empuñando su bastón con gesto rabioso, dando rienda suelta a un torrente de terribles blasfemias y carcajeándose de tal modo que hizo que todos los ecos del bosque se rieran como demonios a su alrededor. El propio demonio, en su aspecto original, resulta menos abominable que cuando bulle de rabia en el pecho de un hombre. Y el endemoniado siguió con su carrera frenética hasta ver una temblorosa luz roja entre los árboles, como cuando se prende fuego a los troncos y ramas caídos de un desmonte, que iluminaba el cielo de la medianoche con su brillo espectral. El vendaval que lo impulsaba hacia delante amainó y se detuvo, y oyó lo que le pareció un himno procedente de la distancia, cargado con el peso de muchas voces. Conocía la melodía; era una de las que solía cantar el coro de la iglesia del pueblo. La estrofa llegó a su fin y partió el estribillo, pero no eran voces humanas las que lo cantaban, sino todos los sonidos de la noche, que formaban un terrible concierto. Goodman Brown gritó, pero su grito se perdió en su propio oído al fundirse con el grito de la jungla.

En el silencio que se hizo a continuación avanzó furtivamente hasta que el reflejo incidió de lleno en sus ojos. En el extremo de un claro, encajada junto a la oscura pared de árboles, se elevaba una roca que recordaba vagamente a un altar o un púlpito, rodeada por cuatro pinos con las copas en llamas, aunque sus troncos estaban intactos, como las velas de un oficio nocturno. El follaje de los árboles, que cubría la parte alta de la roca, ardía con fuerza, atravesando la oscuridad de la noche con sus altas llamas e iluminando todo el claro. Cada rama que colgaba era una llamarada. Según aumentaba o disminuía la intensidad de la luz roja, aparecía y desaparecía de la vista una numerosa congregación, concentrada en el corazón del solitario bosque.

—¡Solemne congregación es esta, y vestida de negro! —dijo para sus adentros Goodman Brown.

Y así era. Entre ellos, a medida que se alternaban el resplandor y la oscuridad, adelante y atrás, fue distinguiendo rostros que vería al día siguiente en el Consejo Provincial, y otros que, sábado tras sábado, mostraban su devoción al cielo desde los púlpitos más sagrados de la región, mirando con benevolencia los bancos atestados de fieles a sus pies. Hay quien afirma que estaba hasta la esposa del gobernador. O al menos había damas de alta alcurnia muy cercanas a ella, y esposas de maridos ilustres, y viudas, una gran multitud de ellas, y viejas solteronas, todas de excelente reputación, pero también bellas jovencitas que temblaban de miedo ante la posibilidad de que sus madres pudieran estar viéndolas. Serían los repentinos destellos que iluminaban el tenebroso claro del bosque lo que deslumbró a Goodman Brown, o que reconoció a un grupo de asistentes a la misa en el pueblo de Salem de distinguida devoción. También había llegado el bueno del diácono Gookin, que esperaba al lado del admirado pastor de la iglesia. Pero junto a estos personajes venerables y reputados, patriarcas de la iglesia, castas damas y doncellas vírgenes, había hombres de vida disoluta y mujeres de mala fama, gente despreciable entregada a los peores vicios e incluso sospechosos de los crímenes más horrendos. Resultaba extraño ver que los buenos no se alejaban de los malvados y que los pecadores no se avergonzaban ante los virtuosos. Entre sus enemigos de rostro pálido también había sacerdotes indios o chamanes, que tantas veces habían sembrado el pánico en sus bosques natales con hechizos más terribles que cualquier brujería conocida por los ingleses.

«¿Pero dónde está Faith?», pensó Goodman Brown, estremeciéndose al tiempo que el corazón se le llenaba de esperanza.

Otro verso del himno surgió, un compás lento y triste como el amor piadoso, pero combinado con palabras que expresaban todo lo pecaminoso que nuestra naturaleza puede concebir, y que oscuramente insinuaban mucho más. El saber del mal es insondable para los simples mortales. Continuaron cantando y el coro de la jungla seguía elevándose entre verso y verso, como la nota más grave de un poderoso órgano. Y al culminar el terrible himno se oyó un sonido, como si se mezclaran el rugido del viento, el fragor de los torrentes, el aullido de las bestias y el resto de voces de la naturaleza salvaje, combinándose con la voz del hombre culpable, en homenaje al príncipe de todos. Los cuatro pinos encendidos elevaron aún más sus llamas, iluminando formas y rostros monstruosos entre espirales de humo que se elevaban sobre aquella congregación impía. En aquel mismo momento, el fuego de la roca estalló con una luz roja, formando un resplandeciente arco en el que apareció una figura que, con todos los respetos, no se parecía lo más mínimo, ni por su apariencia ni en su actitud, a ningún santo de las iglesias de Nueva Inglaterra.

—¡Traed a los convertidos! —gritó una voz, que resonó por el claro y que resonó hasta en el bosque.

Al oír aquello, Goodman Brown salió de entre las sombras de los árboles y se cercó a la congregación, que, a su pesar, le despertaba una sensación de fraternidad, por afinidad con todo lo que había de perverso en su corazón. Habría podido jurar que la imagen de su difunto padre le animaba a avanzar, mirándolo desde lo alto de una nube de humo, mientras que una mujer con rasgos difuminados extendía la mano, alarmada, para que retrocediera. ¿Era su madre? Pero él no pudo frenar sus pasos, no pudo resistirse, ni siquiera de pensamiento, cuando el pastor y el viejo diácono Gookin le agarraron de los brazos y lo llevaron hacia la roca en llamas. Vio que también se acercaba la forma esbelta de una mujer cubierta por un velo, sujeta entre Goody Cloyse, la devota profesora de catecismo, y Martha Carrier, una bruja infame a la que el diablo sin duda le habría prometido el cargo de reina del infierno. Los prosélitos se situaron bajo el arco de fuego.

—¡Bienvenidos, hijos míos —dijo la tenebrosa figura—, a la comunión de vuestra raza! A pesar de vuestra juventud, habéis descubierto ya vuestra naturaleza y vuestro destino. ¡Hijos míos, mirad a vuestras espaldas!

Se giraron y vieron a los adoradores del demonio como en un destello de fuego, todos con una siniestra sonrisa de bienvenida en el rostro.

—Ahí tenéis a todos los que habéis venerado desde la infancia —prosiguió—. Los considerabais más virtuosos que vosotros mismos, y os repugnaban vuestros pecados al compararlos con su vida recta y sus aspiraciones de llegar al cielo. ¡Y sin embargo aquí están todos, congregados para adorarme! Esta noche podréis conocer sus secretos: los de los ancianos de barba blanca de la iglesia que susurraban palabras lascivas a sus jóvenes doncellas; los de las mujeres que, deseosas de vestir de luto, les han dado

una bebida a sus maridos a la hora de irse a la cama para hacerles dormir el sueño eterno; los de los jóvenes imberbes con prisa por heredar la fortuna de sus padres; y los de las damiselas —¡no se sonrojen, queridas!— que han cavado pequeñas tumbas en el jardín para enterrar a sus hijos, funerales a los que solo yo he sido invitado. Con la simpatía que los corazones humanos sienten por el pecado, rebuscaréis por todos los lugares —sea la iglesia, el dormitorio, la calle, el campo o el bosque— donde se ha perpetrado el mal, y os regocijaréis al ver que toda la tierra es como una inmensa mancha de culpa, un inmenso goterón de sangre. ¡Más aún! Podréis introducir en todos los pechos el profundo misterio del pecado, la fuente de todas las artes diabólicas, origen inagotable de impulsos malignos, superior incluso a los que puede llegar a generar el poder humano, ¡e incluso el mío propio! Y ahora, hijos míos, miraos los unos a los otros.

Eso hicieron y, a la luz de las llamas infernales, el desdichado joven vio a su Faith y la esposa a su marido, temblando ante aquel altar profano.

—¡Ya veis, hijos míos! —dijo el horrendo personaje con un tono profundo y solemne, casi afligido, como si su naturaleza, en otro tiempo angelical, aún pudiera llorar por la desgracia de nuestra raza—. ¡Confiabais en los corazones de vuestros semejantes y aún esperabais que la virtud fuera algo más que un sueño! ¡Pues ya podéis salir del engaño! El mal es la naturaleza de la humanidad. El mal debe ser vuestra única felicidad. ¡Bienvenidos una vez más, hijos míos, a la comunión de vuestra raza!

—¡Bienvenidos! —repitieron los adoradores del diablo, en un grito a la vez desesperado y triunfante.

Y allí seguían ellos de pie, los dos únicos que en apariencia aún vacilaban, al borde de la maldad en este mundo de tinieblas. Había una pila tallada directamente en la roca. ¿Era agua lo que contenía, teñida de rojo por aquella luz macabra? ¿O era sangre? ¿O quizá una llama líquida? La imagen del mal introdujo en ella la mano, y se dispuso a imponerles la señal del bautismo en la frente para que compartieran el misterio del pecado y adquirieran conciencia de la culpa secreta de los demás, tanto de acción como de pensamiento, más que de la suya propia. El marido dirigió una mirada a su pálida esposa y Faith lo miró a él. ¡Una mirada más y se verían convertidos en unos desgraciados corruptos, estremecidos tanto por lo que revelaban como por lo que podrían ver!

—¡Faith! ¡Faith! —gritó el marido—. ¡Levanta la vista al cielo y planta cara al maligno!

No supo si Faith le había hecho caso. Apenas había acabado de decir aquello cuando se encontró solo, en plena noche, escuchando el fuerte murmullo del viento que se perdía en el bosque. Se apoyó en la roca y la notó fría y húmeda, y en aquel momento, de una ramita que colgaba y antes había estado en llamas, le cayó una gota de gélido rocío en la mejilla.

A la mañana siguiente, el joven Goodman Brown salió lentamente a la calle del pueblo de Salem, mirando a su alrededor, perplejo. El viejo pastor estaba dando un paseo junto al cementerio para abrir el apetito antes del desayuno y meditar sobre su sermón, y le bendijo al pasar. Él se encogió, apartándose del religioso, como para evitar un anatema. El diácono Gookin se encontraba oficiando, y las santas palabras de su plegaria se oían a través de la ventana abierta. «¿A qué Dios rezará ese brujo?», se preguntó Goodman Brown. Goody Cloyse, devota cristiana de las de antes, disfrutaba del sol de la mañana ante el enrejado de su casa, catequizando a una niña que le había traído medio litro de leche fresca. Goodman Brown apartó a la niña de un tirón, como si quisiera alejarla del propio diablo. Al doblar la esquina de la iglesia vio la cabeza de Faith, con sus cintas rosadas, que lo miraba con ansiedad y sintió tal alegría al verlo que salió corriendo por la calle y a punto estuvo de besar a su marido ante los ojos de todo el pueblo. Pero Goodman Brown la miró con gesto severo y triste, y pasó de largo sin saludarla siquiera.

¿Se habría quedado dormido Goodman Brown en el bosque? ¿Habría soñado lo del aquelarre?

Quizá sí, podría ser. ¡Pero desde luego era un mal augurio para el joven Goodman Brown! Desde la noche de aquel sueño temible se convirtió en un hombre duro, triste, meditabundo y desconfiado, si no desesperado. Los sábados, cuando la congregación cantaba los salmos sagrados, no conseguía escuchar, porque solo podía oír un atronador himno de pecado que le ensordecía y eclipsaba por completo la santa melodía. Cuando el pastor hablaba desde el púlpito, con fervor y elocuencia, apoyando la mano en la Biblia abierta, disertando sobre las sagradas verdades de nuestra religión, de las vidas de los santos, de las muertes triunfantes, la futura gloria o las indescriptibles miserias, Goodman Brown palidecía de pronto, temiéndose que el techo se viniera abajo para acabar con aquel viejo blasfemo y su audiencia. Muchas veces se despertaba repentinamente a medianoche, encogía el cuerpo y se apartaba del regazo de Faith, y por la mañana o por la tarde, cuando la familia se arrodillaba para rezar, él fruncía el ceño, murmuraba algo para sus adentros, miraba a su mujer con gesto hosco y se daba la vuelta. Y tras una larga vida, cuando transportaron su pálido cuerpo hasta la tumba, seguido por Faith, ya convertida en una anciana, sus hijos, sus nietos y un numeroso cortejo, además de los vecinos, el epitafio que grabaron en su lápida no fue de esperanza, pues sombrío fue el día de su muerte.

LAS RATAS EN LAS PAREDES

H.P. LOVECRAFT

El 16 de julio de 1923 me mudé al priorato de Exham justo después de que el último albañil hubiese dado por concluidas las tareas de restauración. El proceso había sido arduo, pues de toda la construcción abandonada apenas quedaba una estructura ruinosa. Sin embargo, puesto que se trataba de la morada de mis ancestros, no reparé en gastos para recuperarla en todo su esplendor. Nadie había vivido en aquel lugar desde los tiempos del rey Jacobo I. Por aquel entonces, una tragedia de naturaleza intensamente repulsiva, aunque del todo inexplicada, se abatió sobre el dueño, cinco de sus hijos y varios sirvientes, al tiempo que envolvía en una sombra de sospecha y terror al tercer hijo, a la sazón ancestro directo mío y único superviviente del detestable linaje. Después de que este único heredero fuese denunciado por asesinato, la hacienda entera revirtió a la Corona, sin que el acusado tratara en ningún momento de exculparse ni de recuperar su propiedad. Sacudido por algún tipo de terror mucho más poderoso que el peso de la conciencia o las consecuencias de la ley, el heredero mostró un deseo rabioso de apartar aquel antiguo edificio tanto de su vista como de su memoria. Su nombre era Walter de la Poer, undécimo barón de Exham. Acabó por escapar a Virginia, donde fundó la familia que un siglo después sería conocida como los Delapore.

El priorato de Exham quedó desocupado, aunque más tarde se anexionó a las propiedades de la familia Norrys. Llegó a ser muy estudiado debido a las peculiaridades de su composición arquitectónica, que incluía torres góticas que descansaban sobre una subestructura de estilo sajón o romanesco, y cuyos cimientos a su vez pertenecían a clasificaciones muy anteriores, o a una mezcla de las mismas: romanas, druídicas y hasta de orígenes cámbricos, si ha de darse algún crédito a las leyendas. Aquellos cimientos eran de lo más singular, pues en uno de los laterales se habían prácticamente fusionado con la sólida caliza del precipicio a cuyo borde se asomaba el priorato y desde el que se dominaba un valle desolado sito a tres millas al oeste del pueblo de Anchester. Arquitectos y anticuarios adoraban examinar aquella extraña reliquia de siglos olvidados, aunque los aldeanos la detestaban. Le profesaban un odio arraigado en el pasado, desde la época en que mis ancestros vivieron en ella, un odio que seguía vivo incluso hoy día, cuando el musgo y el moho del abandono se habían hecho dueños del lugar. No me hizo falta pasar ni un día entero en Anchester para enterarme de que la casa de la que procedía mi familia se consideraba maldita. Esta semana, los obreros han volado el priorato de Exham; ahora mismo se ocupan de erradicar hasta el último rastro de sus cimientos.

Siempre he estado al tanto de los datos básicos de mi linaje, así como del hecho de que mi primer ancestro americano llegó a las colonias envuelto en una suerte de extraño nubarrón. Sin embargo, siempre me había mantenido ignorante de los detalles de su caso, debido a la férrea política de reticencia activa que mantienen los Delapore. A diferencia de nuestros vecinos con sus plantaciones, los Delapore no nos jactamos de tener ningún ancestro que haya participado en las cruzadas, ni de ningún héroe medieval o renacentista de nuestra misma sangre. Tampoco abundan entre nosotros tradiciones que se hayan legado de generación en generación, con la excepción de lo que podría contener el sobre sellado que, hasta la Guerra Civil, cada uno de los hacendados Delapore fue legando a su primogénito para ser abierto tras la muerte del padre. Toda la gloria de la que pudiésemos presumir había sido obtenida tras haber emigrado al Nuevo Mundo; la gloria de un linaje establecido en Virginia, orgulloso y honorable, si bien algo reservado y asocial.

La guerra acabó con nuestras fortunas y toda nuestra existencia se vio alterada tras el incendio que consumió Carfax, nuestra mansión en la ribera del río James. Mi abuelo, ya de edad avanzada, pereció en aquella hecatombe flamígera, y con él se perdió también ese sobre que nos vinculaba a todos al pasado. Aún hoy recuerdo ese fuego como si lo estuviese contemplando entonces, con siete años de edad, entre soldados federales que gritaban, mujeres que chillaban y negros que aullaban y rezaban. Mi padre, que estuvo en el ejército, llegó a defender Richmond, y tras algunas formalidades consiguió que tanto mi madre como yo pudiésemos cruzar las líneas y reunirnos con él. Cuando la guerra terminó, todos nos mudamos al norte, donde se había criado mi madre. Allí alcancé la edad adulta y luego la madurez, así como la considerable riqueza que se suele atribuir a los estólidos yanquis del norte. Ni mi padre ni yo llegamos jamás a saber qué era lo que contenía aquel sobre hereditario, y a medida que yo me dejaba arrastrar por lo anodino de la vida mercantil de Massachusetts fui perdiendo cualquier interés en los misterios que a todas luces anidaban en las ramas más alejadas de mi árbol familiar. De haber sospechado la naturaleza de esos misterios, ¡de buena gana habría dejado el priorato de Exham al imperio del polvo, los murciélagos y las telarañas!

Mi padre murió en 1904, sin misiva alguna que dejarme a mí o a mi único hijo, Alfred, un chico de diez años cuya madre ya había pasado a mejor vida. Fue este chico quien invirtió el orden en la información familiar, pues, aunque yo solo pude darle algunas conjeturas jocosas sobre el pasado, él me escribió cartas en las que mencionaba varias leyendas ancestrales de lo más interesante, de las que tuvo conocimiento cuando los últimos compases de la guerra lo enviaron a Inglaterra en 1917 en calidad de oficial de aviación. Al parecer, los Delapore tenían una historia muy colorida, si bien algo siniestra. Un amigo de mi hijo, el capitán Edward Norrys, de la Real Fuerza Aérea, que había vivido cerca de la antigua casa familiar en Anchester, le contó ciertas supersticiones pueblerinas que pocos novelistas podrían siquiera soñar, dado su carácter demencial e increíble. Por supuesto, Norrys no les daba el menor crédito, aunque a mi hijo le resultaron de lo más divertidas, y le suplieron de buen material para ocupar las cartas que me enviaba. Todas estas leyendas me hicieron prestar más atención a mis raíces al otro lado del océano, y de hecho sirvieron para que tomase la determinación de comprar y restaurar la morada familiar que Norrys enseñó a Alfred en todo su pintoresco estado de abandono. Asimismo, Norrys se ofreció a arreglar la compraventa de la casa por un buen precio, pues su propio tío era el propietario actual.

Compré el priorato de Exham en 1918, aunque mis planes de restauración se vieron interrumpidos cuando mi hijo regresó de la guerra tullido e inválido. Durante los dos años que aún siguió con vida no me dediqué a nada que no fuera cuidarlo. Llegué incluso a ceder la dirección de mis negocios a mis socios. En 1921, al morir mi hijo, me encontré tan afligido como desnortado. Era un hombre de negocios retirado y cuyos días de juventud eran cosas del pasado. Así pues, tomé la decisión de dedicar los años que me quedaban a mi nueva posesión. Visité Anchester en diciembre y me reuní con el capitán Norrys, un joven rollizo y afable que tenía a mi hijo en gran consideración, y que se ofreció para reunir toda la información necesaria para la restauración que pretendía llevar a cabo, desde planos hasta anécdotas. El priorato de Exham no me despertaba gran emoción, pues en aquel momento se podía considerar apenas un batiburrillo tambaleante de ruinas medievales cubiertas de líquenes y repletas de nidos de grajos, encaramadas peligrosamente sobre un precipicio y desprovistas de suelos o cualquier otro rasgo interior excepto los muros de piedra de las torres anexas.

Poco a poco recuperé la imagen mental del edificio tal como había sido cuando mi ancestro lo abandonó hacía tres siglos. Entonces contraté obreros que habrían de encargarse de la reconstrucción. Me vi obligado a buscar fuera de la localidad más cercana, pues los aldeanos de Anchester profesaban un miedo y una animadversión hacia aquella construcción que rayaba en lo increíble. Aquellos sentimientos eran tan profundos que a veces se contagiaban a los trabajadores externos, con lo cual sufrimos numerosas deserciones. Ambos, miedo y odio, parecían tener como destinatario no solo el priorato en sí, sino la antigua familia que en su día lo habitó.

Mi hijo ya me había contado que durante sus visitas había sentido que lo evitaban en cierta manera por el hecho de ser un De la Poer. Por razones similares me vi yo ahora sutilmente condenado al ostracismo, al menos hasta que pude convencer a los aldeanos de que conocía muy poco de mi propio linaje. Incluso entonces muchos se mostraron esquivos y antipáticos, así que acabé por enterarme de la mayor parte de las tradiciones del pueblo gracias a Norrys. Lo que aquella gente no era capaz de perdonar, supongo, era que yo había venido a restaurar un símbolo que para ellos resultaba del todo aberrante. Ya fuese de modo racional o todo lo contrario, todos ellos veían el priorato de Exham como poco menos que un lugar encantado pasto de demonios y hombres lobo.

De las historias que Norrys me llevaba del pueblo, amén de las crónicas de varios eruditos que habían estudiado aquellas ruinas, deduje que el priorato de Exham se alzaba en el emplazamiento de un templo prehistórico, una construcción druídica o predruídica que debía de haber sido coetánea de Stonehenge. Pocos ponían en duda que aquí se hubieran celebrado ritos indescriptibles; existían relatos desagradables que mencionaban la transferencia de dichos ritos al culto de Cibeles popularizado por los romanos. En el subsótano aún se leían ciertas inscripciones que tenían letras inconfundibles, como por ejemplo: «DIV... OPS... MAGNA. MAT...», signo de la *Magna Mater* cuyo oscuro culto fue en su día prohibido a los ciudadanos romanos, si bien en vano. En Anchester se había alzado el campamento de la tercera legión Augusta, tal como evidencian muchos restos arqueológicos. Se dice que el templo de Cibeles era espléndido y antaño estaba atestado de adoradores que llevaban a cabo inefables ceremonias orquestadas por un sacerdote frigio. Otras historias añaden que la caída de aquella vieja religión no detuvo las orgías en el templo, sino que los sacerdotes siguieron llevando a cabo sus tradiciones dentro de la nueva fe sin cambio real alguno. Del mismo modo, se dice que los ritos no desaparecieron cuando lo hizo la influencia del poder de Roma, y que los sajones ampliaron lo que quedaba del templo y le otorgaron así la forma esencial que conservó a partir de entonces. Se convirtió en el centro de un culto temido durante la mitad de la heptarquía anglosajona. El lugar aparece mencionado en una crónica del año 1000, que la describe como un considerable priorato de piedra que sirve de morada a una extraña y poderosa orden monástica, rodeado por extensos jardines que no necesitaban muros para excluir al populacho amedrentado. Los daneses no llegaron a destruirlo, aunque debió de experimentar una tremenda decadencia tras la conquista normanda, pues nadie puso la menor objeción cuando Enrique III le concedió el terreno a mi ancestro, Gilbert de la Poer, primer barón de Exham, en 1261.

No hay crónica anterior a aquella época que asocie mal alguno con mi familia, aunque por aquel entonces debió de suceder algún acontecimiento extraño. Una crónica en particular se refiere a un De la Poer como «maldecido por el mismo Dios» en 1307, mientras que las leyendas locales no hablan más que de maldad y miedos delirantes cuando se refieren al castillo que se alzaba sobre los cimientos del antiguo templo y priorato. Aquellos cuentos a la luz de la hoguera abundaban en todo tipo de detalles horripilantes, tanto más espectrales debido a la atemorizada reticencia y el nebuloso tono evasivo con que se contaban. En ellos mis ancestros aparecían como una raza de herederos de demonios a cuyo lado Gilles de Retz y el marqués de Sade parecerían meros aficionados. Se solía insinuar entre cuchicheos que eran responsables de las ocasionales desapariciones de aldeanos que sucedían desde hacía generaciones.

Los peores personajes, al parecer, eran los barones y sus herederos directos, o al menos corrían muchos rumores sobre ellos. Se contaba que, si nacía algún heredero cuya naturaleza fuese algo más sana, este solía morir de forma temprana y misteriosa para dejar su espacio a otro vástago más acorde con la familia. Al parecer todo el clan componía una suerte de secta presidida por el cabeza de familia y a veces exclusiva, con excepción de unos pocos miembros. La base de esta secta tenía más que ver con el carácter que con la antigüedad, pues se llegó a admitir a varias personas externas que se habían casado con miembros de la familia. Lady Margaret Trevor, de Cornualles, esposa de Godfrey, hijo segundo del quinto barón, se convirtió en el terror de los niños de toda la campiña circundante, así como en la heroína demoníaca de una vieja y horrible balada que aún se sigue cantando cerca de la frontera con Gales. También cuenta con su balada, si bien con otro sentido, la repulsiva historia de lady Mary de la Poer, quien, poco después de casarse con el conde de Shrewsfield, murió a manos de su esposo y su suegra. Ambos asesinos fueron absueltos y bendecidos por el sacerdote a quien le confesaron un pecado que no se atrevieron a repetir en voz alta ante el mundo.

Por típicos que fueran aquellos mitos y baladas de basta superstición, a mí me resultaban repugnantes en extremo. Su persistencia, así como el hecho de que su objetivo siempre fueran miembros de mi propio linaje, me molestaba sobremanera. Del mismo modo, todas aquellas acusaciones sobre hábitos monstruosos me recordaban de un modo inquietante al único escándalo conocido de mis parientes más inmediatos: el caso de mi primo, el joven Randolph Delapore de Carfax, quien se unió a los negros y se convirtió en un sacerdote vudú poco después de regresar de la guerra contra México.

Mucho menos perturbadoras me resultaban las historias bastante más imprecisas sobre lamentos y aullidos que al parecer se oían en aquel estéril valle barrido por el viento justo bajo el precipicio de caliza; o las que se referían a la pestilencia que solía brotar de la tierra del cementerio tras las lluvias de primavera; o esa que hablaba de la criatura blanca, escurridiza y chillona que el caballo de sir John Clave había aplastado una noche en medio de un campo solitario; por no mencionar la del sirviente que había perdido la razón ante lo que vio en pleno priorato a plena luz del día. Todos esos cuentos banalizaban en grado sumo aquel conocimiento espectral, y por aquel entonces yo era un notable escéptico. Por otro lado, no era tan fácil desacreditar del todo los relatos sobre campesinos desaparecidos, aunque bien es cierto que, en vista de las costumbres medievales, tampoco se les podía otorgar una significancia especial. La curiosidad más inquisitiva suponía la muerte para muchos, y es verdad que los bastiones ahora derruidos del priorato de Exham se habían engalanado con más de una cabeza decapitada.

Algunas de aquellas historias eran extremamente pintorescas, hasta el punto de que me hicieron desear haber aprendido más nociones de mitología comparada en mi juventud. Por ejemplo, existía la creencia de que una legión de demonios con alas de murciélago celebraba un aquelarre de brujas cada noche en el priorato; una legión cuyo sustento explicaría la desproporcionada abundancia de ásperas hortalizas que crecían en los enormes jardines. Y, por supuesto, estaba la historia más vívida y épica de entre todas las demás: la de las ratas. El ejército correteante de obscenas alimañas que había surgido del castillo tres meses después de la tragedia que lo condenó al abandono. Ese escuálido, mugriento y famélico ejército que había arramblado con todo y devorado gatos, perros, gorrinos, ovejas e incluso a dos malhadados seres humanos antes de que su furia se viese agotada. Ese inolvidable ejército de roedores cuenta con su propio círculo exclusivo de mitos, pues se cuenta que se desplegó por todas las casas del pueblo y llevó la maldición y el horror allá por donde pasó.

Estas eran las historias con las que me topé en el esfuerzo completista que me llevó, con la obstinación propia de un viejo, a la tarea de restaurar mi hogar ancestral. Empero, no ha de pensarse ni por un momento que dichas historias formaban mi principal entorno psicológico. Por otro lado, el capitán Norrys y los anticuarios de los que me rodeaba y que me prestaban su ayuda no dejaban de alentarme y elogiar mi tarea. Una vez concluida la restauración, más de dos años después de su inicio, contemplé las grandes salas, las paredes con revestimiento de madera, los techos abovedados, las ventanas con parteluz y las anchas escaleras con un orgullo que compensó por completo todos los ingentes gastos que había acarreado la restauración. Cada uno de los atributos de la Edad Media había quedado ingeniosamente reproducido, y las partes nuevas se fusionaban a la perfección con los muros y cimientos originales. La morada de mis ancestros estaba completa, y yo ardía en deseos de redimir por fin la fama local de aquel linaje que finalizaba en mí. Tomé la decisión de hacer de aquel lugar mi residencia permanente y demostrar así que un De la Poer, pues también resolví adoptar la escritura original de mi apellido, no tenía por qué ser enemigo de nadie. Mi comodidad se veía quizás incrementada por el hecho de que, aunque el exterior del priorato de Exham se ajustaba al estilo medieval, su interior era del todo nuevo y, por lo tanto, libre de alimañas y de fantasmas.

Tal como ya he dicho, me mudé el 16 de julio de 1923. Mi hacienda consistía de siete sirvientes y nueve gatos, pues su especie me es particularmente querida. Mi gato más viejo, Negrito, tenía ya siete años y me había acompañado desde mi casa en Bolton (Massachusetts), mientras que los otros los había ido acumulando mientras vivía con la familia del capitán Norrys durante la restauración del priorato. Durante cinco días, la rutina transcurrió con la más absoluta placidez. Pasé la mayor parte del tiempo clasificando toda la vieja información relativa a la familia. Me había hecho con ciertas crónicas bastante circunstanciales que relataban la tragedia final y la huida de Walter de la Poer, lo cual me figuré que sería el contenido de aquel sobre hereditario perdido en el incendio de Carfax. Al parecer mi ancestro había sido acusado con razón de haber asesinado mientras dormían a todos los demás miembros de su casa, con la excepción de cuatro sirvientes confabulados, unas dos semanas después de un impresionante descubrimiento que alteró por completo su actitud. Sobre ese descubrimiento, exceptuando sus implicaciones, Walter de la Poer no le dijo nada a nadie, salvo quizás a los sirvientes que lo ayudaron y acabaron por huir hasta paradero desconocido.

Aquella matanza deliberada que incluía al padre, tres hermanos y dos hermanas, fue ampliamente tolerada por los lugareños. La ley la trató con tal laxitud que el perpetrador consiguió huir a Virginia con honor, ileso y sin la menor necesidad de hacerlo de tapadillo. El consenso general, si bien solo comentado en voz baja, era que Walter de la Poer había purgado la tierra de una maldición inmemorial. No me atrevo a conjeturar cuál sería aquel descubrimiento que desembocó en un acto tan terrible. Walter de la Poer debió de conocer durante años las siniestras historias que corrían sobre su familia, así que supongo que aquella nueva información recién descubierta no debió de suponer para él un enorme empujón. ¿Podría ser, pues, que presenciara algún pasmoso rito antiguo? ¿Quizá se topó con algún escalofriante y revelador símbolo dentro del priorato o de sus inmediaciones? En Inglaterra se lo tenía por un joven tímido y amable. En Virginia no había dado en absoluto la impresión de ser duro o amargado, sino más bien aprensivo y hasta cierto punto atormentado. El diario de otro caballero aventurero, Francis Harley de Bellview, se refería a él como un hombre de justicia, honor y delicadeza sin parangón.

El 22 de julio se produjo el primer incidente que, aunque en su momento descarté con displicencia, adquirió una significancia preternatural en relación con eventos posteriores. Era algo tan simple que cualquiera podría haberlo pasado por alto, cosa que bajo aquellas circunstancias habría sido de lo más normal, pues ha de recordarse que, en vista de que me encontraba en un edificio prácticamente nuevo con excepción de los muros, y que me rodeaba una servidumbre del todo equilibrada, la aprensión era una reacción absurda a pesar del entorno. Lo que recordé más tarde de todo el asunto fue esto: mi viejo gato negro, cuyas costumbres conozco tan bien, se mostró sin la menor duda alerta y ansioso hasta extremos del todo ajenos a su carácter natural. Empezó a deambular por la habitación, inquieto y perturbado, y a husmear una y otra vez junto a los muros pertenecientes a la vieja estructura gótica. Soy consciente de hasta qué punto algo así suena manido, casi como el perro que aparece indefectiblemente en las historias de fantasmas y que siempre gruñe antes de que su amo vea la figura cubierta por sábanas. Sin embargo, no soy capaz de desechar aquel recuerdo.

Al día siguiente, un criado se quejó de que los gatos de la casa parecían inquietos. Acudió a verme a mi estudio, una amplia sala en el segundo piso del ala oeste con arcos rematados por lunetos, paneles de roble negro y una triple ventana gótica desde la que se veía el precipicio de caliza y el desolado valle. Mientras me hacía partícipe de su preocupación, vi la negra silueta de Negrito. Mi gato estaba encorvado junto al muro occidental y se dedicaba a arañar los paneles nuevos que recubrían la vieja piedra. Le dije al criado que debía de haber algún olor singular o alguna emanación de la vieja mampostería de piedra, imperceptible a los sentidos humanos, pero que los delicados sentidos de los gatos podían captar incluso a través del revestimiento de madera. Estaba convencido de que así era, y cuando el criado sugirió que podría haber ratones o ratas, mencioné que no había habido ratas por aquellos lares desde hacía trescientos años, y que entre aquellos muros altos ni siquiera se podía encontrar un solo ratón de campo de los alrededores, pues era bien sabido que por allí no solían colarse. Aquella tarde llamé al capitán Norrys, quien me aseguró que sería increíble que los ratones de campo hubiesen infestado el priorato de un modo tan súbito y sin precedentes.

Aquella noche, tras excusar como siempre a mi ayuda de cámara, me retiré a las habitaciones que había elegido como dormitorio en la torre oeste, a las que se llegaba desde el estudio a través de una escalera de piedra y una galería no muy alargada; la primera, antigua en parte; la segunda, restaurada por completo. La estancia era circular, muy alta y sin revestimiento de madera, con tapices de Arrás que yo mismo había elegido en Londres. Al ver que Negrito había acudido conmigo, cerré la pesada puerta gótica y me retiré bajo la luz de las bombillas eléctricas que de forma tan ingeniosa simulaban velas. Por fin, apagué la luz y me acomodé en la cama con dosel cubierta de grabados. Mi venerable gato ocupó su acostumbrada posición a mis pies. No corrí las cortinas, preferí contemplar el exterior a través de la estrecha ventana orientada al norte que se abría frente a mí. Había una insinuación de aurora en el cielo, y las delicadas tracerías de la ventana silueteaban el cielo de un modo agradable.

En algún momento debí de quedarme plácidamente dormido, pues recuerdo una marcada sensación de abandonar extraños sueños en el momento en que el gato dio un violento respingo en su tranquila postura. Lo contemplé bajo el débil resplandor de la aurora, con la cabeza estirada hacia adelante, las patas delanteras sobre mis tobillos y las traseras completamente extendidas. Miraba con intensidad un punto en la pared, un poco al oeste de la ventana, un punto que a mis ojos carecía de nada destacable, pero al que ahora dirigí toda mi atención. Y al fijarme, me di cuenta de que Negrito no estaba tan agitado sin motivo. No sabría decir si el tapiz de Arrás se movió de verdad o no. Creo que sí, de forma muy leve. Lo que sí puedo jurar es que detrás del tapiz oí un marcado repiqueteo, como el que emiten las patas de las ratas o de los ratones. Un momento después, en un alarde de valor, el gato saltó sobre el tapiz que se interponía entre él y su objetivo. Al instante su peso lo hizo caer, para revelar un húmedo y antiguo muro de piedra que los restauradores habían parcheado por acá y por allá hasta bloquear cualquier rastro de roedores furtivos. Negrito empezó a correr arriba y abajo por aquella sección del muro, sin dejar de arañar el tapiz caído. A veces parecía como si tratase de meter una de las patas en la intersección de la pared y el suelo de roble. No obtuvo resultado alguno, y al rato regresó cansado a su posición inicial entre mis pies. Yo no me había movido del sitio, pero no volví a conciliar el sueño aquella noche.

Por la mañana interrogué a todos los sirvientes, mas comprobé que ninguno de ellos se había percatado de nada inusual, con excepción de la cocinera, que recordaba el comportamiento de uno de los gatos, que había elegido el alféizar de su ventana como lugar de descanso. El maullido de ese gato a las tantas de la madrugada había despertado a la cocinera a tiempo de verlo echar a correr con toda intención por la puerta abierta y luego escaleras abajo. A mediodía me eché una siesta y por la tarde volví a llamar al capitán Norrys, cuyo interés ante mi relato de los acontecimientos fue casi exagerado. Aquellos estrambóticos incidentes, tan leves y sin embargo tan curiosos, estimularon su sentido de lo pintoresco y despertaron en él un número de reminiscencias venidas del saber local en el campo de los fantasmas. La presencia de ratas nos dejó del todo perplejos. Norrys me prestó algunas trampas y un bote de Verde-París, que los criados colocaron en lugares estratégicos a mi regreso.

Me fui pronto a la cama, pues tenía sueño, pero las más terribles pesadillas asolaron mis sueños. En ellas, parecía estar asomado a una gruta crepuscular que se abría a una inmensa altura. La mugre me llegaba a las rodillas, y junto a mí había un demonio porquero de barba blanca que guiaba con un cayado una manada de bestias gruesas y fungosas cuya apariencia me llenó de una repugnancia suprema. A continuación, el porquero se detuvo e hizo un gesto hacia sus animales, y al instante un enjambre de ratas se derramó desde las apestosas profundidades y cayó sobre bestias y porquero hasta devorarlos por completo.

El movimiento de Negrito entre mis pies me sacó con brusquedad de aquella terrorífica visión. Esta vez no tuve que preguntarme la causa de sus siseos y gruñidos, ni el miedo que lo llevó a clavarme las garras en el tobillo, sin darse cuenta del efecto que tendría en mí. Los muros a cada lado de la cámara vibraban con sonidos nauseabundos: el verminoso culebreo de ratas gigantes y famélicas. Ahora no había aurora que ayudase a ver en qué estado se hallaba el tapiz de Arrás, cuya sección caída ya había sido recompuesta. Sin embargo, el miedo no me impidió encender la luz.

Al encenderse las bombillas vi una agitación de lo más repulsivo tras el tapiz, tan pronunciada que los peculiares diseños de su superficie ejecutaron una suerte de singular danza de la muerte. Dicha agitación se extinguió casi al instante, así como el sonido que la acompañaba. Salté de la cama y le di un golpecito al tapiz de Arrás con el largo mango de un calentador de cama que descansaba no muy lejos. Alcé una esquina para ver qué es lo que había debajo. No encontré nada más que el muro de piedra parcheado. Para entonces hasta el gato había descartado aquella tensa certeza de presencias anormales cercanas. Cuando examiné la trampa circular que habían colocado en la habitación, vi que todos los resortes habían saltado, aunque no quedaba rastro alguno de lo que había sido capturado para escapar luego.

Volver a dormir quedaba fuera de toda discusión. Así pues, encendí una linterna, abrí la puerta y salí a la galería en dirección a la escalera que llevaba a mi estudio, con Negrito pisándome los talones. Sin embargo, antes de llegar a los escalones de piedra, el gato echó a correr por delante de mí y se esfumó por las antiguas escaleras. Lo seguí y de pronto me di cuenta de que en la habitación del piso de abajo se oían ruidos inconfundibles. Los muros de paneles de roble estaban plagados de ratas apelotonadas que corrían de aquí para allá. Negrito corría arriba y abajo con la furia de un cazador burlado. Al llegar al fondo, encendí la luz, cosa que en esta ocasión no cortó de cuajo los ruidos. Las ratas prosiguieron con su caos rampante. La estampida era tan potente e inequívoca que por fin pude asignar una dirección definida a sus movimientos. Aquellas criaturas, cuyo número era al parecer inagotable, estaban embarcadas en una portentosa migración desde alturas inconcebibles hasta algún tipo de sótano en las profundidades, ya fuese concebible o inconcebible.

Entonces oí pasos en el pasillo, y un instante después dos sirvientes abrieron la puerta maciza. Registraban la casa en busca de algún tipo de agitación causante del ataque de pánico que había poseído a los gatos hasta el punto de que se habían lanzado a toda prisa escaleras abajo hasta acurrucarse entre maullidos junto a la puerta cerrada del subsótano. Les pregunté si habían oído las ratas, pero me contestaron con una negativa. Cuando quise llamar su atención sobre los sonidos en las paredes, me di cuenta de que estos habían cesado. Acompañado de los sirvientes, descendí hasta la puerta del subsótano, aunque comprobé que los gatos ya habían huido. Más tarde decidí explorar la cripta allí abajo, aunque de momento me conformé con repasar todas las trampas. Todas ellas habían saltado, aunque no tenían inquilino alguno. Satisfecho de ser el único que había oído a las ratas, junto con los gatos, me quedé sentado en mi estudio hasta el alba, entre profundos pensamientos. Intenté rescatar hasta el último rescoldo de leyenda acerca del edificio que ahora era mi hogar.

Por la tarde conseguí dormir un poco, recostado en el único sillón cómodo de la biblioteca que mi plan de renovación medieval no consiguió tirar. Luego llamé al capitán Norrys, quien se acercó a la mansión y me acompañó en mi exploración del subsótano. No encontramos absolutamente nada impropio, aunque ninguno de los dos pudo reprimir la emoción al darnos cuenta de que aquella cripta había sido construida por manos romanas. Cada arco y cada columna maciza eran de factura romana, no esa ridiculez romanesca de los chapuceros sajones, sino el clasicismo severo y armonioso de la era de los césares. De hecho, abundaban los muros con inscripciones bien conocidas por los anticuarios que en repetidas ocasiones habían explorado aquel lugar; inscripciones tales como: «P. GETAE. PROP... TEMP... DONA...» y «L. PRAEC... VS... PONTIFI... ATYS...».

La referencia a Atis me arrancó un estremecimiento, pues conocía la obra de Catulo y algo sabía de los repulsivos ritos de aquel dios oriental cuyo culto se había llegado a confundir con el de Cibeles. Bajo la luz de nuestros candiles, Norrys y yo intentamos interpretar los extraños símbolos, casi borrados, que aún se adivinaban en ciertos bloques de piedra de irregular forma rectangular. La creencia común era que dichos bloques eran altares. En cualquier caso, ninguno de los dos consiguió interpretar nada en ellos. Recordamos que algunos estudiosos atribuían a un patrón en concreto, una especie de sol con rayos, un origen anterior a Roma, lo cual sugería que los sacerdotes romanos se habían limitado a adoptar aquellos altares desde algún templo mucho más antiguo y aborigen situado en aquel mismo lugar. Sobre uno de esos bloques había manchas marrones cuyo origen yo desconocía. El mayor de aquellos bloques, en el centro de la estancia, tenía ciertos restos en su parte superior que indicaban algún tipo de conexión con el fuego. Es harto probable que allí se quemaran ofrendas.

Ese era el contenido de la cripta ante cuya puerta habían maullado los gatos. Norrys y yo resolvimos pasar allí la noche, y un par de criados nos bajaron sendos sofás. Les dijimos que no habían de prestar atención a nada que hicieran los gatos durante la noche. Permitimos que Negrito se quedase con nosotros, tanto por su compañía como por la ayuda que podía prestarnos. Decidimos también que íbamos a mantener la gran puerta de roble, una réplica moderna con rejillas para la ventilación, cerrada a cal y canto. Una vez organizado todo, nos retiramos con los quinqués aún encendidos a esperar a lo que pudiera pasar.

La cripta era muy profunda, inserta entre los cimientos del priorato. Sin duda se internaba en las entrañas de caliza del precipicio que daba al valle desolado. Yo no tenía la menor duda de que aquel lugar había sido el objetivo del inexplicable aluvión de ratas estruendosas, aunque ignoraba el motivo. Mientras ambos reposábamos expectantes en los sofás, mi vigilia se fue mezclando de vez en cuando con sueños a medio formar de los que me despertaban los inquietos movimientos del gato, que descansaba a mis pies. Aquellos sueños no eran en absoluto coherentes, sino que se asemejaban de forma horrible a la pesadilla que había sufrido la noche anterior. Una vez más, vi aquella gruta crepuscular, así como al porquero con sus bestias fungosas e inenarrables que se revolcaban entre la mugre. Mientras las contemplaba, su contorno pareció acercarse y definirse aún más, hasta que casi podía distinguir las facciones de aquellas bestias. Acto seguido vi la fofa expresión de una de ellas... y me desperté con tamaño grito que hasta Negrito se sobresaltó, mientras que el capitán Norrys, que no había llegado a dormir, soltaba una considerable risotada. Más se habría reído, o quizá menos, de haber sabido qué provocó mi grito. Sin embargo, un momento después hasta yo mismo lo olvidé. El horror definitivo a veces paraliza la memoria de la más misericordiosa de las maneras.

Norrys me despertó de nuevo cuando los fenómenos volvieron a comenzar. Sus suaves sacudidas me sacaron del mismo sueño escalofriante. Me instó a que escuchase el ruido que hacían ahora los gatos. Y mucho había que escuchar, pues al otro lado de la puerta cerrada, al pie de las escaleras de piedra, se oía una auténtica pesadilla de maullidos y arañazos gatunos. Negrito no prestaba la menor atención a sus congéneres del exterior, sino que se dedicaba a corretear presa de la agitación por entre los muros desnudos de piedra. De ellos llegaba el mismo pandemonio de frenéticas ratas que tanto me había perturbado la noche anterior.

Un agudo terror empezó a crecer en mi interior, pues allí se daban cita anomalías que ningún enfoque normal conseguiría explicar del todo. Aquellas ratas, si no eran criaturas salidas de una locura que solo los gatos y yo compartíamos, debían de haber hollado aquellos muros romanos que yo había tomado por sólidos bloques de caliza..., a no ser que la acción del agua a lo largo de más de diecisiete siglos hubiese erosionado la roca hasta crear túneles que aquellos roedores se habían encargado de ensanchar y despejar. Mas, incluso si eso era cierto, el horror no era para menos, pues si aquellas alimañas eran seres vivos y normales, ¿por qué motivo Norrys no oía el repugnante estrépito que causaban? ¿Por qué me instó a contemplar a Negrito y a escuchar a los gatos del exterior? ¿Por qué lanzó todo tipo de conjeturas tan vagas como aventuradas sobre la causa de su agitación?

Para cuando conseguí contarle, de forma tan racional como me fue posible, lo que yo creía estar oyendo, mis oídos me transmitieron la última impresión de aquel frenesí, que ahora se retiraba hasta abismos inferiores, más bajos que el más profundo de los subsótanos. Me dio la sensación de que todo el precipicio estaba atestado de ratas merodeadoras. Norrys no se mostró tan escéptico como yo anticipé en un principio, sino que pareció profundamente conmovido. Me hizo un gesto para advertirme que el clamor de los gatos tras la puerta había cesado, como si hubiesen dado por perdidas a las ratas. Al mismo tiempo, Negrito parecía experimentar ahora una ráfaga de inquietud renovada: se dedicaba a arañar frenético el suelo alrededor del gran altar de piedra en el centro de la estancia, más cercano al sofá de Norrys que al mío.

A esas alturas, mi miedo a lo desconocido había ido a más. Había sucedido algo asombroso. Vi que el capitán Norrys, un hombre más joven, robusto y presumiblemente de naturaleza más materialista que yo, estaba tan afectado como yo mismo; quizás a causa de la familiaridad íntima que lo había vinculado toda su vida con las leyendas locales. De momento, lo único que pudimos hacer fue contemplar al viejo gato negro mientras arañaba con fervor menguante el suelo junto a la base del altar. De vez en cuando,

Negrito alzaba la cabeza y me soltaba uno de aquellos persuasivos maullidos que lanzaba cuando quería algo de mí.

Norrys acercó un candil al altar y examinó el lugar en el que Negrito arañaba el suelo. Se arrodilló en silencio y rascó los líquenes acumulados durante siglos que soldaban el macizo bloque prerromano al suelo teselado. No encontró nada, y a punto estaba de cejar en su intento cuando me percaté de una circunstancia trivial que sin embargo despertó en mí un escalofrío, aunque no tenía mayores implicaciones de las que ya había imaginado por mí mismo. Se la comenté a Norrys, y ambos contemplamos aquella manifestación casi imperceptible con la fijeza de quien hace un descubrimiento fascinante y reconocible. En realidad, no era más que esto: la llama del candil que Norrys había dejado sobre el altar temblaba de forma leve pero inconfundible a causa de una corriente de aire que hasta aquel momento no llegaba hasta ella, y que sin la menor duda procedía de la grieta entre el suelo y el altar que Norrys acababa de abrir mientras rascaba el liquen.

Pasamos el resto de la noche en el estudio, mucho mejor iluminado. Nos dedicamos a discutir, nerviosos, cuál sería nuestro siguiente paso. El descubrimiento de que había alguna cripta más profunda que la mampostería inferior de los romanos bajo toda aquella condenada construcción, alguna cripta cuya existencia ni siquiera los anticuarios que habían pululado por aquí a lo largo de tres siglos llegaron a sospechar, habría bastado para alterarnos por completo, sin necesidad de trasfondo siniestro alguno. En el caso que nos ocupaba, la fascinación fue doble, y nos debatimos entre ceder en nuestra búsqueda y abandonar el priorato para siempre por una precaución supersticiosa; o bien responder a nuestro sentido de la aventura y enfrentarnos a los horrores que pudieran aguardarnos en aquellas profundidades desconocidas. Al alba, nos decidimos por un punto intermedio: decidimos viajar a Londres y reunir un grupo de arqueólogos y científicos que nos ayudasen a abordar aquel misterio. Huelga decir que antes de abandonar el subsótano intentamos en vano apartar el altar central, que ahora reconocíamos como la puerta a un nuevo abismo de miedos innominados. Tendríamos que dejar que hombres más sabios que nosotros encontrasen el secreto capaz de abrir dicha puerta.

Durante nuestra larga estancia en Londres, el capitán Norrys y yo presentamos nuestros hechos, conjeturas y anécdotas legendarias a cinco autoridades eminentes, todos ellos hombres a quienes se podía confiar cualquier relevación familiar que pudiese ser hallada en futuras exploraciones. Comprobamos que casi ninguno respondía con burla a nuestro caso, sino más bien con intenso interés y sincera solidaridad. Poca falta hace nombrarlos a todos, aunque diré que entre ellos estaba sir William Brinton, cuyas excavaciones en la Tróade habían conmocionado al mundo entero en su día. Cuando nos subimos al tren de camino a Anchester, sentí que me hallaba a punto de descubrir ciertas revelaciones escalofriantes, una sensación representada en cierta medida por el aire lúgubre que compartían varios de los americanos que se encontraban entre nosotros a causa de la inesperada muerte de su presidente, al otro extremo del mundo.

La noche del 7 de agosto llegamos al priorato de Exham. Una vez allí, los criados me aseguraron que no había sucedido nada fuera de lo usual. Los gatos, incluido el viejo Negrito, habían estado de lo más tranquilos. No había saltado una sola trampa en la casa. Al día siguiente íbamos a comenzar a explorar. En el ínterin, asigné las habitaciones más distinguidas a mis invitados. Me retiré a mis aposentos en la torre, con Negrito a mis pies. No tardé en dormirme, aunque me vi asaltado por sueños repulsivos. Tuve una visión de un festín romano parecido al banquete de Trimalción, con un horror en una fuente cubierta. Luego volví a presenciar aquel momento maldito y recurrente del porquero y su mugriento rebaño en la gruta crepuscular. Sin embargo, cuando desperté esa vez ya brillaba el sol, y en los niveles inferiores del caserón se oían solo los ruidos normales. Las ratas, vivas o espectrales, no me habían molestado. Negrito dormía a pierna suelta. Al bajar, encontré que la misma tranquilidad imperaba en toda la casa, cosa que uno de los sabios reunidos, un tipo llamado Thornton, a la sazón entregado a la labor de psíquico, atribuyó de forma absurda al hecho de que yo ya hubiese presenciado aquello que ciertas fuerzas querían que presenciase.

Todo estaba ya listo. A las once de la mañana, nuestro equipo de once integrantes, dotado de focos eléctricos y material de excavación, descendió al subsótano y cerró la puerta tras de sí. Negrito nos acompañaba, pues no dio razón alguna a los investigadores para despreciar ningún estado de agitación por su parte. Casi al contrario, se los veía ansiosos por que nos acompañase por si se diera el caso de que encontrásemos algún oscuro roedor. Tomamos nota sucinta de las inscripciones romanas y los dibujos desconocidos de los altares menores, pues tres de los criados ya los habían visto y todos los presentes conocían sus características. El foco de atención fue el crucial altar del centro. Al cabo de menos de una hora, sir William Brinton consiguió tumbarlo hacia atrás, equilibrado con algún tipo desconocido de contrapeso.

Ante nosotros apareció un horror que nos habría abrumado de no haber estado preparados. A través de una abertura casi cuadrada en el suelo teselado, desparramados sobre unos escalones descendentes de piedra desgastados hasta extremos tan prodigiosos que casi parecían una rampa, descansaban unos espectrales huesos humanos o semihumanos. Aquellos huesos que aún estaban unidos en un esqueleto mostraban poses de miedo y pánico. Todos ellos estaban cubiertos de marcas de dientes de roedores. Los cráneos evidenciaban poco menos que una idiotez total, cretinismo o un primitivo parentesco lejano con los simios. Sobre aquellos escalones y los infernales restos que los cubrían se arqueaba un pasadizo descendente que parecía excavado en la sólida roca y por el que soplaba una corriente de aire. Dicha corriente no era la ráfaga súbita y nociva que soplaría de una cripta cerrada, sino una brisa helada con incluso una pizca de frescor. No nos detuvimos durante mucho tiempo; empezamos a despejar las escaleras de restos para poder descender por ellas. Fue entonces cuando sir William, tras examinar los muros labrados, hizo el extraño comentario de que, a juzgar por la dirección de los golpes de cincel, aquel pasadizo debía de haber sido excavado desde abajo.

Ahora habré de elegir mis palabras con sumo cuidado.

Tras descender por unos cuantos escalones entre huesos roídos, vimos que había una luz más abajo. No se trataba de ninguna fosforescencia mística, sino de luz diurna que no podía sino filtrarse desde grietas en el precipicio que dominaba el valle yermo. No era ninguna sorpresa que nadie se hubiese percatado de dichas grietas desde el exterior, pues no solo aquel valle estaba completamente deshabitado, sino que el precipicio era tan alto que solo un aeronauta podría estudiarlo en detalle. Tras unos cuantos escalones más, nos quedamos literalmente sin aliento ante lo que vimos; tan literalmente, de hecho, que Thornton, el investigador psíquico, se desmayó y tuvo que ser sujetado por el aturdido explorador que avanzaba tras él. Norrys, con el rostro rechoncho del todo blanco y fláccido, se limitó a soltar un grito inarticulado. Al mismo tiempo, creo que lo único que alcancé a hacer yo fue a soltar todo el aire de los pulmones en un siseo y taparme los ojos. El hombre que tenía a mi espalda, el único mayor que yo en todo el equipo, soltó un trillado «¡Dios mío!» con la voz más rota que he oído jamás. De los siete hombres cultivados que allí nos encontrábamos, solo sir William Brinton consiguió mantener la compostura, lo cual le honra todavía más, pues era quien abría la marcha y por consiguiente el primero en contemplar aquello.

Se trataba de una gruta crepuscular de enorme altura que se extendía hasta más allá de lo que abarcaba la vista, un mundo subterráneo de misterio ilimitado y cargado de horribles sugestiones. Había edificios y otros restos arquitectónicos; de un aterrorizado vistazo llegué a ver un patrón de túmulos, un brusco círculo de monolitos, una ruina romana de cúpula baja, una columna sajona desplomada y un primitivo edificio inglés de madera..., aunque todo lo anterior palidecía ante el espectáculo que presentaba la superficie general del terreno. Desde los escalones se extendían leguas y más leguas de lo que parecía ser una demencial maraña de huesos humanos, o al menos tan humanos como los que habíamos encontrado en los escalones. Se extendían cual mar espumoso, algunos desmenuzados, aunque otros completos o en parte articulados en formas esqueléticas. Estos últimos aparecían de forma invariable en violentas posturas demoníacas, ya fuese luchando contra algún tipo de amenaza o aferrados a otras formas con intenciones caníbales.

Cuando el doctor Trask, nuestro antropólogo, se inclinó para analizar los cráneos, encontró una mezcla de diferentes estados de degradación que lo dejó perplejo. En su mayoría eran inferiores al hombre de Piltdown en la escala evolutiva, aunque en cualquier caso eran definitivamente humanos.

Muchos pertenecían a especies superiores, mientras que unos pocos cráneos correspondían a tipos cuya evolución era patente y muy superior. Todos los huesos estaban roídos, en su mayor parte por las ratas, pero en algunos también se apreciaban marcas de la manada semihumana. En medio de toda la mezcla también había huesecillos de rata, a todas luces miembros caídos del ejército que había participado en aquella épica batalla de antaño.

Me maravilla el hecho de que cualquiera de nosotros sobreviviese con la cordura intacta tras el repulsivo descubrimiento de aquel día. Ni Hoffmann ni Huysmans habrían sido capaces de concebir una escena más increíble que aquella, más repelente hasta extremos delirantes, más grotesca y gótica que aquella gruta crepuscular a través de la cual los siete avanzamos a trompicones, mientras nos tropezábamos con una revelación tras otra. De momento, tratábamos de no aventurar qué acontecimientos habían tenido lugar allí abajo hacía trescientos años, o mil, o dos mil, o quizás incluso diez mil años. Aquello era la antecámara del infierno, y el pobre Thornton se volvió a desmayar cuando Trask le dijo que algunos de los esqueletos debían de haberse degenerado hasta convertirse en cuadrúpedos durante las últimas veinte generaciones o más.

Más horror se sumó al intenso horror que ya sentíamos cuando empezamos a interpretar aquellos restos arquitectónicos. Los seres cuadrúpedos, con sus ocasionales reclutas de la clase bípeda, se mantenían en cuadras de piedra, de las cuales debían de haber escapado en un último arrebato de hambre o de pavor ante las ratas. Se repartían en grandes rebaños, y a todas luces los alimentaban con esas ásperas hortalizas cuyos restos aún encontramos almacenados en una suerte de silos bajo enormes depósitos de piedra más antiguos que la propia Roma. Ahora sé por qué mis ancestros habían mantenido unos jardines tan exuberantes. ¡Quién podría olvidarlo ahora! No me hizo falta preguntarme cuál sería el propósito de dichos rebaños.

Sir William, de pie entre las ruinas romanas, foco en mano, tradujo en voz alta el ritual más impactante del que yo jamás haya oído hablar. Nos habló de los hábitos alimenticios de aquel culto antediluviano que encontraron los sacerdotes de Cibeles y cuyas tradiciones acabaron por mezclar con las suyas propias. Norrys, acostumbrado como estaba a las trincheras, no se tenía en pie después de salir del edificio inglés. Era una suerte de carnicería o cocina, algo que el capitán ya había esperado, pero fue un impacto demasiado grande ver los enseres familiares de cualquier casa inglesa en aquel lugar, así como leer allí dentro inscripciones inglesas conocidas, algunas de tiempos tan recientes como 1610. Yo no me atreví a entrar en aquel edificio, un lugar cuyas actividades solo llegaron a su fin bajo la acción del cuchillo de mi ancestro, Walter de la Poer.

Donde sí me atreví a entrar fue en el bajo edificio sajón, cuya puerta de roble se había desplomado. Allí encontré una terrible hilera de celdas de piedra con barrotes herrumbrosos. Tres de ellas tenían ocupantes, todos esqueletos de avanzado estado evolutivo. En el huesudo dedo de uno de ellos aprecié un anillo de sello engalanado con el escudo de armas de mi familia. Sir William encontró una cámara con celdas aún más antiguas bajo la capilla romana, todas vacías. Debajo de ellas había otra cripta baja en la que encontró contenedores llenos de huesos dispuestos formalmente. En algunos de ellos se veían terribles inscripciones paralelas escritas en latín, griego o en la lengua de los frigios. Mientras tanto, el doctor Trask había abierto uno de los túmulos prehistóricos y sacó a la luz cráneos apenas más humanos que el de un gorila, cubiertos con unos grabados ideográficos indescriptibles. A través de todo aquel horror, mi gato permaneció imperturbable. En una ocasión lo vi agazapado de forma monstruosa sobre una montaña de huesos. Me pregunté qué secretos ocultarían sus ojos amarillos.

Una vez asimiladas hasta cierto punto las escalofriantes revelaciones de aquella área crepuscular, un lugar que mis repulsivos sueños ya habían anticipado de alguna manera, centramos nuestra atención en el resto de aquella caverna anochecida aparentemente sin fin en la que no penetraba luz alguna proveniente del precipicio. Jamás sabremos qué ciegos mundos estigios se abren más allá de la corta distancia que llegamos a avanzar, pues decidimos que los secretos que allí habría no estaban hechos para los seres humanos. Ya teníamos bastante de lo que ocuparnos allí mismo, pues no habíamos avanzado mucho cuando los focos eléctricos nos mostraron una maldita infinidad de pozos en los que las ratas habían morado y se habían alimentado, y cuya falta de reabastecimiento a buen seguro había sido la razón de que el famélico ejército de roedores se lanzase sobre los rebaños de seres hambrientos para después surgir por la superficie del priorato en la histórica orgía de devastación que los aldeanos jamás podrán olvidar.

¡Dios! ¡Aquellos pozos de podredumbre repletos de huesos aserrados y rotos, de cráneos abiertos a golpes! ¡Aquellos abismos ahogados de huesos pitecántropos, celtas, romanos e ingleses a lo largo de impíos siglos! Algunos de aquellos pozos estaban llenos a rebosar, así que nadie podía asegurar a ciencia cierta cómo eran de hondos. En otros, más vacíos, ni siquiera nuestros focos alcanzaban a iluminar el fondo, así que las más innombrables fantasías los poblaban. ¿Qué había pasado con las desgraciadas ratas que habían caído en aquellas trampas y se habían precipitado a la negrura en su búsqueda del horripilante Tártaro?

En un momento, mi pie resbaló en el borde de uno de aquellos pozos. Por un instante me dominó un miedo estático. Debí de quedarme murmurando yo solo durante un largo rato, pues no alcanzaba a ver a ninguno de los miembros del equipo aparte del rollizo capitán Norrys. Acto seguido se oyó un sonido proveniente de aquellas distancias negras, ilimitadas y lejanas que tan familiares me resultaban. Vi que mi viejo gato negro pasaba a la carrera como un dios egipcio alado, directo hacia aquellos infinitos abismos desconocidos. Yo lo seguí al instante, pues un segundo después no me cupo la menor duda de qué era aquel sonido. Se trataba de la ancestral carrera de aquellas ratas demoníacas, siempre en busca de nuevos horrores, dispuestas a guiarme hasta las sonrientes cavernas del centro de la tierra en las que Nyarlathotep, el dios loco carente de rostro, aúlla ciego ante el sonido de dos flautistas idiotas y amorfos.

Mi linterna se apagó, pero seguí corriendo. Oí voces, gritos y ecos, pero todo quedaba ahogado por aquel impío e insidioso frenesí de patas de rata, que crecía, crecía y crecía como un cadáver hinchado asciende por las aguas de un río oleaginoso que fluye bajo infinitos puentes de ónice hasta un mar negro y pútrido. Algo tropezó conmigo, un cuerpo rollizo y suave. Debían de ser las ratas, ese viscoso, gelatinoso y famélico ejército que se alimentaba tanto de los muertos como de los vivos... ¿Por qué no iban aquellas ratas a devorar a un De la Poer igual que un De la Poer devora toda suerte de cosas prohibidas?... La guerra devoró a mi hijo... y los yanquis devoraron Carfax con llamas y quemaron a Grandsire Delapore junto con su secreto... ¡No, no, os juro que no, yo no soy ese porquero demoníaco de la gruta crepuscular! ¡La cara que vi en aquel cerdo fungoso y rollizo no era la del capitán Norrys! ¿Quién dice que yo sea un De la Poer? ¡Norrys sobrevivió, pero mi hijo murió!... ¿Por qué iba un Norrys a poseer las tierras de un De la Poer?... Es vudú, os lo juro... Esa serpiente tintada... Maldito seas, Thornton... ¡Ya te enseñaré yo a desmayarte ante las costumbres de mi familia! ¡Vive Dios, asqueroso, que te habré de enseñar a respirar! ¿Te atreves a resistirte?... ¡Magna Mater! ¡Magna Mater! Atis... *Dia ad aghaidh's ad aodann... ¡agus bas dunach ort! ¡Dhonas 's dholas ort, agus leat-sa!... Ungl... ungl... rrrlh... chchch...*

Eso dicen que decía yo cuando me encontraron en la oscuridad tres horas después. Me hallaron encorvado sobre el cuerpo medio devorado del rollizo capitán Norrys, mientras mi propio gato me atacaba e intentaba desgarrarme la garganta. Han hecho saltar por los aires todo el priorato de Exham, han apartado a Negrito de mí y me han confinado en esta celda con barrotes en Hanwell, mientras se deshacen en cuchicheos sobre mis males hereditarios y mis experiencias. Thornton está en la celda de al lado, aunque no me dejan hablar con él. Creo que intentan ocultar la mayor parte de los hechos acaecidos en el priorato. Cuando menciono al pobre Norrys, me acusan de haber hecho algo del todo repulsivo, mas han de saber que no he sido yo. Han de saber que fueron las ratas, las rastreras y frenéticas ratas cuyos correteos me impiden dormir. Esas ratas demoníacas que corren detrás de las paredes acolchadas de esta habitación y que me invitan a descender con ellas hasta horrores más grandes de los que alcanzo a imaginar. Esas ratas que ellos no son capaces de oír, las ratas, las ratas de las paredes.

LA TUMBA

H. P. LOVECRAFT

> Que cuando muera pueda descansar
> en un lugar placentero.
>
> VIRGILIO

Al narrar las circunstancias que han desembocado en mi confinamiento en este asilo para lunáticos, soy consciente de que mi situación actual sembrará dudas comprensibles acerca de la veracidad de mi relato. Es un hecho tan lamentable como contrastado que el grueso de la humanidad tenga una perspectiva mental tan limitada como para sopesar con inteligencia y serenidad aquellos fenómenos aislados, experimentados tan solo por los dotados de una mayor sensibilidad psicológica, que escapan a las experiencias más comunes. No obstante, los intelectos más flexibles reconocen que no se puede distinguir de manera categórica entre lo real y lo irreal. Todas las cosas se manifiestan como lo hacen exclusivamente en virtud de los delicados medios físicos y mentales que, de forma individual, nos vuelven conscientes de ellas. Sin embargo, el prosaico materialismo de la masa considera locura los fogonazos de extraordinaria sagacidad que a veces rasgan el vulgar velo del empirismo más rígido.

Me llamo Jervas Dudley, y desde mi más tierna infancia he sido un soñador y un visionario. Acaudalado por encima de las exigencias de una vida mundana y poseedor de un temperamento inadecuado tanto para los estudios convencionales como para los pasatiempos sociales de mis contemporáneos, he morado siempre en reinos alejados del mundo visible.

Mi adolescencia y mi juventud discurrieron entre las páginas de libros antiguos e ignotos, o explorando los pastos y los calveros de la región colindante con mi hogar ancestral. Sospecho que lo que leí en los primeros y lo que vi en los segundos no se corresponde punto por punto con lo que allí hayan visto y leído otros chicos. Pero no ahondaré en este aspecto, pues un discurso más detallado nos confirmaría las crueles calumnias sobre mi intelecto cuyos ecos llegan hasta mis oídos a veces, en forma de susurros furtivos emitidos por los enfermeros que me rodean. Debo, pues, conformarme con relatar los hechos sin detenerme a analizar sus causas.

Ya he dicho que vivo alejado del mundo visible. Debo añadir que vivo solo. Esto no es propio de los humanos, pues aquel a quien los seres vivos no acompañan atrae de manera inevitable a quienes no lo están, o al menos ya no. Cerca de mi morada se encuentra una hondonada singular, arropada por los árboles, en cuyas crepusculares profundidades me pasaba las horas, leyendo, pensando y soñando. Por sus pendientes cubiertas de musgo me llevaron los primeros pasos de mi niñez, y en torno a los grotescos nudos de sus encinas se entretejieron las quimeras iniciales de mi pubertad. Conocí muy bien las majestuosas dríadas de aquellos árboles, de cuya danza cruel he sido testigo a menudo bajo la mortecina claridad de una luna menguante... Pero no debo hablar de estas cosas ahora. Tan solo escribiré acerca del sepulcro solitario que anida en lo más sombrío de esa escabrosa espesura: la tumba abandonada de los Hyde, una antigua y eminente familia cuyo último descendiente directo descansa en sus negros confines desde muchas décadas antes de mi nacimiento.

La cripta a la que me refiero es de granito vetusto, erosionado y descolorido por generaciones de bruma y humedad. De esta estructura, excavada en la ladera, solo resulta visible la entrada. Oxidados goznes de hierro sujetan su puerta, un monolítico y ominoso bloque de piedra. También son de hierro las recias cadenas y los candados que, de un modo inimaginablemente siniestro, la mantienen entreabierta en virtud de lo que hace medio siglo debía de dictar alguna tradición truculenta. Si bien el cubil de esta raza cuya prole yace aquí enterrada se erguía en tiempos sobre la depresión que alberga la tumba, hace mucho que sucumbió a las llamas nacidas de un rayo aciago. De aquella tormenta que una noche arrasó la lóbrega mansión, los habitantes más ancianos de la región hablan a veces en susurros entrecortados. Aluden a lo que denominan «ira divina» con un temor reverencial que, en años posteriores, incrementó sutilmente la ya de por sí poderosa atracción que sobre mí ejercía ese sepulcro embozado por la espesura. El fuego solo se había cobrado una vida. Mientras el último de los Hyde esperaba a recibir sepultura en ese remanso de sombra y quietud, la luctuosa urna que habría de contener sus cenizas llegó de las tierras lejanas a la que había regresado la familia tras el incendio que asoló la mansión. Ya no queda nadie para honrar con flores este portal de granito, y pocos poseen la entereza necesaria para enfrentarse a las angustiosas sombras que parecen acariciar esas rocas fatigadas por los elementos.

Nunca olvidaré el atardecer en que quiso el azar que tropezase por vez primera con este osario recóndito. Era pleno verano, cuando la alquimia de la naturaleza transmuta el paisaje boscoso en una vívida masa verde casi homogénea; cuando los sentidos sufren el embriagador asalto de los mares encrespados de húmedo pasto y la sutil e inefable fragancia de la tierra y la vegetación. En entornos así la mente pierde la perspectiva. El tiempo y el espacio se convierten en triviales irrealidades, y los ecos de un olvidado pasado prehistórico martillean insistentes sobre la subyugada consciencia. Llevaba todo el día deambulando sin rumbo fijo por los místicos sotos de la hondonada, contemplando ideas que no detallaré y conversando con seres que no debo nombrar. Tenía diez años y ya había visto y oído innumerables prodigios ignotos para la turba. En algunos aspectos, mi madurez era notable. Me abrí paso entre dos encarnizados zarzales y me topé de repente con la entrada de la cripta. Aún ignoraba la naturaleza de mi descubrimiento. Ni los oscuros bloques de granito, ni la puerta entreabierta de manera tan curiosa, ni las marcas fúnebres grabadas en el dintel me parecieron luctuosos ni funestos. Tenía grandes conocimientos sobre tumbas y sepulcros, pero más grandes aún eran las teorías con las que fantaseaba. No obstante, mi temperamento peculiar me impedía trabar contacto personal con camposantos y cementerios. La extraña casa de piedra que presidía aquella ladera arbolada me parecía poco más que una mera fuente de interés y especulación. Sus frías y húmedas interioridades, a las que en vano me había asomado por aquel resquicio tan seductor, no contenían para mí el menor atisbo de muerte o descomposición. Sin embargo, en aquel momento de curiosidad nació el demencial e irreflexivo deseo que desembocó en mi actual reclusión infernal. Espoleado por una voz que a buen seguro procedía de la abominable alma del bosque, decidí adentrarme en aquella penumbra tan seductora pese a las inquebrantables cadenas que me cerraban el paso. Bañado por la menguante claridad diurna, me planteé, por un lado, sacudir aquella herrumbrosa obstrucción con el objetivo de abrir de par en par la puerta de piedra, y, por el otro, apretar mi menuda figura para escurrirme por el resquicio existente. Ambos planes fracasaron. La curiosidad inicial dio paso a una suerte de desesperación. Mientras regresaba al hogar, a la condensada luz del crepúsculo, juré a los cien dioses del calvero que algún día, no importaba a qué precio, accedería a esas profundidades frías y apizarradas que parecían llamarme. El médico de barba gris que acude todos los días a mi habitación le contó en cierta ocasión a un visitante que ese acto señaló el comienzo de una lamentable manía. Dejaré que mis lectores emitan su veredicto al final, cuando ya conozcan todos los detalles.

Los meses posteriores a mi hallazgo transcurrieron entre intentos infructuosos de forzar el inexpugnable candado de la cripta entreabierta y búsquedas discretas relacionadas con la naturaleza y la historia de aquella estructura. Mis oídos infantiles, siempre receptivos, me permitieron averiguar muchas cosas. Mi proverbial carácter reservado me impidió compartir con nadie tanto la información que descubrí como mi determinación. Quizá merezca la pena mencionar que el descubrimiento de la naturaleza de la cripta no me produjo ni sorpresa ni temor algunos. Mis extravagantes ideas sobre la vida y la muerte me habían llevado a asociar la fría arcilla con un organismo animado. Presentía que el recinto de piedra que me proponía explorar representaba de alguna manera a la ilustre y siniestra familia que antaño habitara en aquella mansión calcinada. Las habladurías sobre supuestos ritos extraños e impías celebraciones antaño desarrollados en aquel antiguo salón reavivaban y potenciaban mi interés por la tumba, ante cuya puerta solía pasarme horas sentado. En cierta ocasión introduje una vela por aquella entrada, prácticamente cerrada, pero solo acerté a ver un tramo de escalones de piedra húmeda que conducían escaleras abajo. La pestilencia del lugar me repelía y me cautivaba al mismo tiempo. Parecía como si ya hubiera experimentado aquel sentimiento en algún pasado remoto que escapaba a mis recuerdos e, incluso, a la existencia del cuerpo que ahora poseo.

Un año después de contemplar aquella tumba por primera vez me tropecé con una traducción de *Las vidas paralelas* de Plutarco en el ático repleto de libros de nuestra residencia. Lo que más me impresionó de las andanzas de Teseo fue el pasaje que habla de una gran roca bajo la que el joven héroe estaba destinado a encontrar las joyas que le reservaba el azar, pero no antes de ser lo suficientemente mayor como para levantar aquel peso inmenso. Esa leyenda sirvió de revulsivo para exorcizar la intensa impaciencia que me impulsaba a entrar en la cripta, pues presentía que aún no era el momento adecuado. Más adelante, me dije, adquiriría la fortaleza y el ingenio necesarios para abrir sin esfuerzo las recias cadenas de aquella puerta. Hasta entonces, debía conformarme con acatar lo que parecía ser la voluntad del destino.

Mis vigilias frente al lóbrego portal comenzaron a espaciarse. El tiempo se me iba ahora en realizar diferentes tareas, no menos extrañas. A veces me levantaba en plena noche y, con sumo sigilo, salía a hurtadillas y merodeaba por los cementerios a los que mis padres me habían prohibido acercarme. Guardaré silencio acerca de lo que allí sucedía, pues ahora albergo mis dudas sobre la autenticidad de ciertos sucesos. Lo que sí puedo decir es que en los días posteriores a esas escapadas nocturnas solía sorprender a mis allegados con mis conocimientos sobre particulares relegados prácticamente al olvido durante varias generaciones. Después de una de esas noches conmocioné a la comunidad con mis teorías sobre el entierro del popular hacendado Brewster, una acaudalada celebridad local cuya lápida de pizarra, erigida tras su muerte en 1711 e inscrita con una calavera y tibias cruzadas, comenzaba ya a reducirse a polvo, víctima de los estragos del tiempo. En un arrebato pueril aseguré que su sepulturero, Goodman Simpson, no solo había sustraído los zapatos con hebillas de plata, las medias de seda y los calzones de raso del difunto antes de la ceremonia, sino que además el propio hacendado, quien al parecer aún conservaba un resquicio de vida, se había girado hasta en dos ocasiones en su féretro ya cubierto de tierra un día después del entierro.

Nunca abandoné la idea de investigar aquella tumba. Es más, la estimuló un hallazgo inesperado: mi estirpe materna poseía un tenue vínculo con la supuestamente extinta familia Hyde. Así pues, yo, el último eslabón de mi linaje paterno, era el último descendiente de aquella estirpe más antigua y mucho más misteriosa. Empecé a fantasear con que la tumba era mía, a aguardar con abrasadora expectación el momento de trasponer aquella puerta de piedra e internarme en las sombras descendiendo por sus resbaladizos escalones de piedra. Adquirí la costumbre de aguzar el oído junto al portal entreabierto; para ello prefería el silencio de la medianoche, pues así podía realizar mi extraña vigilia. Antes de alcanzar la mayoría de edad había practicado un claro en la espesura frente a la cara manchada de moho de la ladera, un pequeño sendero que permitía a la vegetación circundante rodear y cubrir el espacio como si de las paredes y el techo de una pérgola boscosa se tratara. Ésta representaba mi templo, y la puerta cerrada, mi altar. Me tumbaba en el suelo musgoso, acariciando pensamientos y sueños insólitos.

La noche de la primera revelación hacía un calor sofocante. Debía de haberme quedado dormido a causa de la fatiga, pues cuando oí aquellas voces tenía la inconfundible sensación de acabar de despertarme. Me niego a hablar de sus tonos y acentos, e incluso omitiré describir la textura que exudaban. Sin embargo, sí diré que vocabulario, entonación y acento eran diferentes de los nuestros hasta extremos insólitos. Tan sombría conversación contenía todos los matices del dialecto de Nueva Inglaterra. Pero tardé en reparar en ello, pues en aquel momento estaba más atento a otro fenómeno, tan efímero que no podía asegurar que fuera cierto. Al despertar, vi de refilón cómo se apagaba apresuradamente una luz en el interior del hundido sepulcro. No creo que me sintiera ni asombrado ni atenazado por el pánico, pero estoy seguro de que aquella noche se operó en mí un cambio permanente y profundo. Una vez en casa me dirigí sin demora a un arcón que se pudría en el ático, en cuyo interior encontré la llave que al día siguiente desbloquearía sin esfuerzo la barrera que durante tanto tiempo había tratado de forzar en vano.

Entré en la cripta de aquella ladera abandonada bañado por el suave resplandor del atardecer. Me notaba presa de un hechizo, y mi corazón era presa de una exaltación que incluso ahora querría describir con exactitud. Cuando la puerta se cerró a mi espalda y comencé a descender por aquellos escalones goteantes, iluminado apenas con una vela solitaria, me pareció como si ya conociera el camino. Aunque la llama chisporroteaba con el asfixiante hedor que lo impregnaba todo, me sentí como en casa, rodeado por aquel aire rancio, propio de un matadero. Al mirar a mi alrededor contemplé varios pedestales de mármol coronados por féretros, o lo que quedaba de ellos. Algunos de esos ataúdes parecían sellados e intactos, mientras que otros ya se habían disuelto casi por completo, aislando los pomos de plata y las placas conmemorativas sobre curiosos montoncitos de polvo blancuzco. En una de aquellas placas leí el nombre de sir Geoffrey Hyde, quien había llegado de Sussex en 1640 y había fallecido aquí pocos años después. Un nicho bien visible contenía un féretro desocupado y bastante bien conservado, adornado por un solo nombre que me inspiró tanto una sonrisa como un estremecimiento. Llevado por un impulso inefable, me encaramé al amplio pedestal, apagué la vela y me estiré en la caja vacía.

A la luz cenicienta del amanecer, salí arrastrando los pies de la cripta y cerré la cadena de la puerta a mi espalda. Dejaba atrás la juventud, pese a contar apenas con veintiún inviernos. Los aldeanos más madrugadores, testigos de mi regreso a casa, me observaban maravillados por los indicios de gozosa vitalidad que detectaban en alguien como yo, que siempre había vivido en aislamiento y con sobriedad. Solo visité a mis padres después de haber disfrutado de un largo y reparador sueño.

A partir de entonces, comencé a visitar la tumba todas las noches. Vi, oí e hice cosas que nunca explicaré. Mi discurso, siempre tan influenciable por opiniones ajenas, fue lo primero que sucumbió al cambio. Mi manera de expresarme, poblada de pronto por arcaísmos, no tardó en llamar la atención. A continuación, una extraña mezcla de valor y temeridad contaminó mi conducta y, sin yo saberlo, adopté una actitud más propia de los hombres de mundo, pese a la vida recluida que había llevado hasta entonces. Mi lengua, antaño tan discreta, adquirió la elegancia innata de un Chesterfield y el impío cinismo de un Rochester. Hacía gala de una erudición peculiar, por completo ajena a las burdas y quiméricas leyendas populares de las que me había empapado en mi juventud. No me costaba el menor esfuerzo cubrir las solapas de mis libros con improvisados epigramas que evocaban a Gay o Prior, así como magníficos versos de tono ligero. Una mañana, durante el desayuno, rocé el desastre al declamar en indisimulable estado de embriaguez una amalgama de dieciochescos ripios bacantes, una pieza de humor georgiano, jamás recogida en volumen alguno, que rezaba más o menos así:

Acercaos, muchachos, con las jarras llenas de espuma,
brindad por el presente que ante nosotros se esfuma.
Amontonad pilas de carne en vuestra bandeja,
que comer y beber dan alivio al que festeja:
rellenad con determinación vuestro vaso,
pues en la vida solo estamos de paso.
¡Pensad que muertos no podréis brindar ni al amanecer ni al ocaso!
Anacreonte, eso cuentan, tenía roja la nariz;
mas ¿a quién le importa, mientras fuera dichoso y feliz?
¡Mal rayo me parta! ¡Mejor colorado y presente,
que blanco como un lirio y en la fosa yacente!
Así que, Betty, primor,
ven y dame tu amor.
¡No hay en el averno taberneros con hijas de tanto candor!
Joven Harry, con la espalda tan recta ahora, como una vara,
no tardará en perder la peluca, caerse y partirse la cara;
llenad las copas, abrid la espita de esa tinaja.
¡Mejor rodando bajo la mesa que con una mortaja!
Festejad, comed,
calmad vuestra sed.
¡Bajo tierra será difícil, creed!
¡El diablo me lleve! ¡Me cuesta ya caminar,
y no digamos hacerlo recto o hablar!

Atended, posadero, pedidle a Betty que me acerque una silla;
pronto iré a casa, pues mi señora por su ausencia ahora brilla.
Echadme una mano, que ponerme en pie ya no puedo.
¡Pero seguiré riendo mientras tenga los pies en el suelo!

Por aquel entonces desarrollé mi actual fobia al fuego y las tormentas. Aquellos fenómenos me habían resultado indiferentes hasta entonces, pero de pronto el pánico a ellos me hacía buscar refugio en los lugares más recónditos de la casa cuando el firmamento amenazaba con desatar un gran aparato eléctrico. Uno de mis escondites predilectos durante el día era el sótano en ruinas de la mansión incendiada, y me imaginaba cómo había sido su estructura en sus mejores tiempos. En cierta ocasión asusté a un aldeano al conducirlo en secreto hasta una covachuela soterrada de cuya existencia yo parecía estar al tanto pese a que nadie la había visto ni recordado su existencia desde hacía incontables generaciones.

Al final me sucedió lo que me temía desde hacía tiempo. Mis padres, alarmados por los cambios del aspecto y la conducta de su hijo único, comenzaron a someter todos mis pasos a un bienintencionado escrutinio que presagiaba el desastre. No le había hablado a nadie de mis visitas a la tumba, pues guardaba el secreto con celo religioso desde la niñez; pero ahora me veía obligado a ser más precavido al ir y venir por aquella depresión arbolada para dar esquinazo a posibles perseguidores. La llave de la cripta colgaba de un cordel que me rodeaba el cuello. Solo yo sabía de su existencia. Jamás he sacado del sepulcro ninguno de los objetos que hallé entre sus muros.

Una mañana, al salir de la húmeda tumba, y mientras sujetaba con manos temblorosas la cadena del portal, contemplé aterrorizado el rostro de un observador en la maleza. Sin duda, se acercaba el final: habían descubierto mi hondonada y, con ello, desvelado el objetivo de mis excursiones nocturnas. Como el hombre no me persiguió, regresé a casa lo más deprisa que pude con la intención de escucharlo a hurtadillas mientras informaba a mi atribulado padre. ¿Se divulgarían a los cuatro vientos mis incursiones más allá de la puerta encadenada? Cuál no sería mi sorpresa al oír que el espía, entre susurros precavidos, le comunicaba a mi progenitor que yo había pasado la noche en la hondonada, si bien fuera de la tumba, con los ojos, vidriosos de sueño, clavados en el umbral de aquel portón entreabierto. ¿Qué milagro había llevado al espía a engañarse de esa manera? Ya no me cabía la menor duda de que alguna entidad sobrenatural velaba por mí. Envalentonado por esta ocurrencia providencial, dejé atrás todo disimulo al acceder a la cripta. Confiaba en que no hubiera testigos de mis visitas. Durante una semana exprimí al máximo los indescriptibles placeres de aquel osario, para mí tan acogedor, antes de que se produjera el incidente que habría de traerme a esta maldita morada de pesar y monotonía.

No debí haberme aventurado a salir esa noche, pues las nubes estaban teñidas de truenos, y de la lóbrega ciénaga contenida en el fondo de la hondonada emanaba una fosforescencia infernal. La llamada de los muertos también era distinta. En vez de la tumba de la ladera, lo que con dedos invisibles me invitaba a acudir era la demoniaca presencia que habitaba en la cueva calcinada de lo alto de la pendiente. Al salir de entre los árboles que jalonaban la llanura, frente a las ruinas, contemplé a la neblinosa luz de la luna algo que, en cierto modo, siempre había esperado. La mansión, deshabitada desde hacía un siglo, se alzaba señorial una vez más frente a mi embelesada mirada, llameante hasta la última de sus ventanas con el resplandor de incontables velas. Por el largo camino de acceso circulaban las carrozas de la flor y nata de Boston, mientras que los refinados ocupantes de las mansiones vecinas llegaban a pie. Me mezclé con la muchedumbre, aunque sabía que mi lugar estaba entre los anfitriones, y no con los invitados. La música y las risas se prodigaban en el salón, y todas las manos sostenían una copa de vino. Distinguí varios rostros, aunque los habría reconocido mejor de haberlos visto apergaminados y corroídos por la muerte y la descomposición. En medio de aquel tumulto cruel y desenfrenado, nadie igualaba mi frenesí ni se contenía menos que yo. De mis labios brotaban, torrenciales, groseras blasfemias, con una salacidad escandalosa que desafiaba a las leyes de Dios, el hombre y la naturaleza. Un redoble atronador, audible incluso sobre el estruendo de las bestiales celebraciones que me rodeaban, desgarró de repente el mismo tejado y bañó de

atemorizado silencio a mi alborotadora compañía. Unas lenguas de fuego y unas abrasadoras ráfagas de aire caliente engulleron la casa. Los invitados, aterrorizados ante aquella catástrofe que parecía trascender los límites de la naturaleza desatada, huyeron entre alaridos y se perdieron de vista en la noche. Solo yo me quedé donde estaba, paralizado en mi asiento por el miedo más atenazador que jamás hubiera experimentado. Y entonces, un segundo horror se apoderó de mi alma. Quemado en vida, reducido a cenizas, disperso a los cuatro vientos mi cuerpo, cabía la posibilidad de que nunca yaciera en la tumba de los Hyde. ¿No me habían preparado ningún ataúd? ¿Acaso no tenía derecho a descansar por toda la eternidad entre los descendientes de sir Geoffrey Hyde? ¡Claro que sí! Después de muerto, reclamaría la herencia que me correspondía, aunque mi alma tuviera que viajar durante un tiempo incontable para encontrar otro receptáculo corpóreo que la representara en el féretro vacío del nicho que aguardaba en la cripta. ¡Jervas Hyde no compartiría jamás la triste suerte de Palinuro!

Mientras el fantasma de la casa incendiada se desvanecía, me descubrí gritando y forcejeando como un salvaje entre los brazos de dos hombres, uno de los cuales era el espía que me había seguido hasta la tumba. Caía una lluvia torrencial. En el horizonte, procedente del sur, centelleaba el rayo que nos acababa de sobrevolar. Mi padre, cuyas facciones denotaban una preocupación indescriptible, fue testigo de cómo exigía a gritos que me dejaran en la tumba, y reconvenía a mis captores para que me tratasen con toda la delicadeza posible. El círculo ennegrecido que mancillaba el suelo del sótano en ruinas era testigo del violento mazazo caído del cielo. Un grupo de impertinentes aldeanos provistos de farolillos forzaba una cajita de antigua factura que había aflorado durante el tumulto. Una vez hube desistido de proseguir con mis inútiles contorsiones, observé a los espectadores que examinaban el arca del tesoro. Me hicieron partícipe de su hallazgo. La caja, cuyos cierres habían destrozado a golpes al desenterrarla, contenía numerosos documentos y objetos de valor; pero yo solo tenía ojos para la miniatura en porcelana de un joven tocado con una ingeniosa peluca rizada, inscrita con las iniciales «J. H.». El rostro que contemplaba bien podría ser el que contemplaba al mirarme en el espejo.

A la mañana siguiente me trajeron a esta habitación con barrotes en las ventanas, si bien me mantengo al corriente de ciertos asuntos gracias a un empleado de avanzada edad y mermadas facultades mentales, con quien comparto cierta afinidad desde la infancia y al que, como a mí, le entusiasma el cementerio. La única respuesta a las experiencias que me he atrevido a relatar ha consistido en risitas compasivas. Mi padre, que me visita con asiduidad, afirma que en ningún momento crucé el portal cerrado con cadenas, y jura que el candado oxidado llevaba cincuenta años intacto cuando lo examinó. Añade, incluso, que toda la aldea estaba al corriente de mis visitas a la tumba, y que a veces me veían durmiendo en la hondonada, frente a la sombría ladera, con los ojos entreabiertos como si mirase el resquicio que conduce al interior de la cripta. Carezco de pruebas tangibles para refutar o confirmar estas aseveraciones, puesto que la llave del candado se perdió durante aquella noche terrible. Los extraños sucesos del pasado que aprendí en mis encuentros nocturnos con los muertos descartan la posibilidad de que éstos sean fruto de la continua lectura de los volúmenes centenarios de nuestra biblioteca familiar. De no ser por mi viejo sirviente, Hiram, a estas alturas ya estaría convencido de mi propia locura.

Pero Hiram, leal hasta la muerte, ha tenido fe en mí y ha cometido un acto que me anima a desvelar mi historia a la opinión pública, o al menos en parte. Hace una semana reventó el candado que sujeta las cadenas de la puerta de la tumba, siempre entreabierta, y descendió con un farol a sus tenebrosas profundidades. En un pedestal, en un nicho, encontró un féretro, antiguo pero vacío, cuya placa deslucida contiene una sola palabra: «Jervas». En ese ataúd, en esa cripta, se me ha prometido que habré de ser enterrado.

RIP VAN WINKLE

WASHINGTON IRVING

> Por Woden (Odín), Dios de los sajones,
> De quien procede el Wensday (miércoles),
> que es Wodensday (el día de Odín),
> que la verdad es algo que siempre conservaré
> hasta el día en que me arrastre hasta la tumba.
>
> CARTWRIGHT

OBRA PÓSTUMA DE DIEDRICH KNICKERBOCKER

El cuento siguiente se encontró entre los papeles del difunto Diedrich Knickerbocker, anciano caballero de Nueva York que mostraba una gran curiosidad por la historia holandesa de la provincia y por las costumbres de los descendientes de sus primeros colonos. No obstante, sus investigaciones históricas no se centraban tanto en los libros, sino en los hombres; porque en los primeros, lamentablemente, escaseaban sus temas favoritos, mientras que estudiando a los antiguos *burghers* de la ciudad —y sobre todo a sus mujeres— hallaba una gran riqueza de historias sobre costumbres y tradiciones de enorme valor para el estudioso de la historia. Así pues, cada vez que daba con una auténtica familia holandesa, cómodamente instalada en su granja de tejado bajo, a la sombra de un frondoso sicomoro, la examinaba como si fuera un pequeño volumen impreso en letra gótica, de esos que llevan cierre de seguridad, y la estudiaba con la avidez de un ratón de biblioteca.

El resultado de todas estas investigaciones fue una historia de la provincia durante el gobierno de la colonia holandesa, que publicó hace ya unos años.

Hay opiniones enfrentadas sobre el carácter literario de su obra y, a decir verdad, no supera en absoluto las expectativas. Su mérito principal estriba en su escrupulosa precisión, algo que curiosamente había sido puesto en duda en el momento de su publicación, pero que después quedaría perfectamente demostrado; y ha pasado a formar parte de todas las colecciones de historia como libro de incuestionable autoridad.

El anciano caballero murió poco después de la publicación de su obra, y ahora que ha desaparecido no causará un gran daño a su memoria decir que habría podido emplear su tiempo en labores de más peso. Sin embargo, se le daba bastante bien orientar su afición a su conveniencia y, aunque en ocasiones aquello diera una opinión equivocada a sus vecinos y provocara más de un lamento por parte de sus amigos, por los que sentía la máxima deferencia y el mayor afecto, sus errores y locuras se recuerdan «más con pesar que con rabia», y empieza a sospecharse que nunca pretendió provocar daño u ofensa a nadie. Con todo, cualquiera que sea el recuerdo que guarden de él sus críticos, sigue provocando sentimientos de afecto entre mucha gente cuya opinión es digna de consideración; especialmente entre ciertos pasteleros que han llegado incluso a hacer pasteles de Año Nuevo con su imagen, lo cual viene a ser como quedar inmortalizado en una medalla de Waterloo o en un penique de la Reina Ana.

Rip van Winkle

Todo el que haya viajado Hudson arriba recordará las montañas Catskill. Son una ramificación de la gran familia de los montes Apalaches, y se divisan al oeste del río, alzándose majestuosas y dominando la región. Con cada cambio de estación o de tiempo, o con el paso de cada una de las horas del día, se observan cambios en los tonos y en las formas de estas montañas mágicas, consideradas un barómetro perfecto por las mujeres de la zona. Cuando el tiempo está claro y sereno, se tiñen de azul y púrpura, y su silueta destaca sobre el claro cielo de la tarde; pero, a veces, cuando no se ve ni una nube por ningún lado, las cumbres se cubren con una caperuza de vapor gris que, iluminada por los últimos rayos del sol poniente, se enciende, reluciendo como una gloriosa corona.

A los pies de estas montañas encantadas el viajero puede descubrir finas volutas de humo elevándose desde un pueblecito cuyos tejados brillan entre los árboles, justo donde los tonos azules de las cotas altas se funden con el verde fresco de los paisajes más cercanos. Es una pueblo pequeño y muy antiguo, fundado por los colonos holandeses en los primeros tiempos de la colonia, cuando arrancaba el gobierno de Peter Stuyvesant, que en paz descanse, donde hasta hace unos años aún quedaban algunas de las casas de los colonos originales, construidas con pequeños ladrillos amarillos traídos de Holanda, con ventanas de celosía, un frontón en la fachada principal y, en lo alto del tejado, una veleta. En ese mismo pueblo, y en una de esas mismas casas (que, a decir verdad, estaba en un estado lamentable a causa de los embates del tiempo), había vivido mucho tiempo atrás, cuando el país era aún una provincia de Gran Bretaña, un tipo sencillo y de buen carácter llamado Rip van Winkle. Descendía de los Van Winkle, que tan destacado papel habían tenido en los caballerescos días de Peter Stuyvesant, y que habían estado a su lado durante el sitio de Fuerte Cristina. Sin embargo, él había heredado muy poco del carácter marcial de sus antepasados. Ya he señalado que era un hombre sencillo y de buen carácter; además, era un vecino amable y un marido obediente y sumiso. De hecho, a esa última circunstancia se debía seguramente aquella mansedumbre suya que le había hecho tan popular; porque los hombres que están sometidos a la disciplina de una arpía en casa son los que más obsequiosos y conciliadores se muestran fuera del propio hogar. No hay duda de que en el ardiente horno de sus tribulaciones domésticas se vuelven más dúctiles y maleables, desarrollando una gran paciencia y capacidad de sufrimiento. En cierto modo, pensando así, una mujer insufrible podría llegar a ser considerada una bendición y, en ese caso, Rip van Winkle era tres veces bendito.

Lo cierto es que era muy popular entre todas las comadres del pueblo que, como el resto de miembros del sexo amable, tomaran parte en todas sus disputas domésticas y que al discutir de aquellos asuntos en sus charlas vespertinas siempre echaran toda la culpa a la señora Van Winkle. También los niños del pueblo gritaban de alegría cada vez que lo veían acercarse. Él participaba en sus juegos, les fabricaba juguetes, les enseñaba cómo echar a volar sus cometas y a jugar a canicas, y les contaba largas historias de fantasmas, brujas e indios. Cada vez que salía a pasear por el pueblo se veía rodeado por toda una tropa de niños que se le colgaban de los faldones, le trepaban a la espalda y le hacían mil y una travesuras sin que él se quejara, y ni un solo perro del vecindario le ladraba.

El gran problema de Rip era su insuperable aversión a cualquier tipo de trabajo provechoso. No era por falta de diligencia o de perseverancia, porque era capaz de sentarse en una húmeda roca, con una caña larga y pesada como la lanza de un tártaro, y pescar todo el día sin abrir la boca, aunque no picara ni un solo pez para infundirle ánimos. Podía llevar una escopeta al hombro durante horas sin parar, abriéndose paso por entre bosques y pantanos, subiendo al monte y bajando a los valles, para cazar apenas unas cuantas ardillas o unas palomas silvestres. Nunca rehusaba ayudar a un vecino, aunque fuera en la tarea más dura, y era el primero en ofrecerse en todas las reuniones para desgranar mazorcas de maíz o construir muretes de piedra; las mujeres del pueblo también solían recurrir a él para que les hiciera gestiones y pequeños trabajos que sus maridos, menos solícitos, no estaban dispuestos a hacer. En otras palabras, Rip estaba siempre dispuesto a atender las necesidades de todos menos las suyas, pues ocuparse de las labores de su casa o mantener al día su granja le resultaba imposible.

De hecho, solía decir que no le valía la pena trabajar en su granja; era el terreno más pestilente de todo el país, cualquier cosa que hiciera en él salía mal, y siempre saldría mal, por mucho que se esforzara. El cercado se caía a trozos constantemente; su vaca solía extraviarse, o incluso se metía entre las coles; era evidente que las malas hierbas crecían más rápido en sus campos que en ningún otro terreno; y la lluvia siempre se decidía a caer en el momento en que se disponía a trabajar a campo abierto. Todo aquello había hecho que la finca heredada de sus padres se sumiera en la ruina, acre tras acre, hasta quedar reducida a una pequeña parcela para el cultivo de maíz y patatas que, pese a su reducido tamaño, era la granja peor gestionada de toda la región.

Sus hijos también iban hechos unos salvajes andrajosos, como si no tuvieran padres. Su hijo Rip, un pilluelo calcado a su padre, iba heredando su ropa y con ella, aparentemente, todos sus vicios. Solía vérsele trotando como un potrillo tras los pasos de su madre, vestido con unos pantalones bombachos de su padre que tenía que ir sujetándose con una mano, tal como sostienen las señoras elegantes la cola del vestido cuando hace mal tiempo.

Con todo, Rip van Winkle era uno de esos felices mortales, de carácter fácil y bobalicón, que se toman las cosas como vienen, que comen indistintamente pan blanco o pan moreno, el que puedan conseguir con el menor esfuerzo, y que preferirían morirse de hambre con un penique en el bolsillo que trabajar por una libra. Si de él dependiera, pasaría por la vida despreocupadamente; pero su mujer no paraba de echarle en cara su pereza, su desidia y la ruina en la que estaba sumiendo a toda la familia. No le daba tregua a su lengua, mañana, tarde y noche, y cada cosa que decía o hacía él era motivo de un torrente de elocuencia doméstica. Rip solo tenía un modo de responder a todos aquellos sermones y, de tanto recurrir a él, se había convertido en una costumbre. Se encogía de hombros, meneaba la cabeza y levantaba la mirada al cielo, pero no decía nada. Pero eso no hacía más que provocar una nueva andanada de su mujer, de modo que acababa por retirarse y salir a la calle, el único lugar que le queda a un marido sometido.

El único aliado que tenía Rip en casa era su perro Lobo, que recibía las mismas regañinas que su amo, puesto que la señora Van Winkle los consideraba compañeros de holganza, y al perro lo miraba incluso con malos ojos, considerando que era la causa de los frecuentes extravíos de su amo. Cierto es que Lobo cumplía con todas las características que dan nobleza a un perro y era más valiente que cualquier alimaña del bosque. ¿Pero qué coraje puede soportar los incesables e implacables ataques de una lengua femenina? En el momento en que Lobo entraba en la casa agachaba el lomo, bajaba el rabo hasta el suelo o lo escondía entre las patas, se escabullía con aire de culpabilidad y le echaba una mirada de reojo a la señora Van Winkle, y al mínimo movimiento de un palo de escoba o un cucharón soltaba un gemido lastimero y salía volando hacia la puerta.

A medida que su matrimonio iba cumpliendo años, las cosas fueron empeorando cada vez más para Rip van Winkle; un carácter agrio nunca se suaviza con la edad, y una lengua cortante es la única herramienta cuyo filo no merma con el uso constante. Durante un tiempo encontró consuelo frecuentando una especie de club, siempre abierto, de sabios, filósofos y otros personajes ociosos del pueblo que celebraban sus sesiones en un banco frente a una pequeña taberna con un rubicundo retrato de su majestad el rey Jorge III. Allí solían pasar los largos días de verano sentados a la sombra, hablando desganadamente de cualquier cotilleo del pueblo, o contándose interminables y soporíferas historias sobre nada en particular. Pero cualquier estadista habría pagado por oír los profundos debates que a veces se producían cuando por casualidad caía en sus manos algún antiguo periódico de un viajero de paso. ¡Con qué solemnidad escuchaban cuando les leía su contenido Derrick van Bummel, el director de la escuela, un hombrecillo culto y atildado que no se arredraba ante la palabra más imponente del diccionario! ¡Y con qué sabiduría deliberaban sobre sucesos de interés público meses después de que hubieran tenido lugar!

Las opiniones de esta junta quedaban sometidas al control de Nicholas Vedder, patriarca del pueblo y dueño de la taberna, a cuyas puertas solía sentarse desde la mañana hasta la noche, moviéndose lo justo para evitar el sol y mantenerse a la sombra de un gran árbol; de modo que los vecinos podían calcular la hora según sus movimientos, con la misma precisión que si fuera un reloj de sol. Desde luego era raro oírle hablar, pero fumaba su pipa sin cesar. No obstante, sus partidarios (porque todo gran hombre tiene partidarios), le entendían perfectamente y sabían cómo pedirle opinión. Cuando se leía o se comentaba algo que no fuera de su agrado, se le veía fumando su pipa con vehemencia y soltando frecuentes bocanadas de humo en señal de disgusto; pero cuando estaba satisfecho, inhalaba el humo de forma lenta y plácida, y lo soltaba en nubes suaves y ligeras; y a veces se quitaba la pipa de la boca y dejaba que el aromático vapor se elevara en volutas en torno a su nariz, asintiendo gravemente en gesto de aprobación.

Sin embargo, ni siquiera allí Rip encontraba refugio del acoso de su beligerante esposa, que a veces interrumpía de pronto la tranquilidad de la asamblea y ponía verdes a todos sus miembros, porque ni siquiera la augusta persona de Nicholas Vedder estaba a salvo de los ataques de la terrible arpía, que le acusaba directamente de fomentar la ociosidad de su marido.

El pobre Rip estaba ya al borde de la desesperación, y su única alternativa para huir del trabajo de la granja y de las reprimendas de su mujer era tomar la escopeta y salir a pasear por los bosques, donde a veces se sentaba a los pies de un árbol y compartía el contenido de su zurrón con Lobo, su compañero de miserias. «¡Pobre Lobo! —solía decir—, tu ama nos ha sumido en una vida de perros, amigo; pero mientras yo viva no te faltará un amigo.» Lobo agitaba el rabo, miraba a su dueño con cariño y, si los perros pueden sentir compasión, estoy convencido de que compartía el mismo sentimiento de su amo de todo corazón.

Un bonito día de otoño, en uno de sus largos paseos, Rip llegó hasta una de las zonas más elevadas de las montañas Catskill. Iba practicando su pasatiempo favorito, la caza a las ardillas, y el monte, inmóvil y solitario, le respondía una y otra vez con el eco de sus disparos. A media tarde, jadeante y agotado, se echó a descansar en una verde loma cubierta de vegetación, cerca del borde de un precipicio. Por un claro entre los árboles veía las tierras bajas y los ricos bosques que se cubrían muchas millas a la redonda. A lo lejos se distinguía el imponente Hudson, avanzando silencioso pero majestuoso, reflejando en su superficie una nube púrpura, o el velamen de algún barco que avanzaba perezosamente por sus cristalinas aguas, para perderse después entre las azuladas montañas. Por el otro lado se extendía un profundo valle, salvaje, solitario y agreste, con el suelo cubierto de fragmentos de roca caídos de las imponentes paredes de piedra y a cuyo fondo apenas llegaba el reflejo de la luz del sol poniente. Rip se quedó contemplando la escena un buen rato: iba atardeciendo progresivamente y las montañas empezaban a extender sus largas sombras azules por los valles. Se dio cuenta de que anochecería mucho antes de que pudiera llegar al pueblo, y soltó un profundo suspiro solo de pensar en el encuentro con la temible señora Van Winkle.

Cuando estaba a punto de iniciar el descenso, oyó una voz a lo lejos que lo llamaba: «¡Rip van Winkle! ¡Rip van Winkle!». Miró alrededor, pero no vio más que un cuervo solitario sobrevolando la montaña. Pensó que habría sido fruto de su imaginación y se dispuso de nuevo a descender, cuando oyó la misma llamada en el silencio de la tarde: «¡Rip van Winkle!

¡Rip van Winkle!». Al mismo tiempo, Lobo erizó el lomo y emitió un gruñido grave, situándose al lado de su amo y mirando ladera abajo, temeroso. Una cierta aprensión se apoderó de Rip, que miró en la misma dirección y distinguió una extraña figura que trepaba por entre las rocas, curvada bajo el peso de algo que cargaba a la espalda. Le sorprendió ver a un ser humano en aquel lugar tan solitario y remoto, pero supuso que sería alguno de sus vecinos y que necesitaría ayuda, así que se apresuró a dársela.

Al acercarse, le sorprendió aún más la singularidad del aspecto del extraño. Era un tipo bajito y corpulento, con barba canosa y cabello espeso y enmarañado. Iba vestido al antiguo estilo holandés: con un jubón de tela ceñido por la cintura, unas calzas de varias capas, las más externas de gran volumen, decoradas con hileras de botones a los lados y borlas en las rodillas. Llevaba al hombro un barril que parecía estar lleno de licor, y le hizo un gesto a Rip para que se acercara y le ayudara con el peso. Aunque desconfiaba un poco del recién llegado, Rip obedeció con su habitual celeridad; y entre los dos ascendieron con la carga por una angosta quebrada que aparentemente era el lecho seco de un torrente. Durante el ascenso, Rip oyó extraños ruidos que retumbaban como truenos lejanos y que parecían proceder de una honda garganta o, más bien, una fisura entre las inmensas rocas hacia las que les llevaba el agreste sendero. Se detuvo un instante, pero supuso que sería el murmullo de una de esas tormentas pasajeras que suelen producirse en las montañas y prosiguió. Cruzando la garganta llegaron a una hondonada, similar a un pequeño anfiteatro, rodeada por precipicios perpendiculares con árboles cuyas ramas se extendían sobre los bordes, de modo que solo era posible entrever el cielo azul y las claras nubes del atardecer. Durante todo aquel tiempo, los dos avanzaron en silencio; no solo porque a Rip le maravillara que alguien quisiera acarrear un barril dc licor por aquella montaña salvaje, sino porque además había algo extraño e incomprensible en el desconocido, que le inspiraba temor y que impedía cualquier familiaridad.

Al entrar en el anfiteatro aparecieron nuevos motivos de asombro. En el terreno llano del centro había un grupo de personajes de aspecto extraño jugando a los bolos. Iban vestidos de un modo peculiar y estrafalario; algunos llevaban jubón corto; otros, camisolas con largos cuchillos al cinto, y la mayoría vestía unos bombachos enormes, similares a los del guía de Rip. Sus rostros también eran peculiares; uno tenía la cabeza grande, la cara ancha y los ojos pequeños como los de un gorrino; el rostro de otro parecía consistir únicamente en la nariz, y llevaba un sombrero puntiagudo blanco decorado con una pequeña cola de gallo roja. Todos llevaban barba, de diversas formas y colores. Había uno que parecía ser el jefe. Era un anciano corpulento y de piel curtida; llevaba un jubón con cintas y un alfanje al cinto, sombrero alto con pluma, calzas rojas y zapatos de tacón alto con rosetas. En conjunto, a Rip le recordaban a los personajes de una antigua pintura flamenca que había visto en casa del párroco del pueblo, Dominie van Schaick, que la había traído desde Holanda en tiempos de la colonia.

Lo que le más raro le parecía a Rip era que, aunque era evidente que aquellos tipos se estaban divirtiendo, mantenían un semblante serio, un silencio misterioso y, para estar de fiesta, componían el grupo más melancólico que hubiera visto nunca. Nada interrumpía el silencio de la escena salvo el ruido de las bolas que, al lanzarlas, creaban un eco que retumbaba como un trueno en las montañas.

Cuando Rip y su compañero se acercaron, dejaron de jugar de pronto y se lo quedaron mirando fijamente, como si fueran estatuas. Viendo la expresión dura y sin emoción de aquellos rostros, el corazón le dio un vuelco y sintió que le flaqueaban las rodillas. Su compañero, entonces, vació el contenido del barril en grandes jarras y le indicó con un gesto que sirviera a la compañía. Él obedeció temblando, asustado; ellos bebieron el licor en un silencio sepulcral y luego volvieron al juego.

Poco a poco el miedo y la aprensión de Rip fueron menguando. Incluso se aventuró, cuando vio que no lo miraban, a probar la bebida, que observó que tenía el sabor de una excelente ginebra holandesa. Él era por naturaleza buen bebedor, y muy pronto sintió la tentación de probar de nuevo. Un trago provocaba el siguiente, y fue sirviéndose de la jarra tantas veces que al final perdió el sentido, notó que los ojos se le cerraban, la cabeza se le inclinaba progresivamente y acabó sumiéndose en un sueño profundo.

Al despertarse, se encontró en el verde prado donde había visto por primera vez al anciano del valle. Se frotó los ojos; era una bonita y soleada mañana. Los pájaros revoloteaban gorjeando por entre los arbustos, y un águila surcaba el cielo, donde soplaba el aire puro de la montaña. «No puede ser que haya dormido aquí toda la noche», se dijo Rip. Recordó todo lo ocurrido antes de dormirse: el extraño hombre del barril de licor, la quebrada en la montaña, aquel refugio entre las rocas, la decaída fiesta de los bolos, la jarra... «¡Oh, esa jarra! ¡Esa maldita jarra! —pensó Rip—. ¿Qué excusa le daré a la señora Van Winkle?»

Buscó su arma, pero en lugar del fusil limpio y bien engrasado encontró una vieja escopeta con el cañón oxidado, el cierre caído y la carcasa comida por los gusanos. Pensó que los juerguistas de la montaña de rostro tan serio le habrían tendido una trampa, embriagándolo con el licor para robarle su fusil. Lobo también había desaparecido, pero podía ser que hubiera salido corriendo tras una ardilla o una perdiz. Lo llamó silbando y gritando su nombre, pero fue todo en vano; el eco le devolvió el silbido y el grito, pero el perro no apareció.

Decidió visitar de nuevo la escena de la fiesta de la noche anterior, y si encontraba a alguno de los que participaron en ella, exigirle que le devolviera su fusil y su perro. Pero en el momento en que se puso en pie notó que tenía las articulaciones rígidas, y que le costaba moverse como siempre. «Esto de dormir en la montaña no va conmigo —pensó Rip—, y si esta broma me cuesta un ataque de reuma, la señora Van Winkle me va a montar un buen espectáculo.» Con cierta dificultad logró bajar hasta el valle y encontró el cauce por el que habían ascendido él y su compañero la tarde anterior; pero, para su asombro, ahora bajaba por él un torrente impetuoso que saltaba de roca en roca, llenando el valle con el sonido de su borboteo. Aun así consiguió trepar por las orillas, abriéndose paso por entre los arbustos, los abedules y los árboles de sasafrás, enredándose de vez en cuando con las parras silvestres enzarzadas entre la vegetación, formando una especie de red que le entorpecía el paso.

Por fin llegó al lugar donde la quebrada se abría paso entre las rocas y daba a aquel anfiteatro, pero no encontró ni rastro de la hondonada. Las rocas formaban un muro impenetrable por el que descendía el torrente formando una capa de espuma, y caía en una amplia y profunda cuenca oscurecida por las sombras del bosque circundante. El pobre Rip tuvo que detenerse otra vez. Volvió a silbar y a llamar a su perro, pero solo le respondió una bandada de cuervos holgazanes apostados en lo alto de un árbol seco que se asomaba al precipicio, bañado por el sol y que, desde la seguridad de su posición elevada, parecían mirar abajo y mofarse de la perplejidad del pobre hombre. ¿Qué podía hacer? La mañana iba pasando y Rip sentía hambre, pues no había desayunado. Le dolía abandonar la búsqueda de su perro y de su fusil; temía el encuentro con su esposa; pero no quería morir de hambre en las montañas. Meneó la cabeza, se echó la oxidada escopeta al hombro y, con el corazón lleno de angustia y aflicción, emprendió el camino de regreso a casa.

Al acercarse al pueblo fue encontrándose con diferentes personas, pero ninguna que conociera, lo cual le sorprendió mucho, porque él creía conocer casi a todos los habitantes de la zona. Sus ropas también eran diferentes a las que solían verse. Todos se lo quedaban mirando igualmente sorprendidos, y cada vez que alguien ponía la vista en él, se frotaba la barbilla. Tanto repetían aquel gesto que sin darse cuenta Rip acabó emulándolos y observó, asombrado, que la barba le había crecido palmo y medio.

Había llegado a las afueras del pueblo. Una pandilla de extraños niños corría tras él, burlándose y señalando su barba grisácea. Los perros, de los que no reconoció ni uno, también le ladraban al pasar. Todo el pueblo había cambiado; era más grande y más populoso. Había filas de casas que no había visto nunca, y muchos de los locales que solía visitar habían desaparecido. Sobre las puertas veía nombres extraños, rostros extraños en las ventanas, todo era extraño. Se sintió confundido; empezó a plantearse si estaría hechizado él o el mundo que le rodeaba, o ambos. No cabía duda de que aquel era su pueblo, el lugar del que había salido apenas un día antes. Ahí estaban las montañas Catskill; ahí discurría el plateado Hudson, a lo lejos; ahí estaban todas las colinas y los valles, exactamente en el mismo sitio de siempre... Rip estaba de lo más confundido. «¡Aquella jarra de anoche —pensó—, me ha trastornado la cabeza!»

Le costó cierto trabajo encontrar el caminó a su casa, a la que se acercó temeroso y en silencio, esperando oír en cualquier momento la estridente voz de la señora Van Winkle. Pero se encontró la casa en ruinas: el techo hundido, las ventanas rotas y las puertas fuera de sus goznes. Un perro medio muerto que se parecía a Lobo merodeaba por el lugar. Rip le llamó por su nombre, pero el animal gruñó, le enseñó los dientes y se alejó sin prestarle atención. Aquello le dolió en lo más profundo. «¡Hasta mi propio perro me ha olvidado!», se lamentó Rip, con un suspiro.

Entró en la casa que, a decir verdad, la señora Van Winkle siempre había mantenido limpia y ordenada. Estaba vacía, dejada, aparentemente abandonada. La desolación se impuso a sus temores conyugales y llamó a gritos a su mujer y a sus hijos, pero su voz resonó en los cuartos vacíos y se hizo de nuevo el silencio.

Aceleró el paso y se dirigió a toda prisa a su refugio de siempre, la taberna del pueblo, pero también había desaparecido. En su lugar había un enorme y desvencijado edificio de madera con grandes ventanales, algunos rotos y recompuestos con enaguas y sombreros viejos, y sobre la puerta se veía, en letras pintadas: «Hotel Unión, de Jonathan Doolittle». En lugar del gran árbol que solía dar sombra a la pequeña taberna histórica holandesa, ahora había un gran poste con lo que parecía un gorro de dormir rojo en lo alto y una bandera con una curiosa combinación de barras y estrellas; todo aquello era extraño e incomprensible. Sin embargo, reconoció en el cartel el rostro rubicundo del rey Jorge, bajo el cual se había fumado más de una pipa tranquilamente; pero también el rey presentaba curiosos cambios. La casaca roja había adoptado un llamativo color azul, en la mano tenía una espada en lugar de un cetro, en la cabeza lucía un sombrero de tres picos, y debajo ponía, en letras grandes: «General Washington».

Había, como siempre, un grupito de parroquianos en la puerta, pero ninguno que Rip reconociera. Parecía que incluso hubiera cambiado la personalidad de la gente. Había un ambiente activo, con acaloradas discusiones en lugar de la charla tranquila y flemática de antes. Buscó en vano a Nicholas Vedder, con su rostro ancho, su hoyuelo en la barbilla, emitiendo nubes de humo en lugar de vacuos discursos; o a Van Bummel, el director de la escuela, comentando algún periódico antiguo. En su lugar encontró a un tipo flaco de aspecto airado, con los bolsillos llenos de pasquines, que arengaba con vehemencia sobre los derechos de los ciudadanos, las elecciones, los diputados, la libertad, los héroes de Bunker Hill y otros conceptos que al perplejo Van Winkle le sonaban a chino.

La aparición de Rip, con su larga barba gris, su herrumbrosa escopeta, su ropa tosca y una horda de mujeres y niños siguiéndolo, enseguida atrajo la atención de los políticos de la taberna. La multitud le rodeó y la gente lo escrutó de la cabeza a los pies con gran curiosidad. El orador enseguida se dirigió a él y, llevándolo aparte, le preguntó a qué partido había votado. Rip se lo quedó mirando, anonadado. Un tipo bajito se le acercó, le tiró del brazo y, poniéndose de puntillas, le preguntó al oído si era federal o demócrata. Rip seguía sin tener ni idea de lo que le estaban preguntando. En aquel momento, un anciano caballero con un sombrero de tres picos y aire pomposo se abrió paso entre la multitud, apartando a la gente a derecha e izquierda con los codos, y se plantó ante Van Winkle con un brazo en jarras y el otro apoyado en su bastón y, con una mirada profunda que le penetró hasta el alma, le preguntó, con gran solemnidad, cómo se le ocurría presentarse allí, en plenas elecciones, con un fusil al hombro y arrastrando una multitud, y si pretendía organizar un altercado en el pueblo.

—¡Ay de mí, caballeros! —exclamó Rip, consternado—. Yo no soy más que un hombre de paz, nacido en este pueblo y fiel súbdito del rey, que Dios lo bendiga!

Aquello provocó un estallido de protestas entre los presentes:

—¡Un lealista! ¡Un lealista! ¡Un espía! ¡Fuera con él!

El pomposo caballero del sombrero de tres picos impuso orden, no sin dificultad, y frunciendo el ceño para adoptar un tono diez veces más severo, preguntó de nuevo al malhechor desconocido a qué había venido y a quién buscaba. El pobre hombre le aseguró que no quería hacer daño a nadie, que solo venía buscando a algunos de sus vecinos, que solían frecuentar la taberna.

—Bueno, ¿y quiénes son? Nómbrelos.

Rip se quedó pensando un momento y luego preguntó:

—¿Dónde está Nicholas Vedder?

Se hizo el silencio un momento, hasta que un anciano respondió, con una vocecilla quebradiza:

—¡Nicholas Vedder! ¡Vaya, lleva muerto dieciocho años! Antes había una lápida en el cementerio de la iglesia, pero también la lápida se descompuso y desapareció.

—¿Y dónde está Brom Dutcher?

—Oh, se alistó en el ejército al inicio de la guerra; hay quien dice que lo mataron en el asalto de Stony Point. Otros dicen que se ahogó en una borrasca a los pies de Anthony's Nose. No sé... Nunca volvió.

—¿Y dónde está Van Bummel, el director de la escuela?

—También se fue a la guerra, fue un gran general y ahora está en el Congreso.

Rip se vino abajo al oír aquellas tristes noticias sobre su hogar y sus amigos, que le hicieron sentirse de pronto solo en el mundo. Las respuestas también le desconcertaban, al referirse a periodos de tiempo tan largos y a asuntos que él no podía entender: la guerra, el Congreso, Stony Point... No tuvo valor para preguntar por ningún amigo más, pero exclamó, desesperado:

—¿Es que nadie aquí conoce a Rip van Winkle?

—¡Oh, Rip van Winkle! —exclamaron dos o tres—. ¡Por supuesto que sí! Ahí está, recostado contra el árbol.

Rip miró y se encontró con una réplica exacta de sí mismo, tal como era cuando ascendió a la montaña: aparentemente igual de holgazán, y desde luego igual de desaliñado. Ahora sí que su perplejidad era absoluta. Dudaba de su propia identidad y de si era él mismo u otro hombre. Y en pleno estado de confusión, el hombre del sombrero de tres picos le preguntó quién era y cómo se llamaba.

—Solo Dios lo sabe —exclamó él, desconcertado—. Yo no soy yo, soy otra persona... Es decir, soy ese... No, ese es alguien que se ha puesto en mi lugar... ¡Yo era yo hasta anoche, pero me dormí en la montaña, me cambiaron el fusil, y todo cambió, yo he cambiado, y ya no sé cómo me llamo ni quién soy!

Los presentes empezaron a mirarse unos a otros, asintiendo, lanzándose significativos guiños y llevándose un dedo a la sien. Empezaron a murmurar que habría que quitarle el arma y evitar que el pobre hombre hiciera algún disparate, y al oír aquello el hombre ostentoso del sombrero de tres picos se retiró precipitadamente. En aquel momento crítico, una atractiva mujer que acababa de llegar se abrió paso entre la multitud para echar un vistazo al hombre de la barba gris. Llevaba un niño rollizo entre los brazos que se asustó al verlo y se echó a llorar.

—Shhh, Rip —le dijo ella—, calla, tontito; ese anciano no te hará ningún daño.

El nombre del niño y el aspecto de la madre, el tono de su voz, activaron una avalancha de recuerdos.

—¿Cómo te llamas, buena mujer? —preguntó él.

—Judith Gardenier.

—¿Y tu padre cómo se llamaba?

—¡Ah, pobre hombre! Se llamaba Rip van Winkle, pero han pasado veinte años desde que salió de casa con su escopeta, y nunca más hemos sabido de él: su perro volvió a casa sin él, pero nadie sabe si se mató o si se lo llevaron los indios. Yo entonces era una niña.

Rip tenía una pregunta más que hacerle, pero la hizo con la voz temblorosa:

—¿Dónde está tu madre?

—Oh, ella también ha muerto, pero hace poco; se le rompió una arteria en un arranque de cólera discutiendo con un vendedor ambulante de Nueva Inglaterra.

Aquello, al menos a su modo de ver, era un consuelo. El pobre hombre no pudo contenerse más. Agarró a su hija y al pequeño entre sus brazos.

—¡Yo soy tu padre! —dijo sollozando—. El joven Rip van Winkle de otro tiempo, ahora el viejo Rip van Winkle! ¿Es que nadie conoce al pobre Rip van Winkle?

Todos se quedaron de piedra, hasta que una anciana salió renqueando de entre la multitud, se llevó la mano a la frente y, observando su rostro por un momento, exclamó:

—¡Por supuesto! ¡Es Rip van Winkle, es él! Bienvenido a casa otra vez, querido vecino. ¡Vaya! ¿Dónde has estado estos veinte largos años?

Rip terminó muy pronto de contar su historia, porque aquellos veinte largos años no habían sido para él más que una noche. Los vecinos se quedaron boquiabiertos cuando la oyeron; algunos se guiñaban el ojo y se hacían señas, y el hombre petulante del sombrero de tres picos, que una vez pasado el momento de alarma había vuelto a escena, hizo una mueca y meneó la cabeza, lo que provocó que la mayoría de los congregados hicieran lo mismo.

Se decidió, de todos modos, pedir opinión al viejo Peter Vanderdonk, al que vieron acercándose lentamente por la calle. Era descendiente del historiador del mismo nombre que había escrito una de las primeras crónicas de la provincia. Era el residente más antiguo del pueblo, y conocía bien todos los felices acontecimientos y las tradiciones del lugar. Reconoció a Rip de inmediato, y corroboró su historia del modo más satisfactorio. Aseguró a los presentes que era un hecho, transmitido por su antepasado historiador, que las montañas Catskill habían sido siempre guarida de extraños seres. Se decía que el gran Hendrick Hudson, descubridor del río y de la comarca, celebraba allí una especie de vigilia cada veinte años, con la tripulación del Media Luna, para poder contemplar de este modo los lugares donde había llevado a cabo sus hazañas, y vigilar el río y la gran ciudad que llevaban su nombre. El padre de Vanderdonk los había visto una vez con sus antiguas vestimentas holandesas, jugando a los bolos en una hondonada de la montaña; y él mismo había oído, una tarde de verano, el ruido que hacían al jugar, que sonaba como truenos lejanos.

Al final, el grupo se disolvió y volvió al tema de las elecciones, que les preocupaba más. La hija de Rip se lo llevó a vivir con ella; tenía una casa acogedora, bien equipada, y un rudo y alegre granjero por marido, en el que Rip reconoció a uno de los pilluelos que solían subírsele a la espalda. En cuanto al hijo y heredero de Rip, que era el vivo reflejo de su padre, y al que había visto apoyado en el árbol, estaba empleado en la granja, pero evidenciaba una disposición natural y hereditaria a atender cualquier cosa que no fuera su trabajo.

Rip volvió a sus paseos de antes y a sus viejas costumbres; no tardó en encontrar a muchos de sus antiguos compinches, aunque todos estaban muy ajados por el paso del tiempo y prefirió hacer amigos de la nueva generación, entre los que enseguida se hizo muy popular.

Al no tener nada que hacer en casa, y habiendo llegado a esa edad feliz en la que un hombre puede holgazanear impunemente, volvió a ocupar su lugar en el banco a la puerta de la taberna, donde era reverenciado como uno de los patriarcas del pueblo y como crónica viviente de los viejos tiempos de «antes de la guerra». Tardó un tiempo en ponerse al corriente de los cotilleos, ya que no le resultaba fácil asimilar los extraños acontecimientos que habían ido sucediéndose durante su sueño: una guerra revolucionaria, la liberación del país del yugo de la vieja Inglaterra y el hecho de que, en lugar de ser súbdito de su majestad el rey Jorge III, ahora era un ciudadano libre de los Estados Unidos. Rip, de hecho, no era político, los cambios de los estados y los imperios no le importaban demasiado; pero había una clase de despotismo que sí le había oprimido durante mucho tiempo, y era el gobierno de las faldas. Afortunadamente había llegado a su fin; de pronto se encontraba fuera del yugo del matrimonio y podía entrar y salir cuando le diera la gana, sin temor a la tiranía de la señora Van Winkle. No obstante, cada vez que se mencionaba su nombre meneaba la cabeza, se encogía de hombros y ponía la mirada en el cielo; gestos que podían entenderse como una expresión de resignación ante su suerte o de alegría por su liberación.

Solía contar su historia a todos los forasteros que llegaban al hotel del señor Doolittle. Al principio, observaron que hacía alguna variación en el relato cada vez que lo contaba, algo que sin duda se debía a lo reciente de su despertar. Pero al final se quedó con la versión que acabo de relatar, y no había hombre, mujer o niño en el barrio que no se la supiera de memoria. Algunos fingían dudar de su veracidad, e insistían en que Rip se había vuelto loco y desvariaba. No obstante, los viejos residentes holandeses le dieron crédito casi de forma unánime. Y aún hoy, cuando oyen una tormenta en las montañas Catskill durante una tarde de verano, dicen que Hendrick Hudson y sus marineros están jugando a los bolos; y no hay duda de que todos los maridos del barrio que viven dominados por sus esposas desean en silencio echar un buen trago de la jarra de Rip van Winkle.

Nota

Cabría sospechar que, al escribir este relato, el señor Knickerbocker se hubiera inspirado en una superstición alemana sobre el emperador Federico Barbarroja y los montes Kyffhäuser; no obstante, la nota adjunta, incluida por el autor como apéndice a este relato, demuestra que el hecho es real y que está narrado con su habitual fidelidad:

> La historia de Rip van Winkle puede parecer a muchos increíble, pero aun así yo le doy crédito, pues sé que nuestras colonias holandesas siempre han sido escenario de sucesos maravillosos y apariciones. De hecho, he oído muchas historias más extrañas que esta en los pueblos de la ribera del Hudson, todas ellas demasiado contrastadas como para admitir una duda. Incluso he hablado personalmente con el propio Rip van Winkle, ya convertido en un venerable anciano la última vez que lo vi, tan perfectamente racional y coherente en todo lo demás que no creo que ninguna persona con conciencia pudiera negarse a dar crédito a su historia. Es más, he visto un certificado emitido por un tribunal de la comarca y firmado con una cruz por el juez. No cabe, pues, ninguna posibilidad de duda sobre la veracidad de la historia.
>
> D. K.

Post scriptum

Estas son algunas notas de viajes anotadas en un cuaderno del señor Knickerbocker:

> Las Kaatsberg, o montañas Catskill, siempre han sido una región de leyenda. Los indios la consideraban morada de los espíritus, que influían en el tiempo extendiendo el sol o las nubes por el paisaje y enviando buenas o malas temporadas de caza. Estaban gobernados por un antiguo espíritu de una *squaw,* una mujer india, que se decía que era su madre y que vivía en la cumbre más alta, desde donde abría y cerraba las puertas del día y de la noche, en el momento oportuno. Ella colgaba la luna nueva en el cielo y transformaba la luna vieja en estrellas. En tiempos de sequía, cuando se la propiciaba, hilaba finas nubes de

verano con telas de araña y rocío de la mañana y las lanzaba desde las cimas de las montañas, copo a copo, como si fuera algodón cardado, para que flotaran en el aire hasta disolverse por el calor del sol y fundirse en suaves lluvias, haciendo que la hierba creciera, los frutos maduraran y el maíz medrara rápidamente. Si se la contrariaba, en cambio, creaba nubes negras como la tinta y se sentaba entre ellas como una gran araña en medio de su tela, y, cuando esas nubes estallaban, ¡ay de los valles!

Antiguamente, según las tradiciones indias, había una especie de Manitú o espíritu que moraba en las regiones más salvajes de las montañas Catskill y que experimentaba un placer malsano provocando todo tipo de males y vejaciones a los pieles rojas. A veces adoptaba la forma de un oso, una pantera o un ciervo para provocar que los atónitos cazadores le persiguieran por los enmarañados bosques y las escarpadas rocas, para después saltar al vacío con una sonora carcajada, dejándolos al borde de un precipicio o de un impetuoso torrente.

La morada favorita de este Manitú aún se puede visitar. Es una gran roca o despeñadero en el punto más solitario de las montañas, y se le conoce con el nombre de Garden Rock por las enredaderas que lo cubren y las flores silvestres que crecen en los alrededores. Cerca de la base hay un pequeño lago donde vive el solitario avetoro, y donde las culebras de agua se suben a las hojas de los nenúfares para tomar el sol.

Este lugar era objeto de gran veneración por parte de los indios, hasta el punto de que ni el cazador más osado seguiría a su presa hasta allí. No obstante, hubo una vez en que un cazador perdido penetró en el Garden Rock, donde vio una serie de calabazas apoyadas en las horcaduras de los árboles. Tomó una y se fue con ella, pero con las prisas se le cayó entre las rocas, de donde brotó un torrente que lo arrastró por enormes precipicios, destrozándolo. El torrente fue a desembocar en el Hudson, hacia donde sigue fluyendo actualmente. Se trata del arroyo hoy conocido como Kaaters-kill.

SIR EDMUND ORME

HENRY JAMES

Aunque el fragmento no lleva fecha, parece ser que este relato se escribió mucho después de la muerte de su esposa, que supongo que es una de las personas a las que alude. No hay, sin embargo, nada en la extraña historia que confirme esta suposición, lo cual quizá tampoco tenga importancia. Cuando tomé posesión de sus efectos personales encontré estas páginas en un cajón cerrado con llave, entre papeles relacionados con la breve vida de la infortunada dama, que murió al dar a luz un año después de su boda: cartas, memorandos, cuentas, fotografías amarillentas y tarjetas de invitación. Esa es la única relación que he podido establecer, y es muy posible —e incluso probable— que el lector la juzgue demasiado extravagante como para tomarla por buena. Reconozco que no puedo demostrar que pretendiera reflejar hechos reales; lo único que puedo asegurar es su veracidad, en términos generales. En cualquier caso, era algo que escribió para sí mismo, no para los demás. Yo lo presento al público, al tener pleno derecho para hacerlo, precisamente por su singularidad. Con respecto a la forma, no hay que olvidar que lo escribió exclusivamente para él mismo. Y yo no he cambiado nada, salvo los nombres.

Si hay una historia detrás de todo esto, tengo claro el momento exacto en que empezó. Fue un tranquilo mediodía de domingo del mes de noviembre, nada más salir de misa, en el soleado paseo. Brighton rebosaba de gente; era temporada alta y el día era aún más respetable que bonito, lo que explicaba la cantidad de paseantes. Hasta el mar azul se mostraba decoroso; parecía dormitar con un suave ronquido (si es que *eso* es decoroso), como si la naturaleza estuviera dando un sermón. Yo había salido a echar un vistazo después de pasarme la mañana escribiendo cartas, antes del almuerzo. Estaba apoyado en la barandilla que separa King's Road de la playa y creo que me estaba fumando un cigarrillo cuando reparé en que alguien quería gastarme una broma apoyándome un bastón de caminar en los hombros. Se trataba de Teddy Bostwick, de los Fusileros, que con ello me invitaba a charlar. Eso hicimos mientras paseábamos —él siempre se colgaba de tu brazo para demostrarte que perdonaba tu poca capacidad para apreciar su sentido del humor—, miramos a la gente, saludamos a algunos de ellos, nos preguntamos quiénes eran otros e intercambiamos opiniones sobre la belleza de las jóvenes. Sin embargo, sobre Charlotte Marden estuvimos de acuerdo en cuanto la vimos acercarse con su madre; y desde luego nadie habría podido estar en desacuerdo con nosotros. El aire de Brighton siempre hacía que las chicas sin atractivo parecieran hermosas, y las atractivas, más hermosas aún; no sé si el hechizo sigue produciéndose aún hoy. Sea como fuere, era un lugar excepcional para resaltar la belleza, y la de la señorita Marden era tal que la gente se volvía a mirarla. Bien sabe Dios que a nosotros, desde luego, nos hizo detenernos, o al menos fue uno de los motivos que lo provocó, porque ya conocíamos a esas damas.

Dimos media vuelta, nos unimos a ellas y las acompañamos. Solo querían ir hasta el final de paseo y volver; acababan de salir de la iglesia. Teddy, haciendo gala de su sentido del humor, acaparó inmediatamente a Charlotte, dejándome con su madre. Aun así, aquello no me desagradó: la joven caminaba delante de mí y yo podía hablar de ella. Alargamos nuestro paseo y seguí hablando con la señora Marden hasta que dijo que estaba cansada y que quería sentarse. Encontramos un sitio en un banco resguardado y nos pusimos a charlar de la gente que pasaba. No era la primera vez que me llamaba la atención el impresionante parecido entre ambas, pese a las pequeñas diferencias. A veces se oye decir que las madres de edad madura son como advertencias, carteles indicadores más o menos desalentadores de lo que pueden llegar a ser las hijas. Pero no resultaba en absoluto disuasoria la idea de que Charlotte, a los cincuenta y cinco, pudiera ser tan bella como la señora Marden, aunque tuviese su palidez y su gesto de preocupación. A los veintidós, tenía un cutis sonrosado que le daba una belleza admirable. Su cabeza tenía la misma forma encantadora que la de su madre, y sus rasgos mostraban la misma armonía. Por no hablar de sus miradas, sus movimientos y su entonación —momentos en los que resultaba difícil decidir si era algo visual o sonoro—, que eran en una el reflejo o el recuerdo de la otra.

Estas damas disponían de una pequeña fortuna y de una bonita casa en Brighton, llena de retratos, recuerdos y trofeos —animales disecados en los estantes y urnas con apagados peces barnizados— a los que la señora Marden tenía gran apego por los recuerdos que le traían. Su esposo había pasado allí los últimos años de su vida por «orden» del médico, y ella ya me había mencionado que era un lugar en el que aún se sentía protegida por la bondad del difunto. Bondad que al parecer había sido muy grande y que, en ocasiones, había tenido que defender de misteriosas insinuaciones. Evidentemente necesitaba sentirse protegida, y recordaba con cariño aquella sensación; mostraba una sombría nostalgia, un anhelo de seguridad. Le gustaba rodearse de amigos, y tenía muchos. La primera vez que nos vimos fue muy amable conmigo, y nunca lo atribuí a algo tan vulgar como que quisiera «cazarme»; sospecha que, por supuesto, resulta habitual en los jóvenes presuntuosos. No se me ocurrió que me quisiera para su hija y tampoco, como puede pasar con algunas madres desnaturalizadas, para ella. Era como si ambas tuvieran una misma necesidad profunda e insegura que les empujara a decir: «¡Oh, sea amable con nosotras y no desconfíe! No tenga miedo, no esperamos que se case con ninguna de las dos».

—Desde luego, mamá tiene algo especial que hace que todo el mundo la quiera —me confesó Charlotte en los primeros tiempos de nuestra relación.

Ella admiraba el aspecto físico de su madre. Era lo único de lo que se vanagloriaba; para ella sus cejas levantadas eran un rasgo encantador que resultaba definitivo.

—Mi querida mamá siempre da la impresión de estar esperando al médico —me dijo en otra ocasión—. Quizá usted sea el médico. ¿Cree que lo es?

Parecía que yo podía tener algún poder curativo. En cualquier caso, cuando supe, gracias a un comentario que dejó caer ella misma, que la señora Marden también consideraba que Charlotte tenía algo «muy extraño», la relación entre las dos damas empezó a resultarme extremadamente interesante. En el fondo era una relación muy feliz: cada una de ellas pensaba mucho en la otra.

En el paseo continuaba el ir y venir de los paseantes, y en un momento dado pasó frente a nosotros Charlotte junto a Teddy Bostwick. Ella sonrió, inclinó la cabeza y siguió adelante, pero cuando volvió a pasar por allí se detuvo y se dirigió a nosotros. Estaba claro que el capitán Bostwick no tenía ganas de retirarse, decía que había que aprovechar la feliz ocasión. ¿Podían dar otra vuelta? La madre dejó caer un «haced lo que queráis» y la joven me lanzó una sonrisa impertinente por encima del hombro mientras se marchaban. Teddy me miró a través del monóculo, pero no me importó.

—Es un poco coqueta, ¿sabe? —le dije a mi acompañante refiriéndome a su hija.

—¡No diga eso, no diga eso! —murmuró la señora Marden.

—Las jóvenes más encantadores siempre lo son... un poquito —observé con cierta magnanimidad.

—¿Entonces por qué se las castiga siempre?

La intensidad de la pregunta me sorprendió; le había salido como un destello. Tuve que pensar un momento antes de responder:

—¿Y qué sabe usted sobre eso?

—Bueno, yo también fui una muchacha mala en mi juventud.

—¿Y fue castigada?

—Aún cargo con mi castigo —dijo la señora Marden, apartando la mirada.

De pronto soltó un suspiro y al momento se puso en pie, mirando a su hija, que acababa de reaparecer acompañada del capitán Bostwick. Se quedó de pie unos segundos, con una expresión rarísima en el rostro; luego se dejó caer de nuevo en el banco y vi que tenía las mejillas encendidas.

Charlotte, que había observado sus movimientos, fue hacia ella y, tomándole la mano con gran ternura, se sentó a su otro lado. La joven se había quedado pálida, y miró a su madre fijamente, asustada. La señora Marden, que, como era evidente, se había alterado por motivos que se nos escapaban, se repuso; es decir, siguió sentada, callada e inexpresiva, con la vista puesta en la indiferente multitud, el ambiente soleado y el aletargado mar. Pero la vista se me fue a las manos enlazadas de ambas mujeres y enseguida observé que la madre presionaba con fuerza. Bostwick estaba frente a ellas, sin entender lo que estaba pasando y preguntándome a través de su ridículo monóculo si yo lo sabía, lo que provocó que al cabo de un momento Charlotte le dijera, algo irritada:

—No se quede ahí pasmado, capitán Bostwick, váyase... *Por favor,* váyase.

Al oír aquello me puse en pie, con la esperanza de que la señora Marden no estuviera enferma; pero ella enseguida nos rogó que no nos fuéramos, e insistió en que nos quedáramos y que fuéramos a su casa a almorzar. Tiró de mí, haciéndome sentar a su lado, y por un momento sentí su mano presionándome el brazo de un modo que podría indicar, de forma involuntaria, su malestar; aunque también podría haber sido una señal secreta. No podía adivinar qué me había querido transmitir. Quizá que había visto a alguien o algo anormal entre la multitud. Al cabo de unos minutos nos dijo que ya se encontraba bien; era solo que a veces tenía palpitaciones, que se le pasaban tan rápidamente como llegaban. Era hora de ponerse en marcha, y eso hicimos, dando por cerrado el incidente. Bostwick y yo almorzamos con nuestras hospitalarias amigas, y cuando nos fuimos, me dijo que eran las personas más encantadoras que hubiera conocido nunca. La señora Marden nos había hecho prometerle que volveríamos al día siguiente a tomar el té, y nos había exhortado, en general, a que las visitáramos siempre que pudiéramos. Sin embargo, al día siguiente, cuando a las cinco de la tarde llamé a la puerta de su bonita casa, nos dijeron que las damas se habían marchado a la ciudad. Le habían dejado un mensaje para nosotros al mayordomo: debía decirnos que habían recibido una llamada urgente, y que lo lamentaban mucho. Estarían fuera unos cuantos días. Aquello fue todo lo que le pude sacar al bobo del criado. Volví tres días más tarde, pero seguían sin volver; y hasta una semana más tarde no recibí una nota de la señora Marden que decía: «Hemos vuelto. Venga a vernos y discúlpenos». Recuerdo que fue en esa ocasión, en mi visita posterior a la recepción de aquella nota, cuando me dijo que tenía «intuiciones». No sé cuántas personas habría en Inglaterra en aquel momento a las que les pasara lo mismo, pero habrían sido muy pocas las que lo mencionaran, de modo que aquello me pareció de lo más insólito, especialmente cuando me dijo que aquellas extrañas intuiciones tenían que ver conmigo. Había otras personas presentes —gente ociosa de Brighton, ancianas de ojos asustados que emitían exclamaciones irrelevantes— y no pude hablar con Charlotte más que unos minutos; pero al día siguiente quedé con ambas para cenar y tuve la satisfacción de sentarme junto a la señorita Marden. Recuerdo aquella ocasión como el momento en que tomé plena conciencia de que era una criatura tan hermosa como abierta de mente. Hasta entonces apenas había podido ver destellos de su personalidad, como una canción cantada a trozos, pero ahora la tenía delante en todo su rosado esplendor, a todo volumen. Oía la melodía en su totalidad, y era una música dulce y fresca que acabaría tarareando con frecuencia.

Tras la cena intercambié unas palabras con la señora Marden; fue en aquel momento, a una hora ya avanzada, cuando empezaron a servir el té. Un criado pasó cerca de nosotros con una bandeja, le pregunté a ella si querría tomar una taza y, al responder que sí, tomé una y se la ofrecí. Ella tendió la mano y se la entregué, pensando que la agarraría sin problemas; pero en el momento en que sus dedos la tomaron, se estremeció y le fallaron las fuerzas, de modo que tanto la taza como el platillo cayeron al suelo ocasionando un estrépito de porcelana, sin que ella hiciera ese movimiento tan propio de las mujeres para proteger su vestido. Me agaché a reunir los pedazos y cuando me levanté la señora Marden estaba mirando hacia el otro lado de la sala, donde estaba su hija, que le devolvió la mirada sonriendo, pero con un brillo de aprensión en los ojos. «¿Pero qué te pasa, mamá querida?», parecía decir. La señora Marden se sonrojó, igual que había hecho tras aquella extraña reacción en el paseo la semana anterior, y me llevé una gran sorpresa cuando me dijo, con una inesperada desenvoltura:

—¡La verdad es que podía haber tenido usted más cuidado!

Yo ya estaba buscando qué decir para defenderme cuando me di cuenta de que me miraba fijamente a los ojos, con gesto suplicante. Al principio, aquello me resultó ambiguo y no hizo más que aumentar mi confusión; pero de pronto lo comprendí tan claramente como si me hubiera murmurado: «Finja que ha sido usted, finja que ha sido usted». El criado regresó a recoger los restos de la taza y a limpiar el té derramado, y mientras yo me dedicaba a dar a entender que había sido culpa mía, la señora Marden se alejó bruscamente de mí y de su hija y se fue a otra estancia. Observé que no prestaba la mínima atención al estado en que se encontraba su vestido. No volví a verla aquella noche, pero a la mañana siguiente, en King's Road, me encontré con la señorita Marden con unas partituras enrolladas en el manguito. Me dijo que estaba sola porque había salido a ensayar unos dúos con una amiga, y yo le pregunté si podía acompañarla un rato. Dejó que la acompañara hasta la puerta de su casa, y una vez allí le pedí permiso para entrar.

—No, hoy no... Prefiero que no entre —me dijo sin rodeos, pero aun así su tono era amable.

Al oír aquellas palabras eché una mirada de desilusión y desconcierto a una de las ventanas de la casa. Y allí vi el pálido rostro de la señora Marden, que nos miraba desde el salón. Estuvo allí el tiempo suficiente como para convencerme de que *era ella* y no una aparición, como había pensado por un momento, y luego desapareció antes de que la viera su hija. La joven, durante nuestro paseo, no la había mencionado. Y dado que me habían dicho que no querían verme, dejé pasar un tiempo, y luego una serie de circunstancias hicieron que no volviéramos a vernos. Por fin tuve que volver a Londres, y allí recibí una invitación para ir urgentemente a Tranton, a una finca clásica preciosa en Sussex, propiedad de una pareja que había conocido poco tiempo atrás.

Fui a Tranton desde la ciudad, y al llegar a la casa encontré a las Marden, junto a una docena de otras personas. Lo primero que me dijo la señora Marden fue:

—¿Me perdonará usted?

Y cuando le pregunté qué tenía que perdonar, respondió:

—Que le tirara el té encima.

Yo respondí que el té se lo había tirado sobre su propio vestido, a lo que respondió:

—En cualquier caso, fui muy descortés; pero espero que algún día lo entienda y entonces pueda disculparme.

El primer día de mi estancia dejó caer dos o tres alusiones —no era la primera vez que lo hacía— a la iniciación mística que me esperaba; así que empecé, como se suele decir, a tomarle el pelo con aquello, diciendo que preferiría que fuera algo menos especial y más inmediato. Ella respondió que cuando llegara no tendría más remedio que aceptarla, que no tendría otra opción. Estaba convencida de que *se produciría,* tenía un claro presentimiento, y si lo había mencionado era únicamente por ese motivo. ¿Acaso no recordaba yo que me había dicho que tenía intuiciones? Desde la primera vez que me vio tuvo la seguridad de que había cosas que acabaría por conocer, lo quisiera o no. Mientras tanto, no había otra cosa que hacer más que esperar y mantener la calma, sin precipitarse. En particular, esperaba no ponerse más nerviosa de lo que ya estaba, y sobre todo yo no debía ponerme nervioso... uno se acostumbra a todo. Le confesé que, aunque no entendía de qué me estaba hablando, estaba terriblemente asustado; la ausencia de pistas dejaba mucho espacio a la imaginación. Exageré a propósito, porque la señora Marden podía resultar desconcertante; pero desde luego no inquietante. Habría podido pensar que estaba algo desquiciada, pero no se me pasó siquiera por la cabeza. A mí me parecía completamente cuerda.

Había otras jóvenes en la casa, pero Charlotte Marden era la más encantadora, y éramos tantos los que lo pensábamos que a punto estuvo de ser un problema para la cacería. Había dos o tres hombres —y yo era uno de ellos— que preferían estar con ella que con los ojeadores. Era amable con todos nosotros, por su culpa salimos tarde y regresamos temprano. No sé si estaba coqueteando, pero muchos otros miembros del grupo sí lo pensaron. De hecho Teddy Bostwick, que había acudido desde Brighton, estaba del todo convencido.

El tercer día de estancia en Tranton era domingo, y dimos un bonito paseo por el campo para asistir a la misa de la mañana. El cielo estaba gris y no soplaba el viento, y la campana de la pequeña iglesia encajada en una hondonada entre las colinas de Sussex sonaba cercana y familiar. Avanzábamos en un grupo disperso, rodeados de una brisa suave y húmeda (que, como siempre en esta estación, con los árboles desnudos, parecía más intensa, y el cielo, más grande), y conseguí quedar bastante rezagado en compañía de la señorita Marden. Recuerdo que mientras avanzábamos juntos sobre la hierba sentí la tentación de decirle algo muy personal, algo violento e importante; importante para *mí,* como que nunca la había visto tan preciosa, o que aquel momento en particular era el más delicioso de mi vida. Pero cuando uno es joven, esas palabras han estado a punto de salir de los labios muchas veces antes de decirlas realmente; y yo tenía la impresión, no de no conocerla lo suficiente —lo cual me importaba poco—, sino de que ella no me conocía lo suficiente *a mí.* En la iglesia, llena de bronces y de tumbas de gente del lugar, el banco principal estaba ocupado. Muchos tuvimos que distribuirnos por otros bancos, y yo encontré un asiento para la señorita Marden, y otro para mí a su lado, a cierta distancia de su madre y de la mayoría de nuestros amigos. En el banco había dos o tres campesinos muy educados que se hicieron a un lado para dejarnos espacio, y yo pasé el primero para separar a mi acompañante de nuestros vecinos. Cuando ella se sentó, quedó un hueco libre, que siguió vacío hasta que la misa estaba casi a punto de acabar.

Aquel fue el momento, al menos, en que me di cuenta de que había entrado otra persona y había ocupado el asiento. Ya debía de llevar unos minutos en el banco cuando reparé en su presencia, porque se había acomodado y había apoyado su sombrero al lado y, con las manos cruzadas sobre el puño de su bastón, miraba hacia delante, en dirección al altar. Era un joven pálido vestido de negro, con aspecto de caballero. Me sorprendió un poco su presencia, porque la señorita Marden no me lo había hecho notar moviéndose para dejarle espacio. Al cabo de unos minutos, viendo que no disponía de libro de oraciones, alargué el brazo por delante de mi acompañante y le puse el mío sobre el banco, maniobra que algo tenía que ver con la posibilidad de que, al verme sin libro, la señorita Marden me dejara sostener por un lado el suyo, encuadernado en terciopelo. No obstante, mi treta estaba destinada al fracaso, porque en el momento en que le ofrecí el libro al intruso —perdonándole así por su intrusión— él se puso en pie sin darme las gracias, salió en silencio del banco, que no tenía puerta, y se fue por el pasillo central de la iglesia con tal discreción que nadie se fijó en él. Le habían bastado muy pocos minutos para cumplir con sus devociones. Su conducta era impropia, más por su marcha precipitada que por haber llegado tarde; pero lo había hecho todo en silencio, sin incomodarnos, y volviendo la cabeza ligeramente vi que no había molestado a nadie al salir. Lo que sí observé, con asombro, fue que la señora Marden había quedado tan afectada que se había puesto en pie de forma involuntaria durante un momento, sin moverse del sitio. Se lo quedó mirando mientras se iba, pero él se fue muy deprisa y ella volvió a sentarse enseguida, aunque no lo suficientemente rápido como para que nuestras miradas no se cruzaran por un momento, de un extremo al otro de la iglesia. Cinco minutos más tarde le pregunté a la señorita Marden, en voz baja, si me podía devolver mi libro de oraciones... que en realidad esperaba que me hubiera devuelto ella de forma espontánea. Me devolvió el devocionario, pero había quedado tan alterada que no pudo evitar decirme:

—¿Pero por qué lo ha dejado ahí?

Estaba a punto de responderle cuando se arrodilló, y preferí callar, aunque solo iba a decir: «Por pura cortesía».

Tras la bendición, mientras íbamos saliendo, me sorprendió una vez más ver que la señora Marden, en lugar de salir con el resto de la gente, se acercaba a nosotros por el pasillo, al parecer para decirle algo a su hija. Habló con ella, pero al momento entendí que no era más que un pretexto y que en realidad quería hablar conmigo. Empujó a Charlotte para que se adelantara y de pronto me dijo, en voz baja:

—¿Le ha visto?

—¿Al caballero que se ha sentado ahí? ¿Cómo no iba a verlo?

—¡Shhh! —exclamó, presa de una gran excitación—. ¡No le *diga* nada a ella! ¡No se lo diga!

Deslizó la mano por debajo de mi brazo, según me pareció para mantenerme apartado de su hija. Precaución innecesaria, porque Teddy Bostwick ya había tomado posesión de la señorita Marden y, mientras salían de la iglesia, por delante de mí, vi a uno de los otros hombres acercándosele por el otro lado. Al parecer, estaba claro que yo había cedido mi turno. En cuanto salimos, la señora Marden retiró la mano de mi brazo, pero para entonces ya me había quedado claro que realmente necesitaba mi ayuda.

—¡No se lo diga a nadie! ¡No se lo cuente a nadie! —insistió.

—No entiendo. Contarles... ¿el qué?

—¡Pues eso! Que lo ha visto.

—Sin duda ellos también lo habrán visto.

—Nadie lo ha visto, nadie en absoluto.

Hablaba con un tono tan decidido y vehemente que me la quedé mirando, y vi que tenía la mirada perdida. Pero notó la presión de la mía y se detuvo de pronto en el viejo porche de madera marrón de la iglesia. Los otros ya estaban muy por delante.

—Usted ha sido el único —dijo mirándome de un modo desconcertante—. El único en todo el mundo.

—Aparte de *usted,* mi querida señora.

—Oh, yo... Sí, claro. ¡Es mi maldición!

Y enseguida se alejó de mí para unirse al resto de la congregación. Yo regresé a la casa dando un rodeo para esquivar el grupo, porque tenía mucho en que pensar. ¿A quién había visto y por qué esa aparición —que se presentó de nuevo en mi memoria con gran claridad— era invisible a ojos de los demás? Si la señora Marden era la excepción, ¿por qué suponía eso una maldición y qué motivo había para que compartiéramos tan dudoso privilegio? Aquella pregunta, que llevaba encerrada en mi pecho, sin duda hizo que me mostrara muy callado durante el almuerzo. Después de comer salí a la vieja terraza a fumar un cigarrillo, pero solo había dado unos pasos cuando vi el rostro de la señora Marden en la ventana de una de las estancias que daba a la terraza de losas desgastadas. Me recordó a aquella presencia furtiva en la ventana de Brighton el día en que conocí a Charlotte y la acompañé a su casa. Pero esta vez mi ambigua amiga no desapareció; dio unos golpecitos en el cristal y me indicó con un gesto que entrara. Estaba en una pequeña estancia muy curiosa, una de las numerosas salas de recepciones que había en la planta baja de Tranton. La llamaban la sala india, y tenía una decoración de estilo oriental, con tumbonas de bambú, biombos lacados, farolillos con largos flecos y extraños ídolos en las vitrinas; objetos nada indicados para las reuniones sociales. En cuanto entré me dijo:

—Por favor, dígame: ¿está usted enamorado de mi hija?

Vacilé un momento.

—Antes de responder a su pregunta, ¿tendría la bondad de decirme qué es lo que le hace pensar eso? No me parece que haya tenido una actitud atrevida.

La señora Marden me miró con sus bonitos ojos expectantes, pero en lugar de satisfacer mi curiosidad se limitó a insistir:

—¿No le ha dicho nada a ella de camino a la iglesia?

—¿Qué le hace pensar que le he dicho algo?

—El hecho de que lo haya visto.

—¿De que haya visto a quién, señora Marden?

—Oh, ya lo sabe —respondió con tono grave, casi de reproche, como si intentara humillarla haciéndola nombrar lo innombrable.

—¿Quiere decir el caballero que suscitó aquel comentario suyo tan extraño en la iglesia, el que se sentó en nuestro banco?

—¡Lo vio, lo vio! —respondió ella, casi sin aire, con una mezcla de consternación y alivio.

—Por supuesto que lo vi, y usted también.

—Eso son cosas distintas. ¿Tuvo la sensación de que era algo inevitable?

—¿Inevitable? —dije, de nuevo perplejo.

—Que usted lo viera.

—Por supuesto, dado que no soy ciego.

—Habría podido serlo; todos los demás lo son.

Me tenía absolutamente desconcertado, y así se lo confesé a mi interlocutora con toda franqueza; pero su nueva intervención no aclaró la situación lo más mínimo:

—¡Sabía que lo vería, cuando estuviera realmente enamorado de ella! Sabía que sería la prueba... No, ¿qué digo? La confirmación.

—¿Es que el enamoramiento comporta ese tipo de trastornos tan extraños? —le pregunté, sonriendo.

—Juzgue usted mismo. ¡Lo ve, lo ve! —exclamó la señora Marden, tremendamente excitada—. Y lo verá de nuevo.

—No tengo nada que objetar, pero le prestaría más atención si tuviera la amabilidad de decirme quién es.

Ella bajó la mirada, vacilante; luego volvió a levantarla.

—Se lo diré si usted me dice primero qué le dijo a ella de camino a la iglesia.

—¿Le ha dicho que yo le dije algo?

—¿Acaso hace falta? —respondió ella, sonriendo.

—Oh, ya, recuerdo: ¡sus intuiciones! Pero lamento decirle que esta vez han fallado, porque en realidad no le dije nada fuera de lo corriente.

—¿Está completamente seguro?

—Le doy mi palabra, señora Marden.

—Entonces, ¿considera usted que no está enamorado de ella?

—¡Eso es otro asunto! —dije yo, riendo.

—¡Lo está, *lo está*! De no ser así, no lo habría visto.

—¿Pero quién demonios es ese hombre, señora? —pregunté, ya algo irritado.

Ella, en cambio, me respondió con otra pregunta:

—¿No habría *querido* al menos decirle algo a ella? ¿No estuvo casi a punto de hacerlo?

Aquello ya tenía algo más de sentido; justificaba las famosas intuiciones.

—Casi a punto; faltó muy poco. No sé qué es lo que me frenó.

—Con eso basta —dijo la señora Marden—. Lo importante no es lo que se dice; es lo que se siente. Eso es lo que le mueve.

Yo ya empezaba a estar molesto con sus repetidas alusiones a alguien aún por identificar, y junté las manos en posición de súplica por no dar rienda suelta a la gran impaciencia, la viva curiosidad e incluso a las primeras y breves punzadas de un temor casi sobrecogedor.

—Por lo que más quiera, dígame de una vez de quién está hablando.

Ella levantó los brazos y apartó la mirada, como para sacudirse a la vez sus reticencias y cualquier responsabilidad.

—Sir Edmund Orme.

—¿Y quién es sir Edmund Orme?

En el momento en que pronuncié aquel nombre se sobresaltó.

—¡Shhh!, que vienen —dijo. Y mientras yo seguía la dirección de su mirada para ver a Charlotte Marden en la terraza, junto a la ventana, añadió, con un tono que sonaba más bien advertencia—:¡Haga como si no lo viera! ¡Como si no lo viera nunca!

Charlotte, que se había puesto las manos sobre los ojos para protegerse del sol, miraba hacia el interior y, sonriendo, nos indicó con un gesto que la dejáramos entrar. Yo fui a abrir el gran ventanal. Su madre se giró, y la joven entró riéndose.

—¿Qué estaban tramando aquí ustedes dos? —preguntó, en tono de provocación.

Se había programado algo para la tarde —ya no recuerdo qué era—, y habían solicitado la participación o el consentimiento de la señora Marden —mi participación la daban por segura—, y la joven había estado buscándola por la mitad de la casa. Me inquietó ver que la señora Marden estaba agitada, aunque cuando se volvió para recibir a su hija disfrazó su alteración con gestos extravagantes, lanzándose al cuello de la joven y abrazándola. Para disimular, le dije a Charlotte, en tono jocoso:

—Le estaba pidiendo su mano a su madre.

—¿De veras? ¿Y se la ha concedido? —respondió ella, divertida.

—Estaba a punto de hacerlo cuando ha llegado usted.

—Bueno, yo no tardo nada... Enseguida les dejo solos.

—¿Te gusta, Charlotte? —preguntó la señora Marden, con un candor que no me esperaba.

—Eso es algo difícil de decir con él aquí delante, ¿no te parece? —respondió la joven, siguiendo con la broma, pero mirándome como si no le gustara en absoluto.

Y habría tenido que responder en presencia de otra persona más, porque en aquel momento entró en la sala, por el ventanal abierto que daba a la terraza, un caballero al que no había visto hasta entonces. La señora Marden había dicho: «Que vienen», pero parecía que aquel hombre seguía a su hija a una cierta distancia. Lo reconocí inmediatamente: era el personaje que se había sentado a nuestro lado en la iglesia. Esta vez lo vi mejor, observé que su rostro tenía algo peculiar, y su actitud, también. Y digo «personaje», porque daba la extraña sensación de que había entrado en la sala un príncipe. Se movía con una solemnidad natural, como si fuera diferente a nosotros. Y, sin embargo, me miraba fijamente y muy serio, hasta el punto que me pregunté qué esperaba de mí. ¿Consideraba que debía doblar la rodilla y besarle la mano? Se giró y miró del mismo modo a la señora Marden, pero ella sí sabía qué hacer. Una vez superados los nervios iniciales, se comportó como si no lo viera; entonces recordé la súplica vehemente que me había hecho. Tuve que hacer un gran esfuerzo para imitarla, porque aunque no sabía nada de él salvo que era sir Edmund Orme, su presencia ejercía una gran atracción sobre mí, una fuerza que resultaba casi opresiva. Se quedó allí de pie sin decir nada: joven, pálido, atractivo, perfectamente afeitado, decoroso, con los ojos de un insólito azul claro y un aire anticuado, como un retrato antiguo en su aspecto y en el peinado. Iba de luto riguroso, resultaba evidente que vestía muy bien, y llevaba el sombrero en la mano. Volvió a mirarme con una dureza inusitada, mayor de la que nadie hubiera empleado conmigo nunca; y recuerdo que sentí frío y que deseaba que dijera algo. Nunca un silencio me había parecido tan vacío. Todo aquello, por supuesto, fue una impresión intensa y rápida; aun así había consumido unos instantes, tal como evidenciaba la expresión de Charlotte Marden, que nos miró asombrada a su madre y a mí, alternativamente —él no la miró a ella en ningún momento, y no parecía que ella pudiera verle a él—, hasta que exclamó:

—¿Pero qué es lo que les pasa? ¡Vaya caras más raras! —Sentí que la mía recuperaba el color, y ella continuó—: ¡Cualquiera diría que han visto un fantasma!

Me di cuenta de que me había puesto muy rojo. Sir Edmund Orme nunca se ruborizaba, y me quedó claro que era imposible que se turbara lo más mínimo. Yo ya había conocido a gente así, pero nunca a alguien que mostrara una indiferencia tan absoluta.

—No seas impertinente, y ve a decirles a los demás que ahora iré —dijo la señora Marden muy digna, pero con un temblor en la voz.

—¿Y usted... va a venir? —preguntó la joven, girándose.

Yo no respondí, interpretando que la pregunta, de algún modo, iba dirigida a su compañero. Pero él estaba más callado aún que yo, y cuando ella llegó a la puerta —por donde iba a salir—, se detuvo, con la mano en el pomo, me miró y repitió la pregunta. Yo asentí y me adelanté precipitadamente para abrirle la puerta, y mientras salía, me dijo con tono burlón:

—No está usted bien de la cabeza; no le concederé mi mano.

Yo cerré la puerta y me giré, comprobando que, en el momento en que le había dado la espalda, sir Edmund Orme se había retirado por la ventana. La señora Marden seguía allí de pie, y nos quedamos mirándonos el uno al otro un buen rato. Fue entonces, al ver a la muchacha alejándose con paso ligero, cuando comprendí que no se había dado cuenta de nada. Eso fue, curiosamente, lo que me estremeció de pronto, y no la visión de nuestro visitante, que tenía un aspecto del todo natural. Era evidente que tampoco lo había visto en la iglesia, y la combinación de ambos episodios, ahora que ya habían pasado, hicieron que el corazón me latiera con más fuerza. Me sequé el sudor de la frente, y la señora Marden dijo, con un leve gemido quejumbroso:

—Ahora ya conoce usted mi vida... ¡Ya conoce mi vida!

—Pero, por Dios... ¿Qué es ese hombre?

—Es un hombre a quien hice daño.

—¿Y cómo ocurrió?

—Oh, fue terrible... Ocurrió hace años.

—¿Hace años? Pero si es muy joven...

—¡Joven! ¿Joven? —exclamó la señora Marden—. ¡Nació antes que yo!

—¿Y entonces por qué tiene ese aspecto?

Ella se me acercó, apoyó una mano sobre mi brazo y vi algo en su rostro que me estremeció un poco.

—¿No lo entiende? ¿No lo nota? —murmuró, con un tono que denotaba reproche.

—¡Lo que noto es una sensación muy rara! —dije riéndome, consciente de que mi propia risa me delataba.

—¡Está muerto! —dijo la señora Marden, muy pálida.

—¿Muerto? —respondí, con la respiración entrecortada—. Entonces ese caballero era... —dije sin poder acabar la frase.

—Llámele como quiera. Hay hasta veinte nombres vulgares para definirlo. Es una presencia perfecta.

—¡Es una presencia espléndida! La casa está encantada... ¡Encantada! —exclamé, como si esa palabra representara la realización de mi mayor sueño.

—¡No es la casa, por desgracia! ¡La casa no tiene nada que ver!

—¿Entonces es usted, mi querida señora? —dije, como si aquello fuera aún mejor.

—No, tampoco soy yo. ¡Ojalá!

—Quizá sea yo —sugerí, esbozando una sonrisa.

—No, no es otra que mi hija... ¡Mi inocente pequeña!

Y, dicho aquello, la señora Marden se derrumbó. Se dejó caer en una silla y se echó a llorar. Yo balbuceé una pregunta, le hice ruegos desconcertados, pero rehusó contestar con un vehemente e inesperado gesto de la mano. Yo insistí: ¿no podía ayudarla, no podía intervenir?

—Usted *ya* ha intervenido —sollozó—. Ya está metido, ya está metido.

—Pues me alegro de estar metido en algo tan curioso —declaré.

—Le alegre o no, ahora no puede eximirse.

—Yo no quiero eximirme, es demasiado interesante.

—Me alegro de que le guste. Y ahora váyase.

—Pero quiero saber más.

—Ya verá todo lo que quiera. ¡Váyase!

—Pero quiero entender lo que veo.

—¿Cómo va a entenderlo... cuando ni yo misma lo entiendo?

—Lo descifraremos juntos.

En se momento se levantó, haciendo todo lo posible por borrar el rastro de las lágrimas.

—Sí, será mejor que lo hagamos juntos... Por eso me gustó usted.

—¡Lo conseguiremos, sí! —declaré.

—Pero usted tendrá que aprender a controlarse mejor.

—Lo haré, lo haré... con la práctica.

—Se acostumbrará —dijo la señora Marden, en un tono que no olvidaría nunca—. Pero vaya, vaya con ellos. Yo iré enseguida.

Salí a la terraza, consciente de que ahora tenía un papel en todo aquello. Así que, lejos de temer un nuevo encuentro con la «presencia perfecta», como lo llamaba la señora Marden, más bien sentía una emoción decididamente placentera. Deseaba renovar mi buena suerte, me abrí por completo a aquella impresión. Di la vuelta a la casa lo más rápido que pude, como si esperara alcanzar a sir Edmund Orme. No lo encontré en esa ocasión, pero el día no iba a terminar sin que tuviera que reconocer que, tal como había dicho la señora Marden, iba a verlo tantas veces como quisiera.

Emprendimos, al menos la mayoría, ese paseo colectivo tan típico de las casas de campo inglesas los domingos por la tarde. Tuvimos que adaptarlo al ritmo de las señoras; además, las tardes eran cortas y hacia las cinco ya estábamos recogidos junto a la chimenea del salón, con la sensación —o al menos así lo sentía yo— de que podríamos haber hecho un esfuerzo algo mayor para ganarnos el té. La señora Marden había dicho que se uniría al grupo, pero no se había presentado; su hija, que la había vuelto a ver antes de ponernos en marcha, solo nos dijo que estaba cansada. No se dejó ver en toda la tarde, pero tampoco presté mucha atención a aquel detalle, como tampoco la presté al hecho de no haber podido estar con su hija durante todo el paseo. Había otra emoción que me tenía absorto; sentía que estaba pisando el umbral de una extraña puerta que de pronto se había abierto en mi vida y de la que salían, como en una fuente, vibraciones indescriptibles que me atravesaban jugando con mi cuerpo. Había oído hablar muchas veces de apariciones, pero era muy diferente haber visto una y saber que con toda probabilidad la vería de nuevo y de forma habitual, por así decirlo. Estaba esperando el momento, como un piloto a la espera de la luz giratoria, dispuesto a quitar hierro a aquel asunto tan siniestro, a declarar que los fantasmas eran mucho menos temibles y mucho más divertidos de lo que supone la gente. No hay duda de que estaba muy excitado. No acababa de entender por qué se me había otorgado aquel privilegio, por qué se había hecho esa excepción conmigo, concediéndoseme aquel aumento místico de mi capacidad de visión. Al mismo tiempo creo que comprendí la ausencia de la señora Marden; era consecuencia de lo que me había dicho: «Ahora ya conoce mi vida». Probablemente hacía años que veía a sir Edmund Orme y, al carecer de mi entereza, se había venido abajo. Ya no podía aguantarlo, aunque también me hubiera confesado que, en cierta medida, había acabado por acostumbrarse a él. Había acabado por acostumbrarse a venirse abajo.

El té de la tarde, cuando empezaba a oscurecer, era un momento muy agradable en Tranton; la luz de las llamas jugueteaba por el centenario salón blanco; las simpatías se hacían evidentes, los invitados hacían tiempo, antes de vestirse para la cena, sentados en mullidos sofás, todavía con las botas enfangadas, intercambiando unas últimas palabras tras el paseo; e incluso si alguien pasaba el rato absorto en la lectura del tercer volumen de una novela que algún otro estaba deseando leer, podía interpretarse como una forma de genialidad. Yo esperé el momento oportuno y me acerqué a Charlotte Marden cuando vi que estaba a punto de retirarse. Las señoras se habían ido retirando una a una, y cuando me dirigí a ella los tres hombres que tenía cerca se dispersaron lentamente. Charlamos un poco de vaguedades —ella parecía preocupada, y Dios sabe que yo lo estaba— y después me dijo que debía marcharse o llegaría tarde a la cena. Yo le demostré que aún tenía mucho tiempo, pero ella objetó que debía subir a ver a su madre; temía que estuviera indispuesta.

—Al contrario, le aseguro que está mejor de lo que ha estado en mucho tiempo —dije—. Ha comprendido que puede confiar en mí, y eso le ha hecho bien.

La señorita Marden se había dejado caer en el sillón otra vez. Yo estaba de pie delante de ella, y la joven levantó la mirada sin sonreír, con una oscura aflicción reflejada en sus preciosos ojos: no parecía que aquello le hubiera hecho daño, sino más bien que ya no estaba dispuesta a aceptar como broma lo sucedido entre su madre y yo; aunque, fuera lo que fuera, la verdad es que resultaba difícil tomárselo en serio. Pero yo podía responder a sus preguntas con toda honestidad, ya que era plenamente consciente de que la pobre señora había descargado parte de su lastre sobre mí y del alivio y la tranquilidad que eso le había proporcionado.

—Estoy seguro de que ha dormido toda la tarde como no había dormido en años —añadí—. Solo tiene que preguntárselo.

Charlotte se levantó otra vez.

—Parece que se considera usted muy útil.

—Tiene un cuarto de hora —dije yo—. ¿No tengo derecho a hablar un poco con usted a solas, ahora que su madre me ha concedido su mano?

—¿Y su madre me ha concedido la suya? Se lo agradezco mucho, pero no la quiero. Yo opino que nuestras manos no son de nuestras madres... ¡Resulta que son nuestras! —dijo entre risas.

—¡Siéntese, y déjeme que le cuente! —le rogué.

Yo seguía de pie, impaciente, esperando a que accediese. Ella vaciló un momento y miró con desgana a uno y otro lado, como si lo hiciera a la fuerza. La sala estaba desierta y en silencio; se oía el sonoro tictac del gran reloj. Por fin se sentó y yo acerqué una silla. Tenía el fuego delante otra vez, y con el movimiento percibí, para mi desconcierto, que no estábamos solos. Pasó un instante y, por extraño que pueda parecer, en lugar de aumentar mi desconcierto, disminuyó, porque la persona que estaba junto al fuego era sir Edmund Orme. Estaba allí, de pie, tal como lo había visto en la sala india, mirándome con atención pero sin expresión, con el aire grave que le daba su sombría elegancia. Ahora sabía mucho más de él, tanto que tuve que reprimir la tentación de saludarle. Cuando estuve seguro de lo que veía, y de que aquello no era pasajero, la sensación de que Charlotte y yo teníamos compañía me abandonó; muy al contrario, lo que sentía era que estábamos más unidos en nuestra soledad. Evidentemente ella no veía nada especial, y tuve que hacer un esfuerzo tremendo, y bastante exitoso, para ocultarle que mi situación era muy diferente. Y digo «bastante» porque hubo un momento en que me miró, al quedarme yo sin palabras, de un modo que me hizo temer que volvería a decirme, como había hecho en la sala india: «¿Pero qué es lo que le pasa?».

Y le dije enseguida lo que me pasaba, porque la conmovedora visión de su inconsciencia hacía que lo que yo sabía me resultara aún más agobiante. Era conmovedor verla así, ante aquel extraordinario prodigio. Si era un mal presagio, si anunciaba peligros o desgracias, felicidad o desdicha, era algo secundario; lo único que yo veía era que aquella criatura inocente y encantadora sentada ante mí tenía cerca algo horroroso —seguramente así lo habría descrito ella— que permanecía oculto para ella, pero que podría aparecer de un momento a otro. En ese momento descubrí que no me importaba, pero era muy posible que a ella sí le afectara, y lo que era algo curioso e interesante se podía convertir en algo aterrador. Si no me preocupé por cómo pudiera afectarme personalmente, tal como se haría evidente más adelante, fue en gran medida por lo obcecado que estaba en protegerla a *ella*. Al pensar esto el corazón se me desbocó; decidí hacer todo lo que pudiera para mantenerla al margen. Quizá me habría resultado muy difícil descubrir qué hacer si no hubiera ido adquirido cada vez mayor conciencia de que la amaba. La única manera de salvarla era amarla, y si la amaba tenía que decírselo allí mismo y en aquel momento. Sir Edmund Orme no me lo impidió, sobre todo porque al cabo de un momento nos dio la espalda y se quedó contemplando el fuego. Un instante más tarde apoyó la cabeza en el brazo, acodado en la repisa de la chimenea, abatido, más fatigado que discreto. Charlotte Marden se alarmó con lo que le dije, y se puso en pie de un salto para huir de allí; pero no se ofendió, mis sentimientos eran demasiado sinceros. Se limitó a pasear por la sala con un murmullo de desaprobación, y yo estaba tan ocupado intentando aprovechar cualquier ventaja que hubiera podido obtener que no vi cómo se había marchado sir Edmund Orme. Lo que estaba claro era que había desaparecido. Eso no cambiaba nada, pues no había sido una gran molestia; solo recuerdo que me impresionó, de pronto, como algo inexorable, el lento, dulce y triste movimiento que hizo la señorita Marden con la cabeza, mirándome.

—No le estoy pidiendo una respuesta ahora mismo —dije—. Solo quiero que sepa... lo importante que es esto.

—¡Y yo no se la voy a dar! ¡Ni ahora ni nunca! —respondió—. Odio hablar de esto, se lo ruego... ¿Le importa dejarme sola?

Pero luego, como si se hubiera dado cuenta de la dureza de aquel grito irreprimible y tan sincero, de asediada belleza, añadió enseguida, con un tono vago y amable, mientras abandonaba la estancia:

—Gracias, gracias... Se lo agradezco mucho.

En la cena me sentía lo suficientemente generoso como para alegrarme por ella de que nos hubieran situado en el mismo lado de la mesa, de modo que no podía verme. Yo tenía a su madre casi enfrente, y justo después de sentarnos la señora Marden me dirigió una larga y penetrante mirada que hacía patente nuestra extraña comunión. Quería decir, por supuesto, «me lo ha contado», pero también significaba otras cosas. En cualquier caso, sé que la mirada con que le respondí quería decir: «¡Lo he visto otra vez! ¡Lo he visto otra vez!». Eso no impidió que la señora Marden tratara a sus vecinos de mesa con su habitual y escrupulosa cortesía. Tras la cena, cuando los hombres se reunieron con las mujeres en el salón, me acerqué para decirle que deseaba tener una conversación privada con ella. Respondió al momento, con la vista fija en su abanico, que abría y cerraba una y otra vez:

—Está aquí... Está aquí...

—¿Aquí? —dije mirando por toda la habitación, sin localizarlo.

—Mire dónde está *ella* —dijo la señora Marden, con una acritud apenas detectable en la voz.

En efecto, Charlotte no estaba en el salón principal, sino en otro contiguo, conocido como «la sala de la mañana». Di unos pasos y la vi a través del umbral, de pie en el centro de la sala, hablando con tres caballeros que prácticamente me daban la espalda. Por un momento me pareció que mi búsqueda era en vano; luego me di cuenta de que uno de los caballeros, el del medio, era sir Edmund Orme. Me pareció realmente sorprendente que los otros caballeros no lo vieran. Charlotte parecía estar mirándolo a la cara, dirigiéndose a él. Sin embargo, un momento después me vio y apartó la mirada de inmediato. Volví junto a su madre con el temor de que la joven pudiera pensar que la estaba observando a *ella,* lo cual habría sido injusto. La señora Marden había encontrado un pequeño sofá algo apartado y me senté a su lado. Quería hacerle tantas preguntas que habría deseado que estuviéramos de nuevo en el salón indio, pero enseguida comprendí que aquel lugar era lo suficientemente discreto. Nuestra comunicación era ya tan íntima y completa que éramos capaces de entendernos en silencio, así que podíamos adaptarnos a cualquier circunstancia.

—Oh, sí, ahí está —dije—, y hacia las siete menos cuarto estaba en el salón principal.

—¡De eso me di cuenta, y me alegré mucho!

—¿Se alegró?

—De que esta vez se tratara de usted, y no de mí. Es todo un alivio.

—¿Ha dormido toda la tarde? —le pregunté.

—Como no había dormido en meses. ¿Pero cómo sabe usted eso?

—Del mismo modo que *usted* sabe, supongo, que sir Edmund estaba en el salón. Evidentemente ahora cada uno de nosotros sabe cosas... que tienen que ver con el otro.

—Que tienen que ver con *él* —me corrigió la señora Marden—. Es estupendo que usted se lo tome así —añadió con un largo suspiro.

—Me lo tomo como un hombre que está enamorado de su hija.

—Por supuesto... por supuesto.

Pese a lo intenso que era mi deseo por la joven, no pude evitar reírme un poco ante el tono con que dijo aquellas palabras, lo que hizo que ella añadiera inmediatamente:

—De no ser así, usted no lo habría visto.

—Pero no todos los que se enamoran de ella lo ven, o serían docenas.

—Ellos no están enamorados de ella como usted.

—Desde luego, yo solo puedo hablar por mí mismo; y antes de la cena he encontrado un momento para hacerlo.

—Mi hija enseguida me lo ha contado.

—¿Y tengo alguna esperanza? ¿Alguna posibilidad?

—Eso es lo que yo espero. Rezo por ello.

—Ah, ¿cómo podría agradecérselo? —murmuré.

—Me parece que todo esto pasará... si ella le quiere —dijo la señora Marden.

—¿Todo pasará?

—No volveremos a verlo.

—¡Oh, si me quiere no me importa cuántas veces lo vea!

—Ah, usted se lo toma mejor que yo. Tiene la suerte de no saber... de no comprender.

—Está claro que no lo entiendo. ¿Qué es lo que quiere?

—Quiere hacerme sufrir —dijo, y al hacerlo volvió su pálido rostro hacia mí. En ese momento vi claro, por primera vez, que si ese era el propósito de sir Edmund Orme, desde luego lo había conseguido—. Por lo que yo le hice.

—¿Y qué es lo que le hizo?

Se me quedó mirando un momento.

—Lo maté.

Después de verlo, cinco minutos antes, a apenas cincuenta yardas de distancia, aquellas palabras me sobresaltaron.

—Sí, entiendo que le impresione; tenga cuidado. Sigue estando aquí, pero se quitó la vida. Le rompí el corazón... Él me atribuyó una maldad extrema. Íbamos a casarnos, pero rompí el compromiso... en el último momento. Conocí a alguien que me gustó más; no había otro motivo. Ni interés ni dinero ni posición ni nada parecido. Él lo tenía todo. Fue simplemente que me enamoré del comandante Marden. Cuando lo vi supe que no podía casarme con ningún otro. Yo no estaba enamorada de Edmund Orme: mi madre y mi hermana mayor lo habían concertado. Pero él sí me quería. Le dije que no me importaba, que no podía hacerlo, que no lo haría. Lo rechacé, y él tomó algo, alguna droga o elixir abominable que acabó con su vida. Fue terrible, atroz, cuando lo encontraron así... Murió tras una gran agonía. Yo me casé con el comandante Marden, pero antes dejé pasar cinco años. Era feliz, perfectamente feliz; el tiempo lo borra todo. Sin embargo, cuando mi marido murió empecé a verlo.

Yo la había escuchado muy atento, pero tuve una duda:

—¿A ver a su marido?

—¡Oh, no, eso nunca, gracias a Dios! A verle a *él*... y con Chartie, siempre con Chartie. La primera vez casi me mata del susto: fue hace unos siete años, cuando la presenté en sociedad. Nunca pasa cuando estoy sola... solo con ella. A veces paso meses sin verlo, luego lo veo todos los días durante una semana. He intentado de todo para romper el hechizo: médicos, regímenes y cambios de clima; le he suplicado a Dios de rodillas. Ese día en Brighton, en el paseo con usted, cuando pensó que me encontraba mal, fue la primera vez que lo veía en muchísimo tiempo. Y luego aquella tarde, cuando derramé el té, y el día que estaba usted en la puerta con Charlotte y yo les miraba desde la ventana... todas esas veces él estaba allí.

—Ya veo, ya veo —dije más impresionado de lo que podía manifestar—. Es una aparición como otra cualquiera.

—¿Como otra cualquiera? ¿Es que ha visto alguna otra?

—No, quiero decir que es como esas cosas de las que se oye hablar. Resulta muy interesante conocer un caso de cerca.

—¿Me está llamando usted «un caso»? —replicó la señora Marden exquisitamente resentida.

—Me refería a mí mismo.

—¡Oh, usted es la persona ideal para esto! —exclamó—. Hice bien en confiar en usted.

—Y se lo agradezco enormemente pero, ¿qué le impulsó a hacerlo?

—Había pensado mucho en todo esto; me ha sobrado el tiempo en estos años terribles en los que él me hostigaba utilizando a mi hija.

—No parece que haya podido hacerlo —objeté—, si ella no ha llegado a enterarse.

—Eso es lo que me ha aterrado siempre, que antes o después llegue a enterarse. No puede ni imaginarse el miedo que me da el efecto que pueda tener en ella.

—¡No se enterará! —insistí, levantando tanto la voz que varias personas se giraron a mirar.

La señora Marden me hizo poner en pie, y no volví a hablar con ella aquella noche. Al día siguiente le dije que tenía que irme de Tranton... No resultaba cómodo ni era considerado quedarse después de haber sido rechazado. Ella se quedó desconcertada, pero aceptó mis motivos. Solo me dijo, con ojos tristes:

—¿Va a dejarme sola con mi carga?

Por supuesto, quedamos que durante un par de semanas no sería conveniente que yo «molestara a la pobre Charlotte»; esos fueron los términos que usó, haciendo gala de una curiosa inconsistencia como mujer y como madre, pues hacía referencia a una actitud mía que por otra parte alentaba. Decidí que me mostraría heroicamente delicado, pero consideré que aun así estaba autorizado a despedirme de la señorita Marden antes de marcharme. Le rogué que accediera a dar un paseo conmigo por la terraza después de desayunar, y mientras ella se lo pensaba, mirándome con un gesto distante, le informé que solo quería hacerle una pregunta y despedirme; iba a marcharme de Tranton *por ella.*

Salió conmigo y dimos tres o cuatro vueltas a la casa. Nada es más hermoso que esa gran plataforma al aire libre con una amplia panorámica de la campiña y el mar en el horizonte. Al pasar frente a las ventanas debimos de llamar la atención de nuestros amigos de la casa, que se preguntarían, intrigados, el motivo de mi locuacidad. Pero a mí no me importaba; lo único que me preguntaba era si verían a sir Edmund Orme, que se había unido a nosotros en el paseo y caminaba lentamente al otro lado de mi compañera. No sé de qué esencia trascendental estaría compuesto; no tengo ninguna teoría sobre él —eso lo dejo a otros—, como tampoco tengo opinión sobre los mortales con los que me he cruzado durante la vida. Su presencia era tan evidente como la de cualquiera de ellos. Por encima de todo era un ser tan respetable, tan sensitivo, que ni se me ocurriría tomarme la libertad de practicar un experimento con él, de tocarlo, por ejemplo, o dirigirle la palabra, puesto que él mantenía un silencio ejemplar, como tampoco se me ocurriría cometer ningún otro acto de grosería. Tal como comprobaría más tarde, adoptaba una posición mesurada e impecable en todo momento: siempre se presentaba bien vestido y su actitud, su aspecto y su comportamiento eran justamente los que exigía la ocasión. Era innegable que me resultaba extraño, pero de algún modo también resultaba siempre *correcto.* Muy pronto empecé a asociar la idea de belleza con su inmencionable presencia, la belleza de un relato antiguo de amor y dolor. Y acabé teniendo la sensación de que estaba a mi lado, de que velaba por mis intereses, de que se preocupaba de que no me rompieran el corazón. Se había tomado en serio su propio disgusto; desde luego, eso lo había demostrado. Si la pobre señora Marden había reflexionado sobre el caso, tal como decía, yo también intenté realizar el análisis más profundo que me permitía mi intelecto. Era un caso de justicia retributiva. La madre iba a pagar con su propio sufrimiento el sufrimiento que había provocado, y dado que cabía la posibilidad de hubiera transmitido a su hija la disposición a desairar a sus pretendientes, había que vigilarla también a ella, para hacerla sufrir en el caso de que infligiera el mismo daño a otro hombre. Quizá se pareciera a su madre en carácter tanto como se parecía en sus encantos. Y el día en que cometiera su trasgresión, abriría los ojos de pronto, despiadadamente, a la «presencia perfecta», que tendría que incorporar lo mejor que pudiera al concepto de universo propio de una señorita como ella. Yo no temía demasiado por ella, porque no la consideraba una persona frívola. No estábamos en una posición en que pudiera hacerme sufrir, ni mucho menos. No podía dejarme plantado antes de llegar un poco más lejos.

La pregunta que le hice aquella mañana en la terraza era si durante el invierno podía seguir visitando la casa de la señora Marden. Le prometí no ir demasiado a menudo y no hablarle durante tres meses del asunto que había sacado a colación el día anterior. Ella me respondió que podía hacer lo que quisiera, y dicho aquello nos separamos.

Cumplí la promesa que le había hecho; callé durante tres meses. Para mi propia sorpresa, hubo momentos durante ese tiempo en que la vi capaz de jugar con los sentimientos de un hombre. Yo tenía tantos deseos de acercarme a ella que me volví sutil e ingenioso, magníficamente atento y pacientemente diplomático. A veces me parecía que había conseguido mi recompensa, que había conseguido que estuviera a punto de decirme: «Bueno, bueno, desde luego es usted el mejor de todos... Ahora ya puede hablarme». Pero su belleza se tornaba aún más fría, y algunos días le asomaba incluso un brillo burlón en los ojos que parecía decir: «Si no vas con cuidado, te aceptaré para acabar contigo definitivamente». La señora Marden me ayudó mucho, por el simple hecho de creer en mí, y yo apreciaba aún más su confianza por el hecho de que la mantuviera pese a la repentina interrupción del milagro del que yo era protagonista. Tras nuestra visita a Tranton, sir Edmund Orme nos dio unas vacaciones, y debo confesar que al principio fue una decepción para mí. Me sentía menos especial, menos vinculado a Charlotte.

—¡Oh, pero no dé nada por definitivo! —me dijo la señora Marden—; yo a veces lo he perdido de vista hasta seis meses. Y luego vuelve a aparecer, cuando menos te lo esperas... Sabe muy bien lo que hace.

Para ella esas semanas fueron felices, y fue lo suficientemente discreta como para no hablarme de su hija. Tuvo la bondad de asegurarme que iba por el buen camino, que así daba una impresión de seguridad y que eso es lo que conquista a las mujeres a largo plazo. Era algo que ella misma había visto, incluso en casos en que el hombre era un insensato al adoptar ese aire seguro... o era un insensato en todos los aspectos. Personalmente, ella consideraba que era una época muy buena, una especie de veranillo de San Martín del alma. Se encontraba mejor de lo que había estado en años, y debía agradecérmelo a mí. Llevaba muy bien aquellas visitas: cada vez que miraba a su alrededor se la veía tranquila. Charlotte me llevaba la contraria a menudo, pero aún se contradecía más a sí misma. El invierno fue de lo más placentero, y salimos muchas veces a sentarnos al sol. Yo paseaba arriba y abajo con Charlotte, y la señora Marden nos esperaba, a veces en un banco, otras en una silla de ruedas, y nos sonreía al pasar. Yo siempre buscaba una señal en su rostro —«Va con ustedes, va con ustedes»—, porque ella solía verlo antes que yo, pero la señal no llegó; la estación nos trajo también una especie de placidez espiritual. Hacia finales de abril el aire recordaba tanto al de junio que, al encontrar a mis dos amigas una noche en un evento en Brighton —una velada con música en directo—, me llevé a la señorita Marden a un balcón al que daba una de las habitaciones de la casa. Ella no opuso resistencia. La noche era oscura y sofocante, apenas se veían las estrellas y bajo nuestros pies, en el fondo del acantilado, oíamos el suave murmullo del mar. Nos quedamos escuchándolo un rato, mientras del interior de la casa nos llegaba el sonido de un violín con acompañamiento de piano, interpretación que se había convertido en nuestro pretexto para escabullirnos.

—¿Ya me ve con mejores ojos? —pregunté de pronto, al cabo de un minuto—. ¿Querría escucharme de nuevo?

Apenas había acabado de decir aquello cuando me agarró del brazo de pronto y me lo apretó.

—¡Calle! ¿No hay alguien ahí?

Estaba mirando hacia la oscuridad, en el otro extremo del balcón. El balcón atravesaba toda la fachada de la casa, como era habitual en las mejores casas de Brighton. A nosotros nos llegaba algo de luz de las puertas abiertas a nuestras espaldas, pero las otras balconeras, cerradas y con las cortinas corridas por dentro, dejaban el resto del espacio exterior en completa oscuridad, de modo que apenas pude distinguir la silueta de un caballero que estaba allí de pie, mirándonos. Iba vestido de etiqueta, como un invitado —vi el tenue brillo de su camisa blanca y el pálido óvalo de su rostro— y muy bien podría ser un invitado que hubiera salido a tomar el aire antes que nosotros. Al principio así lo pensó la señorita Marden, pero a los pocos segundos tuvo la seguridad de que la intensidad de su mirada no era normal. Si vio algo más, yo no llegué a enterarme; estaba demasiado absorto en lo que veía yo como para detectar brevemente su turbación. De hecho, la impresión que me causó a mí fue muy intensa, una sensación de horror porque, ¿qué podría querer decir que la joven por fin *viera*? Oí que contenía un gemido, y se metió a toda prisa en la casa. Hasta más tarde no comprendí que yo también había experimentado una sensación completamente nueva: mi horror se había convertido en rabia, y mi rabia en un paso adelante en el balcón, con un gesto de reprobación en el rostro. Lo que había pasado es que había visto asustada a la joven a la que amaba. Avancé para enfrentarme a aquella amenaza, pero no encontré nada. O todo había sido un error, o sir Edmund Orme había desaparecido.

Salí inmediatamente en busca de la señorita Marden, pero cuando llegué al salón vi que se había producido un gran revuelo. Una señora se había desmayado, ya no sonaba la música; se oía ruido de sillas y la gente se agolpaba. La señora en cuestión no era Charlotte, como yo me temía, sino la señora Marden, que se había sentido indispuesta de pronto. Recuerdo el alivio que sentí al enterarme, porque ver en aquel estado a Charlotte habría sido un tormento. Por supuesto, fueron los anfitriones y las señoras las que se hicieron cargo de la situación; yo no podía intervenir en las atenciones brindadas a mis amigas, ni acompañarlas a su coche. La señora Marden se recuperó e insistió en volver a casa, tras lo cual me retiré, preocupado.

A la mañana siguiente pasé por su casa para interesarme por ella y me informaron de que estaba mejor, pero cuando pregunté si la señorita Marden accedería a verme me dijeron que era imposible. No me quedaba otra cosa que hacer que pasarme el día vagando con el corazón acelerado. Pero al caer

la tarde recibí una nota escrita en lápiz, a mano: «Por favor, venga; mi madre desea verle». Cinco minutos más tarde estaba de nuevo en la puerta y me hicieron pasar al salón. La señora Marden estaba tendida en el sofá, y en cuanto la miré vi la sombra de la muerte en su rostro. Pero lo primero que me dijo fue que estaba mejor, mucho mejor; su pobre corazón había vuelto a darle un disgusto, pero ahora estaba tranquilo. Me dio la mano y yo bajé la cabeza, mirándola fijamente a los ojos, para poder leer allí lo que no me decía: «En realidad estoy muy enferma, pero finja creerse al pie de la letra lo que digo». Charlotte estaba de pie a su lado; ya no se la veía asustada, pero sí muy seria, y no me miraba a los ojos.

—¡Me lo ha dicho... Me lo ha dicho! —dijo su madre.

—¿Se lo ha dicho? —respondí, mirándolas a las dos alternativamente, preguntándome si la señora Marden quería decir que su hija le había contado lo sucedido en el balcón.

—Que ha vuelto a hablarle usted; que es usted un hombre admirablemente fiel.

Eso me provocó una enorme alegría; me demostró que aquello era importante para ella, y también que Charlotte había preferido decirle lo que más la iba a calmar en lugar de lo que la habría alarmado. Sin embargo, ahora estaba seguro, tan seguro como si la señora Marden me lo hubiera dicho, que ella sabía y había sabido desde el primer momento que su hija había tenido aquella visión.

—Sí, le hablé... Le hablé, pero no me dio ninguna respuesta —dije.

—Ahora le responderá. ¿No es así, Chartie? Lo deseo tanto... —murmuró la pobre señora, con una ansiedad indescriptible en la voz.

—Es usted muy bueno conmigo —me dijo Charlotte, seria y cariñosa, con la mirada fija en la alfombra. Había algo diferente en ella, diferente a como era antes. Había descubierto algo, se sentía coaccionada. Vi que estaba temblando.

—¡Ah, si usted me dejara demostrarle lo bueno que puedo ser! —exclamé, tendiéndole las manos.

En el momento en que pronunciaba aquellas palabras, tuve el convencimiento de que había pasado algo. Al otro lado del sofá se había materializado una figura, y la figura se inclinó sobre la señora Marden. Recé en silencio con todo mi ser para que Charlotte no lo viera, y para que no lo leyera en mí. La tentación de mirar en dirección a la señora Marden era todavía más fuerte que el movimiento involuntario al percatarme de la presencia de sir Edmund Orme; pero conseguí resistir incluso a aquello, y la señora Marden se quedó perfectamente inmóvil. Charlotte se levantó para darme la mano, y en ese momento lo vio. Soltó un chillido, se quedó mirando, consternada, y en ese mismo instante se oyó otro sonido, como un gemido de condenado. Pero yo ya me había lanzado a proteger a mi amada, a cubrirle el rostro. Ella se lanzó entre mis brazos. La abracé un momento, envolviéndola, abandonándome a ella, sintiendo los latidos de su corazón confundidos con los del mío; luego, de pronto, recuperé la serenidad y observé que estábamos solos. Ella se soltó. La figura junto al sofá había desaparecido; pero la señora Marden yacía con los ojos cerrados, y en su inmovilidad había algo que nos aterró a los dos. Charlotte lo expresó con un grito —«¡Madre, madre!»— y se arrojó sobre ella. Yo caí de rodillas a su lado. La señora Marden había fallecido.

¿Qué fue ese otro sonido que oí tras el chillido de Chartie, más trágico aún? ¿El grito de desaliento de la pobre señora al recibir el golpe de la muerte o el sollozo elocuente —pues fue como el embate del viento en una gran tempestad— del espíritu exorcizado y apaciguado? Posiblemente esto último, porque eso fue, por fortuna, lo último que supimos de sir Edmund Orme.

EL MONSTRUO VERDE

GÉRARD DE NERVAL

I

EL CASTILLO DEL DIABLO

Os voy a hablar de uno de los más antiguos habitantes de París; antaño lo llamaron el diablo Vauvert.

De su nombre provienen algunos dichos, como por ejemplo: «¡Eso está por donde el diablo Vauvert!» o «¡Váyase al diablo Vauvert!», para querer decir: «Eso está en el... quinto pino» o «Váyase usted... de paseo». Los porteros solían decir: «¡Eso está por donde el diablo verde!», para expresar la misma idea, que el lugar al que tenía que llevar el recado quedaba muy lejos y que había que pagar cara la misión. En su caso, se trataba de una frase hecha corrompida y errónea, como otras muchas familiares al pueblo parisino.

El diablo Vauvert es, en esencia, un habitante de París, ciudad donde reside desde hace muchos siglos, si hemos de dar crédito a los historiadores. Sauval, Félibieu, Sainte-Foix y Dulaure han narrado prolijamente sus correrías.

Según parece, en un comienzo vivió en el castillo de Vauvert, que estaba situado en el lugar que en la actualidad ocupa el alegre baile de la Cartuja, al final de los jardines de Luxemburgo y frente a la avenida del Observatorio, en la calle del Infierno. Este castillo, de triste recuerdo, fue demolido y sus ruinas pasaron a formar parte de un convento de cartujos en el que murió, en 1414, Juan de Luna, sobrino del antipapa Benedicto XIII. Se había sospechado que Juan de Luna se relacionó con un cierto diablo, que bien pudiera ser el fantasma familiar del antiguo castillo de Vauvert, puesto que cada edificio feudal cuenta con su propio espíritu, como bien se sabe. Los historiadores no nos han transmitido detalles sobre este periodo tan interesante.

El diablo Vauvert dio de nuevo que hablar durante el reinado de Luis XIII. Durante mucho tiempo se oyó, todas las noches, un gran ruido en las estancias en ruinas del antiguo convento. Se sabía que sus propietarios no las habían habitado durante años y aquello aterrorizaba a los vecinos, que avisaron al teniente de la policía para que enviara algunos soldados. ¡Y cuál fue el asombro de esos militares al oír el tintineo de vasos mezclado al de unas risas estridentes!

Al principio pensaron que pudiera tratarse de unos falsificadores de monedas que se libraban a una orgía y, a juzgar por su número, según la intensidad del ruido, fueron a pedir refuerzos. Aun así, se juzgó que la brigada no era suficientemente numerosa y ningún sargento quiso guiar a sus hombres a esa guarida de la que procedía un estrépito propio de todo un ejército. Al final, hacia la madrugada, llegaron tropas suficientes e irrumpieron en la casa. No hallaron nada.

Durante todo el día se hicieron pesquisas y conjeturas y se pensó que el ruido salía de las catacumbas situadas, como es sabido, en el subsuelo del barrio. Se dispusieron a inspeccionarlas, pero, mientras la policía se preparaba, se hizo nuevamente de noche y el ruido recomenzó, más fuerte que nunca. En esta ocasión, nadie se atrevió a bajar, ya que era evidente que en la bodega no había más que botellas y, por tanto, tenía que ser el diablo quien las moviera. Se limitaron a controlar las inmediaciones de la calle y a pedir a los religiosos que rezaran.

Los monjes rezaron tanto como pudieron e incluso lanzaron agua bendita a jeringazos por el respiradero. El ruido, igualmente, continuó.

II

El sargento

Durante toda una semana una multitud de parisinos abarrotó sin descanso el barrio pidiendo noticias. Finalmente, un sargento de las tropas, más audaz que el resto, se ofreció a introducirse en la bodega maldita a cambio de una pensión transferible, en caso de deceso, a una costurera llamada Margot.

Era un hombre valiente y más enamorado que crédulo. Adoraba a la costurera, que era persona de bien vestir, aunque muy ahorradora, incluso se podría decir que avara, y que no se iba a casar con un simple sargento privado de fortuna. Pero si ganaba la pensión, el sargento pasaría a ser visto con otros ojos. Animado ante tal perspectiva exclamó que él no creía ni en Dios ni el diablo y que descubriría la causa de aquellos ruidos.

—¿En qué crees tú, entonces? —le preguntó uno de sus compañeros.

—Creo —respondió— en el teniente de la policía criminal y en el preboste de Paris.

Era mucho decir en tan pocas palabras. Con el sable entre los dientes y una pistola en cada mano, se aventuró por la escalera.

Le esperaba un espectáculo extraordinario al poner el pie en el suelo de la bodega. Todas las botellas se habían entregado a un baile frenético y formaban figuras de lo más curiosas. Los sellos verdes representaban a los hombres y los rojos a las mujeres. Incluso había una orquesta, situada en los botelleros. Las botellas vacías sonaban como instrumentos de viento, las rotas como címbalos y triángulos, las resquebrajadas emitían un sonido penetrante parecido al de los violines.

El sargento, que se había bebido unas cuantas copas antes de emprender la expedición, al ver solamente botellas, se tranquilizó y él mismo se puso a bailar, imitándolas. Luego, cada vez más animado por la alegría y el espectáculo encantador, agarró una buena botella de cuello largo, un burdeos pálido, al parecer, cuidadosamente sellada de rojo y la estrechó contra su pecho.

Hubo risas frenéticas por todos los rincones y el sargento, intrigado, se descuidó y dejó caer la botella, que se rompió en mil pedazos. La danza se detuvo, gritos de espanto resonaron en la bodega y el sargento sintió que se le erizaban los cabellos al ver que el vino derramado parecía formar un charco de sangre. El cuerpo de una mujer desnuda, cuyos rubios cabellos se esparcían por el suelo empapados, yacía tendido a sus pies.

El sargento no había temido al diablo, pero esta visión lo llenó de horror. Preocupado, al fin y al cabo, porque tendría que dar cuenta de la misión, tomó una botella de vino con sello verde que parecía burlarse de él y exclamó:

—¡Al menos me llevaré una de recuerdo!

Una risa burlona le respondió. Mientras asomaba por el hueco de la escalera, mostró la botella a sus camaradas y gritó:

—¡He aquí el duende, cobardes —dijo una palabra más fuerte—, que no os habéis atrevido a bajar!

Su ironía era amarga. Los soldados se precipitaron a la bodega, donde solo encontraron una botella de burdeos rota. El resto estaba en su lugar. Los soldados lamentaron la suerte de la botella rota, pero, envalentonados, se dispusieron a llevarse cada uno un vino.

—La mía la guardaré para el día de mi boda —dijo el sargento.

No se le pudo negar la pensión prometida, se casó con la costurera y... ¿vais a creer que tuvieron muchos hijos? Pues no. Solo tuvieron uno.

III

Lo que aconteció

El sargento, la noche de bodas, que tuvo lugar en la Rapée, puso la famosa botella del sello verde entre él y su esposa, porque aquel vino estaba destinado a ser bebido solamente por ellos dos. La botella tenía el color verde del apio y el vino era rojo como la sangre.

Nueve meses después, la costurera dio a luz a un pequeño monstruo totalmente verde, con dos grandes cuernos rojos en la frente.

¡Y ahora id, id jovencitas, a bailar a la Cartuja, donde se hallaba el castillo de Vauvert!

El niño fue creciendo, si no en virtud, al menos en tamaño. Dos cosas preocupaban a sus padres: el color verde y un apéndice caudal que, al comienzo, parecía ser una simple prolongación del coxis, pero que, poco a poco, iba tomando la forma de una verdadera cola. Consultaron a sabios que afirmaron que era imposible operar para extirpársela sin comprometer la vida del niño. Añadieron que era un caso bastante raro, pero que había ejemplos ya citados por Heródoto y Plinio el Joven. Aún no se contaba con el sistema de Fourier.

Por lo que respecta al color, se atribuyó a un predominio del sistema bilioso. Igualmente, se ensayaron diversos cáusticos para atenuar el matiz demasiado pronunciado de la epidermis y se consiguió, tras muchas lociones y fricciones, convertirlo en el color verde de una botella, luego en el color verde del agua y, al final, en el verde de una manzana. En una ocasión, pareció que la piel se había vuelto blanca, pero por la noche recuperó su color.

El sargento y la costurera no hallaban consuelo a los dolores que les causaba el pequeño monstruo, cada vez más testarudo, colérico y malvado. La melancolía que sufrían los condujo a un vicio muy frecuente entre las gentes que corren su suerte: se dieron a la bebida.

Y sucedió que el sargento solo quería beber vino sellado en rojo y su mujer vino sellado en verde. Cada vez que el sargento se ponía como una cuba, veía en sus sueños a la mujer sangrando, cuya aparición tanto lo aterrorizó en la bodega al romperse la botella.

Esa mujer le decía:

—¿Por qué me estrechaste contra tu pecho y luego me inmolaste, a mí, que tanto te quería?

Cada vez que la esposa había empinado demasiado el codo con las botellas del sello verde, veía aparecer en su sueño a un gran diablo de un aspecto terrorífico que le decía:

—¿Por qué te asombras al verme, ya que bebiste de la botella? ¿Acaso no soy yo el padre de tu hijo?

¡Oh, misterio!

Al cumplir los trece años, el niño desapareció.

Sus padres, inconsolables, siguieron bebiendo, pero no volvieron a repetirse las terribles visiones que habían atormentado sus sueños.

IV

Moraleja

Así fue como el sargento fue castigado por su impiedad y la costurera por su avaricia.

V

Lo sucedido con el monstruo verde

Nunca se ha podido averiguar.

LA RESUCITADA

EMILIA PARDO BAZÁN

Ardían los cuatro blandones soltando gotazas de cera. Un murciélago, descolgándose de la bóveda, empezaba a describir torpes curvas en el aire. Una forma negruzca, breve, se deslizó al ras de las losas y trepó con sombría cautela por un pliegue del paño mortuorio. En el mismo instante abrió los ojos Dorotea de Guevara, que yacía en el túmulo.

Bien sabía que no estaba muerta; pero un velo de plomo, un candado de bronce le impedían ver y hablar. Oía, eso sí, y percibía —como se percibe entre sueños— lo que le habían hecho al lavarla y amortajarla. Escuchó los gemidos de su esposo, y sintió lágrimas de sus hijos en sus mejillas blancas y yertas. Y ahora, en la soledad de la iglesia cerrada, recobraba el sentido, y le sobrecogía mayor espanto. No era pesadilla, sino realidad. Allí el féretro, allí los cirios..., y ella misma envuelta en el blanco sudario, al pecho el escapulario de la Merced.

Incorporada ya, la alegría de existir se sobrepuso a todo. Vivía. ¡Qué bueno es vivir, revivir, no caer en el pozo oscuro! En vez de ser bajada al amanecer, en hombros de criados a la cripta, volvería a su dulce hogar, y oiría el clamor gozoso de quienes la amaban y ahora la lloraban sin consuelo. La idea deliciosa de la dicha que iba a llevar a la casa hizo latir su corazón, todavía debilitado por el síncope. Sacó las piernas del ataúd, brincó al suelo,

y con la rapidez suprema de los momentos críticos maduró su plan. Llamar para pedir auxilio a tales horas sería inútil. Y no se consideraba capaz de esperar el amanecer en la iglesia solitaria. En la penumbra de la nave creía que asomaban caras fisgonas de espectros y sonaban dolientes quejumbres de ánimas en pena. Tenía otro recurso: salir por la capilla del Cristo.

Era suya: pertenecía a su familia en patronato. Dorotea alumbraba a perpetuidad, con una rica lámpara de plata, a la santa imagen de Nuestro Señor de la Penitencia. Bajo la capilla se cobijaba la cripta, enterramiento de los Guevara Benavides. La alta reja se columbraba a la izquierda, afiligranada, tocada a trechos de oro rojizo y rancio. Dorotea elevó desde su alma una deprecación fervorosa al Cristo. ¡Señor! ¡Que encontrase puestas las llaves! Y las palpó: allí colgaban las tres, el manojo; la de la propia verja, la de la cripta, a la cual se descendía por un caracol dentro del muro, y la tercera llave, que abría la portezuela oculta entre las tallas del retablo y daba a estrecha calleja, donde erguía su fachada infanzona el caserón de Guevara, flanqueado de torreones. Por la puerta excusada entraban los Guevara a oír misa en su capilla, sin cruzar la nave. Dorotea abrió, empujó... Estaba fuera de la iglesia, estaba libre.

Diez pasos hasta su morada... El palacio se alzaba silencioso y grave como un enigma. Dorotea hizo sonar el aldabón trémulo, cual si fuese una mendiga que pide hospitalidad en una hora de desamparo. «¿Esta casa es mi casa, en efecto?», pensó, al secundar al aldabonazo firme... Al tercero, se oyó ruido dentro de la vivienda muda y solemne, envuelta en su recogimiento como en larga faldamenta de luto. Y resonó la voz de Pedralvar, el escudero, que refunfuñaba:

—¿Quién? ¿Quién llama a estas horas? Ojalá se lo coman los perros.

—Abre, Pedralvar, por tu vida. ¡Soy tu señora, soy doña Dorotea de Guevara!... ¡Abre rápido!

—Váyase enhoramala el borracho... ¡Si salgo, a fe que lo ensarto!...

—Soy doña Dorotea... Abre... ¿No me conoces en el habla?

Un reniego, enronquecido por el miedo, contestó de nuevo. En vez de abrir, Pedralvar subía la escalera otra vez. La resucitada pegó dos aldabonazos más. La austera casa pareció reanimarse; el terror del escudero corrió al través de ella como un escalofrío por un espinazo. Insistía el aldabón, y en el portal se escucharon taconazos, corridas y cuchicheos. Rechinó, al fin, el claveteado portón entreabriendo sus dos hojas, y un chillido agudo salió de la boca sonrosada de la doncella Lucigüela, que elevaba un candelabro de plata con vela encendida, y lo dejó caer de golpe; se había encarado con su señora, la difunta, arrastrando la mortaja y mirándola de hito en hito...

Pasado algún tiempo, recordaba Dorotea —ya vestida de acuchillado terciopelo genovés, trenzada la crencha con perlas y sentada en un sillón de almohadones, al pie del ventanal—, que también Enrique de Guevara, su esposo, chilló al reconocerla. Chilló y retrocedió. No era de gozo el chillido, sino de espanto... De espanto, sí; la resucitada no lo podía dudar. Pues acaso sus hijos, doña Clara, de once años; don Félix de nueve, ¿no habían llorado de puro susto cuando vieron a su madre que retornaba de la sepultura? Y con llanto más afligido, más congojoso que el derramado al punto en que se la llevaban... ¡Ella, que creía que la recibirían entre exclamaciones de intensa felicidad! Cierto que días después se celebró una función solemnísima en acción de gracias; cierto que se dio un fastuoso convite a los parientes y allegados; cierto, en suma, que los Guevara hicieron cuanto cabe hacer para demostrar satisfacción por el singular e impensado suceso que les devolvía a la esposa y a la madre... Pero doña Dorotea, apoyado el codo en la repisa del ventanal y la mejilla en la mano, pensaba en otras cosas.

Desde su vuelta al palacio, disimuladamente, todos le rehuían. Parecía como si el soplo frío de la huesa, el hálito glacial de la cripta, flotase alrededor de su cuerpo. Mientras comía, notaba que las miradas de los servidores y sus hijos se desviaba oblicuamente de sus manos pálidas, y que cuando acercaba a sus labios secos la copa del vino, los muchachos se estremecían. ¿Acaso no les parecía natural que comiese y bebiese la gente del otro mundo? Y doña Dorotea venía de ese país misterioso que los niños sospechan aunque no lo conozcan... Si las pálidas manos maternales intentaban jugar con los bucles rubios de don Félix, el chiquillo se desviaba, descolorido él a su vez, con el gesto del que evita un contacto que le cuaja la sangre. Y a la hora medrosa del anochecer, cuando parecen oscilar las largas figuras de las tapicerías, si Dorotea se cruzaba con doña Clara en el comedor del patio, la criatura, despavorida, huía al modo con que se huye de una maldita aparición...

Por su parte, el esposo —que le guardaba a Dorotea tanto respeto y reverencia que no cabía sino admirarse—, no había vuelto a rodearle el fuerte brazo a la cintura... En vano la resucitada tocaba de arrebol sus mejillas, mezclaba a sus trenzas cintas y aljófares y vertía sobre su corpiño pomitos de esencias de Oriente. Al trasluz del colorete se transparentaba la amarillez cerúlea. Alrededor del rostro persistía la forma de la toca funeral, y entre los perfumes sobresalía el vaho húmedo de los panteones. Hubo un momento en que la resucitada le hizo a su esposo lícita caricia; quería saber si sería rechazada. Don Enrique se dejó abrazar pasivamente; pero en sus ojos, negros y dilatados por el horror que a pesar suyo se asomaba a las ventanas del espíritu; en aquellos ojos un tiempo galanes atrevidos y lujuriosos, leyó Dorotea una frase que zumbaba dentro de su cerebro, ya invadido por rachas de demencia.

—De donde tú has vuelto no se vuelve...

Y tomó bien sus precauciones. El propósito debía realizarse por tal manera, que nunca se supiese nada; secreto eterno. Se procuró el manojo de llaves de la capilla y le mandó fabricar otras iguales a un mozo herrero que partía con el tercio a Flandes al día siguiente. Ya en poder de Dorotea las llaves de su sepulcro, salió una tarde sin ser vista, cubierta con un manto; entró en la iglesia por la portezuela, se escondió en la capilla de Cristo, y al retirarse el sacristán cerrando el templo, Dorotea bajó lentamente a la cripta, alumbrándose con un cirio prendido en la lámpara; abrió la mohosa puerta, cerró por dentro, y se tendió, apagando antes el cirio con el pie.

EL ALMOHADÓN DE PLUMAS

HORACIO QUIROGA

Su luna de miel fue un largo escalofrío. Rubia, angelical y tímida, el carácter duro de su marido heló sus soñadas niñerías de novia. Lo quería mucho, sin embargo, a veces con un ligero estremecimiento cuando, volviendo de noche juntos por la calle, echaba una furtiva mirada a la alta estatura de Jordán, mudo desde hacía una hora. Él, por su parte, la amaba profundamente, sin darlo a conocer.

Durante tres meses —se habían casado en abril— vivieron una dicha especial. Sin duda hubiera ella deseado menos severidad en ese rígido cielo de amor, más expansiva e incauta ternura; pero el impasible semblante de su marido la contenía siempre.

La casa en que vivían influía un poco en sus estremecimientos. La blancura del patio silencioso —frisos, columnas y estatuas de mármol— producía una otoñal impresión de palacio encantado. Dentro, el brillo glacial del estuco, sin el más leve rasguño en las altas paredes, afirmaba aquella sensación de desapacible frío. Al cruzar de una pieza a otra, los pasos hallaban eco en toda la casa, como si un largo abandono hubiera sensibilizado su resonancia.

En ese extraño nido de amor, Alicia pasó todo el otoño. No obstante, había concluido por echar un velo sobre sus antiguos sueños, y aún vivía dormida en la casa hostil, sin querer pensar en nada hasta que llegaba su marido.

No es raro que adelgazara. Tuvo un ligero ataque de influenza que se arrastró insidiosamente días y días; Alicia no se reponía nunca. Al fin una tarde pudo salir al jardín apoyada en el brazo de él. Miraba indiferente a uno y otro lado. De pronto Jordán, con honda ternura, le pasó la mano por la cabeza, y Alicia rompió en seguida en sollozos, echándole los brazos al cuello. Lloró largamente todo su espanto callado, redoblando el llanto a la menor tentativa de caricia. Luego los sollozos fueron retardándose, y aún quedó largo rato escondida en su cuello, sin moverse ni decir una palabra.

Fue ese el último día que Alicia estuvo levantada. Al día siguiente amaneció desvanecida. El médico de Jordán la examinó con suma atención, ordenándole calma y descanso absolutos.

—No sé —le dijo a Jordán en la puerta de calle, con la voz todavía baja—. Tiene una gran debilidad que no me explico, y sin vómitos, nada... Si mañana se despierta como hoy, llámeme en seguida.

Al otro día Alicia seguía peor. Hubo consulta. Constatose una anemia de marcha agudísima, completamente inexplicable. Alicia no tuvo más desmayos, pero se iba visiblemente a la muerte. Todo el día el dormitorio estaba con las luces prendidas y en pleno silencio. Pasábanse horas sin oír el menor ruido. Alicia dormitaba. Jordán vivía en la sala, también con toda la luz encendida. Paseábase sin cesar de un extremo a otro, con incansable obstinación. La alfombra ahogaba sus pasos. A ratos entraba en el dormitorio y proseguía su mudo vaivén a lo largo de la cama, deteniéndose un instante en cada extremo a mirar a su mujer.

Pronto Alicia comenzó a tener alucinaciones, confusas y flotantes al principio, y que descendieron luego a ras del suelo. La joven, con los ojos desmesuradamente abiertos, no hacía sino mirar la alfombra a uno y otro lado del respaldo de la cama. Una noche se quedó de repente mirando fijamente. Al rato abrió la boca para gritar, y sus narices y labios se perlaron de sudor.

—¡Jordán! ¡Jordán! —clamó, rígida de espanto, sin dejar de mirar la alfombra.

Jordán corrió al dormitorio, y al verlo aparecer Alicia dio un alarido de horror.

—¡Soy yo, Alicia, soy yo!

Alicia lo miró con extravío, miró la alfombra, volvió a mirarlo, y después de largo rato de estupefacta confrontación, se serenó. Sonrió y tomó entre las suyas la mano de su marido, acariciándola temblando.

Entre sus alucinaciones más porfiadas, hubo un antropoide apoyado en la alfombra sobre los dedos, que tenía fijos en ella los ojos.

Los médicos volvieron inútilmente. Había allí delante de ellos una vida que se acababa, desangrándose día a día, hora a hora, sin saber absolutamente cómo. En la última consulta Alicia yacía en estupor, mientras ellos la pulsaban, pasándose de uno a otro la muñeca inerte. La observaron largo rato en silencio y siguieron al comedor.

—Pst... —se encogió de hombros desalentado su médico—. Es un caso serio... poco hay que hacer...

—¡Solo eso me faltaba! —resopló Jordán. Y tamborileó bruscamente sobre la mesa.

Alicia fue extinguiéndose en subdelirio de anemia, agravado de tarde, pero que remitía siempre en las primeras horas. Durante el día no avanzaba su enfermedad, pero cada mañana amanecía lívida, en síncope casi. Parecía que únicamente de noche se le fuera la vida en nuevas oleadas de sangre. Tenía siempre al despertar la sensación de estar desplomada en la cama con un millón de kilos encima. Desde el tercer día este hundimiento no la abandonó más. Apenas podía mover la cabeza. No quiso que le tocaran la cama, ni aún que le arreglaran el almohadón. Sus terrores crepusculares avanzaron en forma de monstruos que se arrastraban hasta la cama y trepaban dificultosamente por la colcha.

Perdió luego el conocimiento. Los dos días finales deliró sin cesar a media voz. Las luces continuaban fúnebremente encendidas en el dormitorio y la sala. En el silencio agónico de la casa, no se oía más que el delirio monótono que salía de la cama, y el sordo retumbo de los eternos pasos de Jordán.

Alicia murió, por fin. La sirvienta, que entró después a deshacer la cama, sola ya, miró un rato extrañada el almohadón.

—¡Señor! —llamó a Jordán en voz baja—. En el almohadón hay manchas que parecen de sangre.

Jordán se acercó rápidamente y se dobló sobre aquel. Efectivamente, sobre la funda, a ambos lados del hueco que había dejado la cabeza de Alicia, se veían manchitas oscuras.

—Parecen picaduras —murmuró la sirvienta después de un rato de inmóvil observación.

—Levántelo a la luz —le dijo Jordán.

La sirvienta lo levantó, pero en seguida lo dejó caer, y se quedó mirando a aquel, lívida y temblando. Sin saber por qué, Jordán sintió que los cabellos se le erizaban.

—¿Qué hay? —murmuró con la voz ronca.

—Pesa mucho —articuló la sirvienta, sin dejar de temblar.

Jordán lo levantó; pesaba extraordinariamente. Salieron con él, y sobre la mesa del comedor Jordán cortó funda y envoltura de un tajo. Las plumas superiores volaron, y la sirvienta dio un grito de horror con toda la boca abierta, llevándose las manos crispadas a los bandós. Sobre el fondo, entre las plumas, moviendo lentamente las patas velludas, había un animal monstruoso, una bola viviente y viscosa. Estaba tan hinchado que apenas se le pronunciaba la boca.

Noche a noche, desde que Alicia había caído en cama, había aplicado sigilosamente su boca —su trompa, mejor dicho— a las sienes de aquella, chupándole la sangre. La picadura era casi imperceptible. La remoción diaria del almohadón sin duda había impedido su desarrollo, pero desde que la joven no pudo moverse, la succión fue vertiginosa. En cinco días, en cinco noches, había vaciado a Alicia.

Estos parásitos de las aves, diminutos en el medio habitual, llegan a adquirir en ciertas condiciones proporciones enormes. La sangre humana parece serles particularmente favorable, y no es raro hallarlo en los almohadones de pluma.

EL SUEÑO

MARY SHELLEY

La época en que transcurrió esta pequeña leyenda que se va a narrar fue la del inicio del reinado de Enrique IV de Francia, cuyo ascenso al trono y conversión, pese a llevar paz al reino, resultaron insuficientes para sanar las profundas heridas que se habían infligido mutuamente los bandos enfrentados. Entre los que ahora parecían unidos existían enemistades privadas y recuerdos de afrentas mortales, y en muchos casos las manos que se estrechaban en un saludo aparentemente amistoso agarraban involuntariamente la empuñadura de su daga en cuanto se veían libres, en un gesto que reflejaba mejor sus pasiones ocultas que las palabras de cortesía que acababan de pronunciarse. Muchos de los católicos más iracundos se retiraron a sus lejanas provincias, y aunque ocultaban su gran descontento, no dejaban de anhelar la llegada del día en que pudieran mostrarlo públicamente. En un enorme castillo fortificado construido en una agreste ladera frente al río Loira, no muy lejos de la ciudad de Nantes, vivía la joven y bella condesa de Villeneuve, última de su linaje y heredera de la fortuna familiar. El año anterior lo había pasado en completa soledad en su retirada mansión, y el luto que mantenía por su padre y por dos hermanos, víctimas de la guerra civil, era motivo más que suficiente para no presentarse en la corte ni participar de sus festejos. Pero la condesa huérfana había heredado un título de alcurnia y extensas tierras, y muy pronto le hicieron saber que el rey, su guardián, deseaba que otorgara ambas cosas, junto con su mano, a cierto noble cuyo linaje y logros le hacen merecedor de tal regalo. Como respuesta, Constance expresó su intención de tomar los votos y retirarse a un convento. El rey se lo prohibió enérgicamente, convencido de que tal acción se debía a una sensibilidad exacerbada por la pena, y confiando en que, con el paso del tiempo, aquellos grises nubarrones se despejarían y saldría a la luz el espíritu de su juventud.

Pasó un año y la condesa persistía en su empeño. Al final, Enrique, reacio a imponer su poder por la fuerza y deseoso también de juzgar por sí mismo los motivos que habían llevado a una joven tan bella y tan favorecida por los dones de la fortuna a desear enclaustrarse, anunció su intención de visitar el castillo, pues ya había pasado el periodo de luto, y declaró que si no era capaz de convencerla de cambiar de planes, daría su consentimiento para que los llevara a término.

Constance había pasado muchas horas triste, muchos días de llanto y muchas noches de inagotable pena. Había cerrado las puertas a cualquier visita y, al igual que lady Olivia en *Noche de Reyes,* se había jurado llevar una vida de soledad y lágrimas. Como dueña y señora de su destino, no tuvo problema en silenciar las súplicas y protestas de sus subordinados, y alimentó su dolor como si fuera lo que más amaba en este mundo. Sin embargo, era un huésped demasiado intenso, demasiado amargo, demasiado candente como para ser bienvenido. De hecho, Constance, joven, ardiente y vivaz, luchaba contra él y deseaba ahuyentarlo, pero todo lo que en sí mismo era motivo de júbilo, o hermoso en su apariencia externa, solo conseguía agudizarlo, y solo la paciencia le permitía soportar el lastre de su pena, que la oprimía pero no hasta el límite de la tortura.

Constance había salido de su castillo para pasear por los alrededores. Pese a la amplitud y el lujo de sus aposentos, se sentía encerrada entre aquellas paredes, bajo aquellos ornamentados techos. La inmensidad de las laderas y de los viejos bosques le suscitaba recuerdos de su vida pasada, induciéndola a pasar horas e incluso días bajo su frondoso abrigo. El movimiento y el cambio constante, como el del viento agitando las ramas o el del sol surcando el cielo y atravesándolas con sus rayos, la apaciguaban y la sacaban de aquel tedioso dolor que con tanta fuerza le atenazaba el corazón bajo el techo de su castillo.

En un extremo del frondoso bosque había un rincón sombrío, densamente poblado de árboles altos desde el que se veía el campo que se extendía más allá, un lugar del que había renegado, pero al que le llevaban siempre sus pasos de forma inconsciente y donde se encontró de improviso por vigésima vez aquel día. Se sentó en un montículo cubierto de hierba y contempló con melancolía las flores que ella misma había plantado para adornar aquel lugar tan verde, que para ella era el templo del recuerdo y del amor. Llevaba la carta del rey, motivo de tanta desazón, y el abatimiento se apoderó de su rostro; su noble corazón le preguntaba al destino por qué alguien tan joven, tan desprotegida y tan desamparada como ella debía enfrentarse a aquella nueva forma de infortunio.

«¡Lo único que pido —pensó— es vivir en los aposentos de mi padre, en el lugar en que pasé mi infancia, para poder regar con mis inagotables lágrimas las tumbas de mis seres queridos, y aquí, en estos bosques, donde me posee un loco sueño de felicidad, celebrar para siempre las exequias de la esperanza!»

De pronto oyó el murmullo de ramas moviéndose y el corazón le palpitó con fuerza, pero enseguida se hizo el silencio de nuevo.

«¡Qué tonta soy! —se dijo—, víctima de mi fantasía desbocada; porque aquí fue donde nos conocimos, aquí me senté a esperarle, y ruidos como este anunciaban su esperado regreso. Ahora cada conejo que se mueve y cada pájaro que despierta de su silencio hablan de él. ¡Oh, Gaspar, mío en otro tiempo, nunca más alegrarás este lugar con tu presencia, nunca más!»

De nuevo se agitaron las ramas y se oyeron pasos entre los matorrales. Se puso en pie, el corazón se le disparó. Debía de ser la tonta de Manon, con sus impertinentes súplicas para que regresara. Pero los pasos eran demasiado firmes y lentos como para ser los de su doncella, y de pronto, emergiendo de entre las sombras, vio al intruso. Su primer impulso fue salir corriendo... pero verlo de nuevo, oír su voz, una última vez antes de tomar los votos que los separarían definitivamente, estar juntos y llenar de pronto el abismo abierto entre ellos por la ausencia... Aquello no podía hacer ningún daño a los muertos y mitigaría la terrible pena que hacía palidecer sus mejillas.

Y ahí lo tenía, ante ella, el mismo ser querido con el que había intercambiado promesas de eternidad. Él, como ella, parecía triste, y Constance no pudo resistirse a aquella mirada que le imploraba que no se fuera.

—He venido, mi señora —dijo el joven caballero— sin ninguna esperanza de doblegar vuestra voluntad inflexible. He venido para veros una vez más y para despedirme antes de partir a Tierra Santa. Vengo a suplicaros que nos os encerréis tras los muros de un oscuro convento para evitar a alguien tan odioso como yo, alguien a quien nunca más veréis. ¡Tanto si sobrevivo como si muero en mi misión, no volveré nunca a Francia!

—Si eso fuera cierto, sería terrible —dijo Constance—, pero el rey Enrique nunca accederá a perder a su caballero favorito. Seguiréis protegiendo el trono que ayudasteis a levantar. No, si alguna vez tuve algún poder sobre vuestros pensamientos, no iréis a Palestina.

—Una sola palabra vuestra podría detenerme, una sonrisa, Constance... —Y el joven amante se arrodilló ante ella, pero ella de pronto recordó su decidido propósito al encontrase ante aquella imagen en otro tiempo tan querida y familiar, y ahora tan extraña y prohibida.

—¡Marchaos de aquí! —gritó—. Ninguna sonrisa, ninguna palabra mía volverán a ser vuestras. ¿Por qué estáis aquí, aquí, donde vagan los espíritus de los muertos, reclamando estas sombras como propias? ¡Maldita sea la desleal doncella que permite que su asesino perturbe su sagrado reposo!

—Cuando nuestro amor era nuevo y vos amable —respondió el caballero— me enseñabais a transitar por los recovecos de estos bosques y me dabais la bienvenida a este lugar tan entrañable para nosotros, donde una vez jurasteis ser mía... bajo estos mismos árboles ancestrales.

—¡Fue un terrible pecado abrir las puertas de la casa de mi padre al hijo de su enemigo —dijo Constance—, como terrible ha sido el castigo!

El joven caballero hizo acopio de valor mientras ella hablaba, sin embargo, no se atrevió a moverse por si ella, que parecía estar dispuesta a huir en cualquier momento, de pronto reaccionaba, y contestó despacio:

—Aquellos fueron días felices, Constance, llenos de terror y de profunda alegría, cuando la noche me llevaba a vuestros pies, y mientras el odio y la venganza se adueñaban de aquel lóbrego castillo, este cenador verde, iluminado por las estrellas, se convertía en santuario de nuestro amor.

—¿Felices? ¡Días aciagos! —replicó Constance—. Días en que imaginaba que no cumplir con mi deber podía traer algo bueno y que Dios podía recompensar la desobediencia. ¡No me habléis de amor, Gaspar! ¡Un mar de sangre nos separa para siempre! ¡No os acerquéis! Los muertos y los seres queridos se alzan entre nosotros: sus pálidas sombras me recuerdan mi falta y me amenazan por escuchar a su asesino.

—¡Yo no soy tal cosa! —exclamó el joven—. Escuchadme, Constance, ambos somos los últimos de nuestras respectivas estirpes. La muerte nos ha tratado con crueldad y estamos solos. No era así cuando nos enamoramos, cuando mis padres, mis familiares, mi hermano... es más, mi propia madre lanzaba maldiciones contra la casa de Villeneuve; y a pesar de todo aquello la bendije. Os vi, mi adorada, y bendije vuestra casa. El Dios de la paz sembró el amor en nuestros corazones y nos vimos muchas noches de verano en los valles iluminados por la luz de la luna, envueltos en el misterio y en el secreto; y cuando brillaba la luz del sol, nos refugiábamos en este dulce rincón, y aquí, en este mismo lugar donde ahora os suplico de rodillas, nos arrodillamos los dos y nos hicimos promesas. ¿Debemos romperlas?

Constance lloró mientras su amado recordaba imágenes de aquellas horas de felicidad.

—Nunca —exclamó—. ¡Oh, nunca! Ya conocéis, o las conoceréis muy pronto, Gaspar, la fe y la determinación de una mujer que se niega a ser vuestra. ¡Nosotros hablábamos de amor y felicidad mientras la guerra, el odio y la sangre se extendían a nuestro alrededor! Las efímeras flores que arrancaron nuestras jóvenes manos acabaron pisoteadas por el fatal encuentro de unos enemigos mortales. Mi padre murió a manos del vuestro, y de poco vale saber, tal como juró mi hermano y vos negáis, si fueron las vuestras las que acabaron con él. Luchasteis con los que lo mataron. No digáis más, ni una palabra: escucharos es impiedad para con los muertos que no han hallado reposo eterno. Marchad, Gaspar; olvidadme. A las órdenes del caballeresco y gallardo Enrique podéis tener una carrera gloriosa, y alguna hermosa doncella escuchará vuestras promesas, como hice yo un día, y será feliz con ellas. ¡Adiós! ¡Que la Virgen os bendiga! Recluida en mi celda, en el convento, no olvidaré el mejor precepto cristiano: rezar por nuestros enemigos. ¡Adiós, Gaspar!

Constance salió del cenador a toda prisa y con pasos ligeros atravesó el claro del bosque hacia el castillo. Una vez sola, en sus aposentos, se entregó al dolor que le desgarraba el pecho como una tormenta; porque la suya era la más profunda de las penas, la que empaña alegrías pasadas, permitiendo que el remordimiento se ensañe con los recuerdos felices y uniendo amor y culpa en una relación terrible, como la del tirano que ata un cuerpo vivo junto a un cadáver. De pronto se le ocurrió algo. Al principio lo rechazó por pueril y supersticioso, pero no conseguía ahuyentarlo. Llamó rápidamente a su doncella:

—Manon —dijo—, ¿alguna vez has dormido en el lecho de santa Catalina?

—¡Que el Cielo no lo permita! —exclamó Manon, persignándose—. Nadie lo ha intentado desde que nací, salvo dos personas: una cayó al Loira y se ahogó; la otra solo echó un vistazo a la estrecha cama y se volvió a su casa sin decir palabra. Es un lugar horrible, y si el devoto no ha llevado una vida piadosa y de provecho, ¡la desgracia caerá sobre él en el momento en que apoye la cabeza sobre la piedra sagrada!

Constance hizo también la señal de la cruz.

—En cuanto a nuestras vidas, solo de nuestro Señor y los santos benditos podemos esperar rectitud. ¡Mañana por la noche dormiré en ese lecho!

—¡Pero mi señora! ¡El rey llega mañana!

—Con mayor motivo. No puede ser que un dolor tan intenso se instale en un corazón como el mío y que no encuentre remedio. Esperaba ser yo quien llevara la paz a nuestras casas, y si la tarea ha de ser para mí una corona de espinas, que el cielo me guíe. Mañana por la noche descansaré en la cama de santa Catalina y si, como he oído, los santos se dignan dirigir a sus devotos en sueños, ella me guiará; y puesto que creo seguir los dictados del cielo, me resignaré incluso a lo peor.

El rey se hallaba de camino a Nantes desde París y aquella noche pernoctó en un castillo situado a tan solo unas millas de distancia. Antes del amanecer, un joven caballero se presentó en sus aposentos. El caballero tenía un aspecto serio o, mejor dicho, triste; y aunque sus facciones y complexión eran bellas, parecía fatigado y demacrado. Se quedó allí en silencio en presencia de Enrique, quien, animado y alegre, volvió sus vivaces ojos azules a su invitado:

—¿Así que te pareció obstinada, Gaspar?

—La vi decidida a prolongar nuestro sufrimiento mutuo. ¡Ay, mi señor! No es, creedme, el menor de mis pesares que Constance sacrifique su propia felicidad y así también la mía.

—¿Y crees que rechazará al gallardo caballero que le presentaremos?

—¡Oh, mi señor! No os lo planteéis siquiera. No puede ser. Os agradezco de todo corazón vuestra generosa condescendencia. Pero si no la ha podido persuadir siquiera la voz de su amante a solas, ni sus súplicas, cuando los recuerdos y la reclusión deberían haber contribuido al hechizo, se resistirá incluso a las órdenes de Vuestra Majestad. Está decidida a entrar en un convento, y yo, con vuestro permiso, me retiraré: a partir de ahora soy un soldado de la cruz.

—Gaspar —dijo el monarca—, conozco a las mujeres mucho mejor que tú. No la conquistarás ni con sumisión ni con lamentos. Es normal que la muerte de sus familiares pese en el corazón de la joven condesa, y al alimentar en soledad su dolor y su arrepentimiento, se imagina que el propio cielo prohíbe vuestra unión. Deja que llegue hasta ella la voz del mundo, la voz del poder y de la bondad terrenales, la primera imperiosa, la otra suplicante, y que ambas encuentren respuesta en su propio corazón, y por mi palabra y por la Santa Cruz que será tuya. Debemos seguir con nuestro plan. Y ahora, al caballo: la mañana pasa y el sol está ya alto.

El rey llegó al palacio del obispo y asistió a misa en la catedral. Después se sirvió una suntuosa comida y por la tarde atravesó el pueblo a orillas del Loira donde se encontraba el castillo de Villeneuve, poco antes de llegar a Nantes. La joven condesa salió a recibirlo a la puerta. Enrique buscó en vano unas mejillas pálidas por la tristeza y el abatimiento que esperaba encontrarse. Pero ella tenía las mejillas encendidas y parecía animada; su voz apenas temblaba.

«No le ama —pensó Enrique—, o su corazón ya ha consentido.»

Se preparó una colación para el monarca, y tras pensárselo un poco, a la vista del aspecto alegre de la joven, mencionó el nombre de Gaspar. Constance se ruborizó en lugar de palidecer, y respondió enseguida:

—Mañana, mi buen señor; os pido que me deis un respiro, solo hasta mañana. Todo quedará decidido. Mañana me entregaré a Dios... o...

Parecía confusa, y el rey, sorprendido y complacido a la vez, dijo:

—Entonces no odiáis al joven De Vaudemont; le perdonáis la sangre enemiga que corre por sus venas.

—Se nos enseña que debemos perdonar, que debemos amar a nuestros enemigos —respondió la condesa, algo nerviosa.

—Por san Dionisio que es una buena respuesta para una novicia —dijo el rey, riéndose—. ¡Adelante, mi fiel sirviente, Apolo disfrazado, ven aquí y agradécele a la dama su amor!

Disfrazado de manera que nadie le había reconocido, el caballero se había quedado atrás, observando con infinita sorpresa el comportamiento y el gesto tranquilo de la dama. No podía oír lo que decía, pero ¿era la misma a la que había visto temblar y llorar la noche anterior, la que tenía el corazón desgarrado por pasiones enfrentadas? ¿La misma que vio cómo los pálidos fantasmas de su padre y su familia se interpusieron entre ella y el hombre al que amaba más que a su propia vida? Aquello era un acertijo de difícil solución. La llamada del rey se sumó a su propia impaciencia y no tardó ni un momento en acudir. Se plantó a los pies de la joven, y a ella, aún dominada por la pasión y con la tensión provocada por el esfuerzo de aparentar tranquilidad, se le escapó un grito al reconocerlo y cayó inconsciente al suelo.

Todo aquello era incomprensible. Incluso después de que sus criados la reanimaran, sufrió otro ataque y se echó a llorar desconsoladamente. Mientras tanto el monarca, que esperaba en la sala contemplando los restos de la comida y tarareando una tonadilla sobre el carácter caprichoso de las mujeres, no supo cómo responder a la mirada de amarga decepción y ansiedad de Vaudemont. Por fin apareció la doncella de la condesa a ofrecer sus disculpas:

—La señora está enferma, muy enferma. Mañana se postrará a los pies de Su Majestad para solicitar su perdón y exponer sus intenciones.

—¡Mañana, otra vez mañana! ¿Acaso el mañana depara algún hechizo oculto, doncella? —preguntó el rey—. ¿No nos puedes explicar el acertijo, preciosa? ¿Qué extraña historia puede ser esa que hace necesario esperar a mañana para conocerla?

Manon se ruborizó, bajó la mirada y titubeó. Pero Enrique no era ningún novato en el arte de convencer a las doncellas para que revelaran los secretos de sus señoras. A Manon le asustaba mucho el plan que tan obstinadamente había decidido seguir la condesa, por lo que era fácil tentarla a traicionarlo. La idea de dormir en el lecho de santa Catalina, descansar en una estrecha cornisa sobre las profundas y rápidas aguas del Loira y, si la desafortunada soñadora tenía suerte y conseguía no caer al río, recibir las perturbadoras visiones que podía llegar a producir un sueño tan agitado, siguiendo el dictado del cielo, era una locura de la que ni siquiera Enrique creía capaz a mujer alguna. Pero ¿podría Constance, una mujer tan bella y de gran intelecto, a quien tantos habían ensalzado por su fortaleza mental y sus talentos, ser presa de tan extraño trastorno? ¿Podía la pasión jugar así con nosotros, como la muerte, que incluso iguala la aristocracia del alma, y junta al noble con el plebeyo, al sabio con el necio, en una misma servidumbre? Era extraño; sí, debía ser como deseaba ella. Que dudase de su decisión ya significaba mucho, y era de esperar que santa Catalina no se mostrara hostil. De lo contrario, un propósito gobernado por un sueño podía verse influido por otros pensamientos conscientes. Necesitaba algún tipo de protección contra el peligro físico inminente.

No existe sentimiento más terrible que el que invade a un corazón humano débil decidido a gratificar los impulsos ingobernables en contra de los dictados de la conciencia. Se dice que los placeres prohibidos son los que más se disfrutan; quizá sea así para los individuos de naturaleza ruda, para quienes se regocijan con la lucha, el combate y la competición, quienes disfrutan en una refriega y gozan con los conflictos de la pasión. Pero más dulce y suave era el espíritu gentil de Constance, y el enfrentamiento entre el amor y el deber aplastaba y torturaba su pobre corazón. Dejarse llevar por los designios de la religión o, si así había que llamarlo, de la superstición, era para ella un alivio, una bendición. Los propios peligros que amenazaban su misión eran los que la hacían más atractiva: correr aquel riesgo por él era motivo de felicidad. Las dificultades a las que se enfrentaba en su intento por cumplir sus deseos avivaban su amor y al mismo tiempo la distraían de su desesperación. Y si se decretaba que debía sacrificarlo todo, el riesgo del peligro y de la muerte quedaba en nada en comparación con la angustia que se apoderaría de ella para siempre.

Aquella noche amenazaba tormenta: el viento golpeaba las contraventanas con furia y los árboles agitaban sus enormes y oscuros brazos, como gigantes en una danza fantástica o en un combate mortal. Sin comitiva, Constance y Manon abandonaron el castillo por una puerta trasera e iniciaron el descenso por la ladera de la colina. La luna no había salido todavía y, aunque ambas conocían el camino, Manon trastabillaba y temblaba, mientras que la condesa, con su manto de seda bien ceñido, bajaba la cuesta a paso firme. Llegaron a la orilla del río, había un bote amarrado y les esperaba un hombre. Constance subió con un movimiento ágil y luego ayudó a su temerosa compañera. Al poco se encontraron en medio de la corriente. Se vieron envueltas por el viento cálido, tempestuoso y estimulante del equinoccio. Por primera vez desde que guardaba luto, Constance tuvo una sensación de placer que le hinchó el pecho. Acogió aquella emoción con una doble alegría. «No puede ser —pensó— que el cielo me prohíba amar a alguien tan valiente, generoso y bueno como el noble Gaspar. Jamás podré amar a otro; moriré si debo estar separada de él; y este corazón, estos miembros tan vivos y tan llenos de radiantes sensaciones... ¿están ya predestinados a una tumba prematura? ¡Oh, no! La vida grita a través de ellos: viviré para amar. ¿Acaso no aman todas las cosas? ¿Los vientos cuando susurran a las aguas turbulentas? ¿El agua cuando besa las floridas riberas y corre, impaciente por mezclarse con el mar? El cielo y la tierra se sustentan y viven del amor. ¿Y solo Constance, cuyo corazón ha sido siempre una profunda fuente, borboteante y rebosante de afecto verdadero, debe verse obligada a colocar una piedra encima para encerrarlo para siempre?»

Estos pensamientos presagiaban sueños agradables, y quizá la condesa, experta en la tradición del dios ciego, se entregó aún más a ellos. Pero mientras estaba absorta en tiernos sentimientos, Manon la agarró del brazo:

—¡Señora, mirad! —exclamó—. Ahí viene, aunque los remos no suenan. ¡Que la Virgen nos proteja! ¡Ojalá estuviéramos en casa!

Un bote oscuro pasó cerca de ellas. Cuatro remeros, enfundados en capas negras, manejaban los remos sin hacer ningún ruido, como había dicho Manon; otro iba sentado al timón, también cubierto por un manto negro, pero no llevaba gorra y, aunque no se le veía la cara, Constance reconoció a su amado:

—¡Gaspar! —gritó en voz alta—. ¿Estáis vivo?

Pero la figura del bote no se dio la vuelta ni respondió, y enseguida desapareció en las sombrías aguas.

¡Cuánto cambió de pronto la ensoñación de la bella condesa! El cielo ya había iniciado su encantamiento, y se esforzaba por ver en la penumbra cómo aparecían formas sobrenaturales. Tan pronto veía como dejaba de ver la barca que tanto la aterrorizaba; de pronto le parecía que había otra que llevaba los espíritus de los muertos; y su padre la saludaba con la mano desde la orilla, y sus hermanos la miraban con el ceño fruncido.

Enseguida llegaron al embarcadero. Atracaron el bote en una pequeña cala y Constance saltó a la orilla. Temblaba, y a punto estuvo de ceder a las súplicas de Manon, que quería regresar; hasta que la insensata doncella mencionó el nombre del rey y el de Vaudemont y recordó la respuesta que debía darles al día siguiente. ¿Qué iba a responder, si renunciaba a su empresa?

Corrió por el escarpado terreno de la orilla, y luego por el borde, hasta que llegaron a un promontorio que colgaba abruptamente sobre el agua. Cerca había una pequeña capilla. Con dedos temblorosos, la condesa sacó la llave y abrió la puerta. Entraron. Estaba oscuro, salvo por una lamparilla que titilaba al viento y proyectaba una luz incierta sobre la imagen de santa Catalina. Las dos mujeres se arrodillaron, rezaron, se pusieron en pie y, aparentemente alegre, la condesa le deseó buenas noches a la doncella. Abrió una puertecita de hierro que daba a una caverna estrecha. Más allá se oía el rugido de las aguas.

—No me sigas, mi pobre Manon —dijo Constance—, por mucho que lo desees. Esta aventura es solo para mí.

No era justo dejar sola en la capilla a la temblorosa criada, que no tenía esperanza, miedo, amor o culpa con las que distraerse, pero en aquellos días los escuderos y las doncellas solían jugar el papel de los subalternos en el ejército, recibiendo todos los golpes pero nunca la fama. Además, Manon estaba a salvo en tierra bendita. La condesa, mientras tanto, avanzó tanteando en la oscuridad el estrecho y tortuoso pasaje. Al final vio lo que a sus ojos ya acostumbrados a la oscuridad les pareció luz. Llegó a una caverna abierta en la ladera de la colina, justo por encima de la turbulenta corriente. Contempló la noche. Las aguas del Loira corrían veloces, como nunca desde ese día, cambiantes pero iguales al mismo tiempo; un denso velo de nubes cubría el cielo, y el viento que soplaba entre los árboles emitía un lamento triste y funesto, como si pasara sobre la tumba de un asesino. Constance se estremeció y observó su lecho: una estrecha franja de tierra y piedra en el mismo borde del precipicio. Se quitó la capa (así lo dictaba el hechizo), inclinó la cabeza y se soltó las oscuras trenzas; se descalzó, preparada para sentir el frío de la noche, y se tumbó sobre la estrecha cornisa que apenas tenía espacio para descansar y de la que, con el más leve movimiento durante el sueño, se precipitaría a las gélidas aguas del río.

Al principio le pareció que nunca más volvería a dormir. No era de extrañar que la exposición a la tormenta y aquella posición de alto riesgo no le permitieran cerrar los párpados. Al final cayó en una ensoñación tan dulce y relajante que incluso deseó seguir velando; y luego, poco a poco, sus sentidos se tornaron confusos, hasta que se vio en el lecho de santa Catalina, con el Loira discurriendo debajo y el viento soplando fuerte... Y ahora... ¿qué sueños le enviaría la santa? ¿La sumiría en la desesperación o la bendeciría para siempre?

Bajo la escarpada colina, sobre las oscuras aguas, otra persona miraba, presa de mil temores y que no se atrevía siquiera a abrigar esperanzas.

Habría querido adelantarse a la dama, pero al darse cuenta de que había llegado tarde, había pasado de largo junto al bote que llevaba a su Constance, evitando hacer ruido con los remos y conteniendo el aliento, temiendo convertirse en blanco de sus acusaciones y que le obligara a retroceder. La había visto asomar por la cueva y se había estremecido al verla en el despeñadero. La había visto avanzar, vestida toda de blanco, y la distinguía perfectamente tendida en la alta cornisa. ¡Qué vigilia la que mantuvieron ambos amantes! Ella, sumida en sus pensamientos visionarios; él, sabiendo —y ese conocimiento le llenaba el pecho de una extraña emoción— que el amor, el amor que sentía ella por él, la había llevado a aquel peligroso lecho, y que allí arriba, rodeada de peligros, vivía solo para seguir una tenue voz que le susurraba en el corazón el sueño que iba a decidir el destino de ambos. Quizá ella durmiera... pero él mantuvo la vigilia y la guardia. Y así pasó la noche, ora rezando, ora dominado por la esperanza o por el miedo, sentado en su bote, con la mirada puesta en el vestido blanco de la durmiente.

La mañana... ¿era la mañana la que se abría paso entre las nubes? ¿Llegaría por fin la mañana para despertarla? ¿Habría dormido? ¿Y qué sueños, dulces o turbios, la habrían acompañado? Gaspar se impacientó. Ordenó a sus remeros que se quedaran esperando y desembarcó de un salto, decidido a trepar por el precipicio. En vano le advirtieron del peligro, de la imposibilidad de la misión; él se agarró a la rugosa pared y encontró apoyo para los pies donde no parecía haberlo. En realidad, el despeñadero no era demasiado alto; el peligro del lecho de santa Catalina consistía en que cualquiera que durmiera en una cornisa tan estrecha podía caer a las aguas que corrían abajo. Gaspar siguió trepando por la cuesta y por fin llegó a las raíces de un árbol que crecía cerca de la cumbre. Apoyándose en sus ramas, consiguió alcanzar el borde de la cornisa, no muy lejos de la almohada en la que reposaba la cabeza descubierta de su amada. Tenía las manos recogidas sobre el pecho; su cabello oscuro caía alrededor del cuello y le servía de almohada para su mejilla; su rostro estaba sereno, dormía con toda su inocencia y vulnerabilidad; cualquier emoción intensa quedaba acallada, y su pecho palpitaba con regularidad. Podía ver cómo latía su corazón, que le levantaba las pálidas manos cruzadas sobre él. Ninguna estatua tallada en mármol de efigie monumental podía llegar a ser la mitad de hermosa; y en el interior de aquella figura de belleza sin par moraba un alma sincera, tierna, devota y afectuosa como jamás había albergado pecho humano.

¡Con qué profunda pasión la contemplaba Gaspar, alimentando sus esperanzas con la visión de aquel plácido rostro angelical! Una sonrisa curvó los labios de su amada, y él también sonrió involuntariamente saludando aquel feliz presagio, pero de pronto Constance se ruborizó, hinchó el pecho y una lágrima se abrió paso entre sus oscuras pestañas, seguida de todo un torrente.

—¡No! —gritó, sobresaltada—. ¡Él no debe morir! ¡Yo romperé sus cadenas! ¡Le salvaré!

Gaspar tenía la mano allí mismo, y agarró su ligero cuerpo justo cuando iba a caer al abismo. Ella abrió los ojos y contempló a su amado, que la había protegido del sueño del destino, y la había salvado.

Manon también había dormido bien, con o sin sueños, y por la mañana se sobresaltó al encontrarse rodeada por una multitud. La pequeña y solitaria capilla tenía tapices en las paredes, sobre el altar había cálices dorados, y el sacerdote decía misa para un grupo de caballeros arrodillados. Manon vio que el rey Enrique estaba allí y buscó a otro que no encontró. De pronto la puerta de hierro del pasaje de la caverna se abrió, y Gaspar de Vaudemont apareció por ella, seguido por la hermosa figura de Constance, quien, con su vestido blanco, su cabello oscuro enmarañado y un rostro en el que la sonrisa y el sonrojo batallaban con emociones más profundas, se acercó al altar y, arrodillándose junto a su amado, pronunció los juramentos que los unirían para siempre.

Pasó mucho tiempo antes de que el feliz Gaspar lograra sonsacarle a su dama el secreto de su sueño. Pese a la felicidad que ahora disfrutaba, había sufrido tanto que no podía evitar recordar con terror aquellos días en los que había visto el amor como un delito, y cada detalle relacionado con ellos mostraba un aspecto horrible.

—Aquella noche terrible tuvo muchas visiones —dijo—. Vio los espíritus de su padre y de sus hermanos en el paraíso; observó a Gaspar combatiendo y venciendo a los infieles; lo vio ocupando un lugar de favor y respeto en la corte del rey Enrique; y también a ella misma, encerrada en un convento, convertida en novia, agradecida al Cielo por la gran felicidad que le brindaba, llorando sus tristes días, hasta que de pronto se vio en tierra de paganos; y a la propia santa Catalina, que la había guiado, sin que nadie la viera, por la ciudad de los infieles. Entró en un palacio y vio a los herejes celebrando su victoria; y luego, al descender a las mazmorras, se abrieron paso a tientas a través de cámaras húmedas y pasajes enmohecidos de techo bajo hasta llegar a una celda, más oscura y aterradora que el resto. En el suelo yacía una persona vestida con harapos sucios, el pelo revuelto y una barba desaliñada y salvaje. Tenía las mejillas hundidas, los ojos habían perdido su fuego; había quedado reducido a un mero esqueleto de cuyos huesos descarnados colgaban las cadenas.

—¿Y verme con aquel aspecto tan atractivo y aquella vestimenta tan favorecedora fue lo que ablandó el duro corazón de Constance? —preguntó Gaspar, sonriendo, al pensar en aquella imagen de lo que nunca llegaría a ser.

—Más que eso —respondió Constance—, porque el corazón me susurraba que aquello era culpa mía; y ¿quién recordaría la vida que latía por vuestras venas, quién os la devolvería, sino el destructor? Mi corazón nunca se había volcado tanto ante mi caballero, feliz y en vida, como lo hizo al encontrarse aquella imagen de desolación a mis pies en las visiones de aquella noche. Se me cayó el velo de los ojos; la oscuridad que me impedía ver se desvaneció. Me pareció comprender por primera vez qué eran la vida y la muerte. Se me pidió que creyera que para hacer felices a los vivos había que evitar herir a los muertos, y me di cuenta de lo perversa y vana que era esa filosofía falsa que situaba la virtud y el bien en el odio y la malevolencia. No debíais morir, yo tenía que romper vuestras cadenas y salvaros, y conseguir que vivierais para el amor. Di un salto adelante, y la muerte que no quería para vos habría sido la mía, justo cuando experimentaba por primera vez el valor real de la vida, si vuestro brazo no hubiese estado allí para salvarme, y vuestra adorable voz para bendecirme para siempre.

SCHALKEN, EL PINTOR

JOSEPH SHERIDAN LE FANU

> «Y es que es un hombre con el que no tengo nada en común, ni hay nadie que pueda imponer su mano sobre ambos. Aparte, pues, de mí su vara, y deje de amedrentarme con sus miedos.»

Hay una obra extraordinaria de Schalken que se encuentra en buen estado de conservación y en la que el curioso tratamiento de la luz constituye, como es habitual en sus trabajos, el principal mérito aparente del cuadro. Y digo «aparente» porque su verdadero valor radica en el tema, y no en el tratamiento del mismo, por exquisito que este sea. El cuadro representa el interior de lo que podría ser la cámara de algún edificio religioso antiguo; en primer plano aparece una figura femenina con una especie de túnica blanca colocada de forma que un extremo se convierte en velo. No obstante, no se trata de un hábito religioso. En la mano la mujer lleva una lámpara, que es lo único que le ilumina el cuerpo y el rostro; y luce una de esas sonrisas pícaras que tanto favorecen a una mujer bella cuando está tramando algo. En el fondo, y en completa oscuridad salvo por el contorno de su silueta, definido por la tenue luz rojiza de un fuego agonizante, se ve la figura de un hombre vestido según la antigua tradición flamenca, en actitud de alarma, con la mano en la empuñadura de su espada, que parece estar a punto de desenvainar.

Hay cuadros que te impresionan, no sabría decir por qué, convenciéndote de que representan no simples formas y combinaciones ideales que han pasado por la imaginación del artista, sino escenas, rostros y situaciones que han existido realmente. En ese extraño cuadro hay algo que lo define como la representación de una realidad.

Y así es en verdad, puesto que registra fielmente una escena extraordinaria y misteriosa, y perpetúa, en el rostro de la figura femenina, que ocupa el lugar más destacado de la imagen, un retrato perfecto de Rose Velderkaust, sobrina de Gerard Douw, el primer amor —yo diría que el único— de Godfrey Schalken. Mi bisabuelo conocía bien al pintor; y de boca del propio Schalken oyó la terrible historia de la pintura, y de él también recibió el cuadro, en última instancia, como regalo. La historia y el cuadro se han convertido en parte del legado familiar, y ya que he descrito el segundo, procederé a relatar, si me lo permiten, la historia que acompaña al lienzo.

Pocas personas hay a quienes le siente peor el manto del romance que al zafio Schalken, hombre tosco pero gran pintor de óleos, cuyas obras hacen las delicias de los críticos hoy en día tanto como disgustaban sus modos a las gentes de su tiempo. Sin embargo, este hombre tan maleducado, tan testarudo y tan desaliñado en su época de mayor fama, protagonizó, en sus días más oscuros pero a la vez más felices, una historia de amor desenfrenado, de misterio y de pasión.

Cuando Schalken estudiaba bajo la batuta del inmortal Gerard Douw, era muy joven y, a pesar de su carácter flemático, enseguida cayó prendado de la bella sobrina de su rico maestro. Rose Velderkaust era aún más joven que él, pues todavía no había cumplido los diecisiete y, si es cierto lo que se cuenta, poseía todos los encantos y la delicadeza de las bellas y rubias doncellas flamencas. El joven pintor la amaba de verdad, con toda su alma. Y su amor tuvo recompensa. Le declaró su amor y obtuvo a cambio una tímida respuesta afirmativa. Era el pintor más feliz y orgulloso de toda la cristiandad. Pero había algo que empañaba su felicidad: era pobre y desconocido. No se atrevió a pedirle a Gerard la mano de su dulce sobrina; primero tenía que convertirse en un pintor de calidad y renombre.

Se abría ante él, pues, un futuro lleno de incertidumbres y de días fríos en el que tendría que superar numerosos contratiempos. Pero había conquistado el corazón de su querida Rose Velderkaust y eso suponía que tenía ganada media batalla. Huelga decir que redobló sus esfuerzos, y su fama posterior demuestra que su afán se vio recompensado con el éxito.

Pero sus arduos esfuerzos y, aún peor, las esperanzas que lo motivaban y que lo alentaban, estaban destinados a una repentina interrupción por motivos tan extraños y misteriosos que confundirían cualquier investigación y cubrirían los propios hechos con una sombra de terror preternatural.

Una tarde, Schalken se había quedado trabajando en su estudio vacío después de que todos sus compañeros se hubieran ido a casa. Viendo que anochecía rápidamente, dejó sus colores y se dedicó a completar un boceto en el que estaba depositando unos esfuerzos extraordinarios. Era una composición religiosa y representaba las tentaciones de un robusto san Antonio. Pese a su falta de vocación religiosa, el joven artista tenía el suficiente discernimiento como para no sentirse satisfecho de su obra, y el santo y el demonio tuvieron que someterse a numerosas correcciones y mejoras. Aun así, todo fue en vano. El amplio y viejo estudio estaba en silencio, vacío de sus habituales ocupantes salvo por él mismo. Pasó así una hora, casi dos, sin que obtuviera ningún resultado positivo. La luz del día ya se había retirado y el ocaso iba dando paso a la oscura noche. El joven pintor se estaba quedando sin paciencia: se plantó ante su obra inacabada, furioso y mortificado, con una mano hundida entre los mechones de su largo cabello y la otra sosteniendo el pedazo de carboncillo que tan poca satisfacción le había dado y que ahora se frotaba rabiosamente, sin prestar demasiada atención a las manchas que dejaba en sus holgados calzones flamencos.

—¡Maldito sea el tema! —dijo el joven en voz alta—. ¡Maldito el cuadro, los demonios, el santo...

En ese momento, el artista oyó de pronto una respiración a su lado y se dio media vuelta. Fue entonces cuando advirtió que un extraño había estado observando su trabajo. Una yarda y media más atrás, justo a su espalda, vio la figura de un hombre de cierta edad con capa y un sombrero cónico de ala ancha; en la mano, enfundada en un pesado guantelete, llevaba un largo bastón de ébano rematado con lo que parecía —pues emitía un tenue brillo visible en la penumbra— un enorme pomo de oro, y en la pechera, a través de los pliegues de la capa, se le veían los eslabones de una lujosa y reluciente cadena del mismo metal. Estaba tan oscuro que no había modo de distinguir ningún otro detalle del aspecto de la figura, y su sombrero sumía sus rasgos en la sombra más profunda. No habría sido fácil conjeturar la edad del intruso; pero cierta cantidad de pelo negro le asomaba por debajo del sombrero; eso, y su postura firme y erguida, hacía pensar que su edad no superaría la sesentena, o al menos no por mucho. Por su gesto parecía una persona seria e importante, y había algo indescriptiblemente raro, podría decirse que hasta intimidatorio, en su perfecta inmovilidad pétrea, que consiguió incluso frenar el malhumorado comentario que tenía ya en la punta de la lengua el irritado artista. Así pues, en lugar de eso, en cuanto se recuperó de la sorpresa, le pidió educadamente al extraño que se sentara, y le preguntó si tenía algún mensaje que darle a su maestro.

—Dile a Gerard Down —dijo el desconocido sin alterar mínimamente el semblante— que Minheer[1] Vanderhausen, de Róterdam, desea hablar con él mañana por la tarde a esta hora, y a poder ser en esta misma estancia, de asuntos de gran importancia. Eso es todo.

Y una vez comunicado el mensaje, el extraño se dio media vuelta y a paso ligero, pero sin hacer ruido, salió de la habitación antes de que Schalken tuviera tiempo de responder ni una palabra. El joven tenía curiosidad por saber en qué dirección iría el ciudadano de Róterdam al salir del estudio, así que se fue directamente a la ventana situada sobre la puerta de la calle. Había una distancia considerable entre la puerta interior del estudio del pintor y la salida a la calle, de modo que Schalken pudo situarse en su punto de observación antes de que el anciano hubiera tenido tiempo de llegar a la calle. Pero se quedó mirando en vano. No había otra salida. ¿Se había desvanecido el extraño visitante, o estaría escondido en algún rincón del vestíbulo con algún propósito siniestro? Esta última posibilidad le suscitó una inquietud tan intensa que tuvo miedo de estar solo en la sala y también de atravesar el vestíbulo. No obstante, haciendo un esfuerzo que podría parecer desproporcionado, decidió salir de allí y, después de cerrar la puerta con llave y de metérsela en el bolsillo, atravesó sin mirar a derecha o izquierda el

1 Tratamiento de respeto en holandés. (N. del T.).

pasaje por el que pocos minutos antes había pasado su misterioso visitante —o en el que quizá siguiera oculto—, sin apenas atreverse a respirar hasta llegar a la calle.

—¡Minheer Vanderhausen! —dijo Gerard Douw para sus adentros al acercarse la hora de la cita—. ¡Minheer Vanderhausen, de Róterdam! No había oído ese nombre hasta ayer. ¿Qué puede querer de mí? Un retrato, quizá, que le haga una pintura; o que acepte a un familiar pobre como aprendiz; o que le tase una colección; o... ¡buh! No, no hay nadie en Róterdam que pueda haberme dejado una herencia. Bueno, sea lo que sea, muy pronto saldremos de dudas.

El final de la jornada ya estaba cerca, y una vez más todos los caballetes, salvo el de Schalken, estaban vacíos. Gerard Douw caminaba arriba y abajo, con el paso inquieto de la espera impaciente, deteniéndose de vez en cuando para echar un vistazo a la obra de alguno de sus discípulos ausentes, pero más a menudo para situarse junto a la ventana, desde donde podía observar a los transeúntes que pasaban por la oscura callejuela donde se encontraba su estudio.

—¿No has dicho, Godfrey —exclamó Douw tras echar una mirada prolongada desde su punto de observación y volverse después hacia Schalken—, que la cita era más o menos a las siete según el reloj del ayuntamiento?

—Acababan de dar las siete cuando lo vi, señor —respondió el aprendiz.

—Ya falta poco, pues —dijo el maestro consultando un reloj tan grande y redondo como una naranja—. Minheer Vanderhausen de Róterdam... ¿No es así?

—Ese era el nombre.

—¿Un hombre anciano, con ricos ropajes? —repasó Douw, pensativo.

—Por lo que yo vi, sí —respondió el pupilo—. No podía ser joven, pero tampoco muy viejo; y llevaba ropas caras y formales, como correspondería a un ciudadano rico y distinguido.

En ese momento el sonoro tañido del reloj del ayuntamiento dejó claro, campanada tras campanada, que eran las siete; maestro y discípulo fijaron la vista en la puerta; y solo cuando dejó de reverberar la última campanada exclamó Douw:

—Bueno, bueno, muy pronto contaremos con la presencia de su señoría, si es que pretende ser puntual; si no, te quedarás tú a esperarlo, Godfrey, dado que ya lo conoces. Claro que... ¿Y si al final no es más que una farsa organizada por Vankarp o algún otro gracioso como él? Habría estado bien que hubieras reaccionado dándole de palos al burgomaestre. Me apuesto una docena de florines a que su señoría se habría quitado la máscara y habría pedido piedad para un viejo conocido.

—Aquí viene, señor —anunció Schalken, con tono admonitorio; y en ese mismo instante, al girarse hacia la puerta, Gerard Douw vio la misma figura que tan inesperadamente se había presentado el día anterior ante su pupilo Schalken.

Había algo en el porte de aquel hombre que convenció de inmediato al pintor de que no se trataba de ninguna mascarada, y de que realmente se hallaba frente a un hombre respetable. Así pues, sin dudarlo, se quitó el sombrero, saludó con educación al extraño y le pidió que tomara asiento. El visitante agitó levemente la mano como agradeciendo la cortesía, pero permaneció en pie.

—¿Tengo el honor de recibir a Minheer Vanderhausen de Róterdam? —dijo Gerard Douw.

—El mismo —respondió, lacónico, el extraño.

—Tengo entendido que su señoría desea hablar conmigo —añadió Douw—, y aquí me tiene, a la espera de sus órdenes.

—¿Es de confianza ese hombre? —dijo Vanderhausen girándose hacia Schalken, que se mantenía unos pasos por detrás de su maestro.

—Desde luego —respondió Gerard.

—Entonces mándele que coja esta caja y vaya al joyero o al orfebre más cercano para que tase su contenido, y que vuelva con un certificado de la tasación.

Y en ese mismo momento puso una cajita cuadrada de unas nueve pulgadas de lado en las manos de Gerard Douw, que quedó tan sorprendido por su peso como por la brusquedad con que se la había entregado. Complació los deseos del extraño y se la entregó a Schalken, a quien repitió las órdenes recibidas y mandó a que cumpliera el encargo.

Schalken ocultó su valiosa carga bajo los pliegues de su manto, y pasando con rapidez por dos o tres callejones llegó a una casa esquinera cuya planta baja estaba ocupada por la orfebrería de un judío. Entró en la tienda y, tras llamar al menudo hombrecillo en la oscuridad de la rebotica, le colocó delante el cofre de Vanderhausen. Tras examinarlo a la luz de una lámpara, resultó estar enteramente cubierto de plomo. La superficie exterior presentaba numerosos rayazos y manchas, y estaba casi blanca del desgaste. Después de quitar parte de la primera capa, se encontraron con una caja de algún tipo de madera dura, que también abrieron y, después de retirar dos o tres capas de tela, descubrieron que en su interior había un montón de lingotes de oro, angostamente apretados y, en palabras del judío, de la máxima calidad. El pequeño orfebre examinó cada uno de los lingotes, y parecía deleitarse con el contacto y la apreciación de aquellos pedazos de glorioso metal; cada vez que volvía a dejar uno de ellos en su sitio, exclamaba:

—¡*Mein Gott,* qué perfección! No hay ni una pizca de aleación. ¡Qué belleza, qué belleza!

Tras un prolongado escrutinio, el judío certificó de su puño y letra la tasación de los lingotes que le habían presentado a examen, valorados en muchos miles de táleros. Con el ansiado documento en el bolsillo y la caja de oro bien agarrada bajo el brazo y oculta bajo la capa, deshizo el camino y, al entrar en el estudio, encontró a su maestro y al extraño en plena charla. En cuanto Schalken había abandonado la estancia para cumplir con el encargo que le habían encomendado, Vanderhausen se había dirigido a Gerard Douw en estos términos:

—Esta noche no puedo entretenerme con usted más que unos minutos, de modo que le contaré muy brevemente el asunto que me ha traído hasta aquí. Usted visitó la ciudad de Róterdam hace unos cuatro meses, y allí vi a su sobrina, Rose Velderkaust, en la iglesia de San Lorenzo. Mi deseo es casarme con ella, y espero que me conceda su mano si logro convencerle de que soy más rico que cualquier otro marido que pueda soñar para ella. Si da su aprobación a mi propuesta, debemos cerrar el trato aquí y ahora, puesto que no puedo esperar a cálculos o dilaciones.

Gerard Douw estaba absolutamente perplejo ante la declaración de Minheer Vanderhausen, pero no se atrevió a expresar sorpresa, no solo por prudencia y corrección, sino porque percibía una sensación de escalofrío y de opresión en presencia de aquel excéntrico extraño —como la que se experimenta cuando uno se acerca sin darse cuenta a un objeto que produce una antipatía natural, una sensación indefinida pero intensa—, que hizo que evitara decir cualquier cosa que pudiera ofenderle de algún modo.

—No tengo dudas —dijo Gerard, tras dos o tres carraspeos preliminares— de que la alianza que usted propone resultaría ventajosa y honorable para mi sobrina, pero debe ser consciente de que ella es dueña de su propia voluntad, y puede que no consienta que *nosotros* decidamos en su nombre.

—No trate de engañarme, señor pintor —dijo Vanderhausen—; usted es su tutor, y ella su ahijada: ella será mía si así lo decide *usted.*

El hombre de Róterdam avanzó un poco hacia delante al hablar, y Gerard Douw, sin saber muy bien por qué, rezó para que Schalken regresara lo antes posible.

—Yo deseo poner en sus manos —dijo el misterioso caballero— la prueba de mi riqueza y la garantía de que voy a ser generoso con su sobrina. El muchacho volverá en un par de minutos con una suma de un valor cinco veces superior a la fortuna que ella podría esperar de su esposo. Esta cantidad quedará en sus manos, junto con su dote, y puede usar la suma de ambas cantidades del modo que mejor convenga a la joven; será propiedad exclusiva de ella mientras viva: ¿le parece suficientemente generoso?

Douw asintió, y en su interior reconoció que el destino había sido extraordinariamente benévolo con su sobrina; el extraño, pensó, debía de ser tan rico como generoso, y una oferta así no había que desdeñarla, aunque procediera de un tipo raro o de alguien cuyo aspecto no fuera demasiado atractivo. Rose no tenía muchas pretensiones, porque no tenía más que una dote modesta, que debía por entero a la generosidad de su tío; tampoco tenía ningún derecho a poner objeciones en cuanto al linaje de su futuro esposo, puesto que el suyo quedaba lejos de ser espléndido, y en cuanto a las objeciones restantes, Gerald decidió —y habida cuenta de los usos de la época, tenía derecho a hacerlo— no planteárselas de momento.

—Señor —dijo él dirigiéndose al extraño—, su oferta es generosa, y cualquier duda que pueda tener para cerrar el trato de inmediato se debe únicamente a que no tengo el honor de conocer nada sobre su familia o su rango. Pero estoy seguro de que no tendrá ningún reparo en satisfacer mi curiosidad al respecto.

—En cuanto a mi respetabilidad —dijo el extraño, tajante—, debe darla por sentada desde este momento. No me incomode con más preguntas; no va a descubrir nada más de mí que lo que yo decida darle a conocer. Ya debería tener suficientes pruebas de mi respetabilidad: mi palabra, si es un hombre de honor; mi oro, si es mezquino.

«Un caballero de mal carácter —pensó Douw, acostumbrado a salirse con la suya—. Pensándolo bien, no hay motivo para que rechace su oferta. Pero no voy a comprometerme innecesariamente.»

—No va a comprometerse innecesariamente —dijo Vanderhausen, pronunciando las mismas palabras que acababan de pasarle por la mente a su interlocutor—. Pero lo hará si es necesario, supongo; y le demostraré que yo lo considero indispensable. Si el oro que pretendo dejar en sus manos le satisface, y si no desea que retire inmediatamente mi oferta, debe firmar este acuerdo de compromiso antes de que salga por esa puerta.

Y habiendo dicho eso, colocó un papel en manos del maestro, en el que se plasmaba el compromiso adquirido por Gerard Douw para entregar en matrimonio a Wilken Vanderhausen de Róterdam a su sobrina, Rose Velderkaust, en un plazo máximo de una semana a partir de la fecha de la firma. Mientras el pintor leía el acuerdo a la débil luz de la lámpara situada en la pared más alejada de la estancia, Schalken, como ya hemos dicho, entró en el estudio y, tras entregar al extraño la caja y la tasación del judío, estaba a punto de retirarse cuando Vanderhausen le pidió que esperara y, presentándole la caja y el certificado a Gerard Douw, esperó en silencio hasta que, después de examinarlos, el pintor quedó satisfecho respecto al valor del acuerdo que le había puesto en las manos. Por fin preguntó:

—¿Está conforme?

El pintor dijo que le habría gustado disponer de un día más para considerarlo.

—Ni una hora más —dijo el pretendiente sin inmutarse.

—Bien, pues —dijo Douw superando su aprensión—. Estoy conforme. Trato hecho.

—Entonces firme ya —dijo Vanderhausen—, pues estoy algo cansado.

En ese mismo momento, sacó un pequeño estuche de escritura y Gerard firmó el importante documento.

—Que este joven sea testigo del acuerdo —dijo el anciano. Y de este modo Godfrey Schalken se convirtió, sin quererlo, en testigo del acto que le alejaba para siempre de su querida Rose Velderkaust.

Una vez firmado el acuerdo, el extraño visitante dobló el papel y se lo guardó en un bolsillo interior.

—Le visitaré mañana a las nueve de la noche en su casa, Gerard Douw, para ver al objeto de nuestro contrato —declaró Wilken Vanderhausen, y salió de la estancia con paso decidido.

Schalken, que necesitaba salir de dudas, se había colocado junto a la ventana para ver la puerta de la calle; pero con aquello no hizo más que confirmar sus sospechas, porque el anciano no salió por la puerta. Aquello era *muy* extraño, raro, casi inquietante. Salió del estudio en compañía de su maestro, y hablaron poco por el camino, porque ambos tenían sus propias preocupaciones, sus angustias y sus esperanzas. Sin embargo, Schalken no se imaginaba la amenaza que se cernía sobre el más querido de sus proyectos.

Gerard Douw no sabía nada de la atracción que sentían su pupilo y su sobrina; y aunque lo hubiera sabido, es improbable que la hubiera considerado un obstáculo a los deseos de Minheer Vanderhausen. Por aquel entonces, los matrimonios eran objeto de negociación y cálculo; y a ojos del tutor habría resultado absurdo considerar la atracción mutua como elemento de importancia en un contrato como aquel, igual que lo habría sido vincular sus acuerdos comerciales al lenguaje del amor.

Aun así, el pintor no le comunicó a su sobrina el acuerdo decisivo que había tomado por ella, no porque se esperara oposición alguna por su parte, sino por la ridícula circunstancia de que, si ella le hubiera pedido una descripción de su pretendiente, se habría visto obligado a confesar que no le había visto el rostro y que, de haberlo hecho, le habría resultado del todo imposible identificarlo. Al día siguiente, tras la cena, Gerard Douw llamó a su sobrina, la miró de arriba abajo y, satisfecho, le tomó la mano, sonrió y le dijo:

—Rose, mi niña, esa carita tuya te va a traer fortuna —Rose se ruborizó y sonrió—. Una cara y un carácter como los tuyos raramente se presentan juntos y, cuando sucede, el resultado es encantador, pocas cabezas y pocos corazones se pueden resistir; confía en mí, muy pronto tendrás esposo, querida. Pero dejemos eso, que el tiempo apremia: haz que preparen el gran salón para las ocho de la noche y ordena que sirvan la cena a las nueve. Espero a un amigo; y escucha, querida, arréglate y ponte bien guapa. No quiero que piense que somos pobres o unos desaliñados.

Con esas palabras, la dejó y se fue a la sala en la que trabajaban sus pupilos.

Al caer la tarde, Gerard llamó a Schalken, que estaba a punto de marcharse a sus oscuras e incómodas dependencias, y le pidió que acudiera a cenar a su casa, con Rose y Vanderhausen. Por supuesto, aceptó la invitación y, poco después, Gerard Douw y su pupilo se encontraban en el elegante e, incluso para la época, antiguo salón, preparado para recibir al forastero. El fuego ardía alegremente en la chimenea, y no muy lejos había una mesa antigua que brillaba a la luz del hogar como si fuera de oro bruñido, aguardando la cena, cuyos preparativos seguían adelante. Alrededor de la mesa, repartidas con precisión milimétrica, estaban las sillas, de respaldo alto, cuya comodidad compensaba sobradamente su falta de elegancia. La pequeña comitiva —Rose, su tío y el artista— esperaban la llegada de su invitado con una impaciencia considerable. Llegaron por fin las nueve, y en ese mismo momento llamaron a la puerta, que enseguida se abrió. A continuación, se oyeron unos pasos lentos y decididos que subían las escaleras y atravesaron el vestíbulo. Por fin se abrieron las puertas del salón y entró una figura que sobresaltó, y casi aterrorizó, a nuestros flemáticos holandeses, y que a punto estuvo de hacer chillar a Rose de miedo. La complexión y las ropas de Minheer Vanderhausen eran las mismos; también su altura, sus pasos y sus movimientos, pero ninguno de los presentes le había visto la cara antes. El forastero se detuvo en la puerta del salón y se mostró a los presentes. Llevaba un gabán oscuro, corto y amplio, que no le llegaba a las rodillas; las piernas enfundadas en unas medias de seda púrpura y los zapatos adornados con rosas del mismo color. La abertura delantera del gabán mostraba el traje que llevaba debajo, hecho de un material muy oscuro, quizá piel, y tenía las manos cubiertas por un par de pesados guantes de cuero que le llegaban más allá de las muñecas, como si fueran guanteletes. En una mano llevaba su bastón y su sombrero, que se había quitado, y la otra le colgaba pesadamente a un lado. El cabello, entrecano, le caía en largos mechones hasta apoyarse en los pliegues de la gorguera, que le ocultaba el cuello por completo. Hasta ahí, todo bien, pero... ¡su cara! Toda la piel del rostro tenía un color azul plomizo, quizá por efecto de un exceso de medicinas con metales en su composición; el blanco de los ojos tenía un tono turbio y un brillo indefinible propio de alguien trastornado; los labios, a tono con el resto del rostro, eran prácticamente negros. Todo en conjunto era una imagen morbosa, maligna e incluso satánica. Cabe señalar que el educado forastero procuró mostrar su piel lo menos posible y que durante toda su visita no se quitó los guantes ni un momento. Esperó un rato en el umbral, hasta que Gerard Douw recuperó por fin el aliento y la compostura y le pidió que pasara, y con una leve inclinación de cabeza el extraño entró en la sala. Había algo indescriptiblemente raro, incluso horrible, en sus movimientos; algo indefinible que resultaba antinatural, inhumano. Era como si sus miembros se movieran guiados por un espíritu poco acostumbrado a gestionar la maquinaria del cuerpo humano. El desconocido habló poco durante su visita, que no excedió la media hora, y el anfitrión apenas tuvo el valor suficiente para articular unas cuantas frases de cortesía; de hecho, tal era la aprensión que inspiraba Vanderhausen que habría hecho falta muy poco para que los presentes hubieran salido huyendo de la sala, presas del pánico. De todos modos consiguieron mantener la compostura lo suficiente como para darse cuenta de dos curiosas particularidades de su invitado. Durante su estancia, no cerró los párpados ni una sola vez ni los movió lo más mínimo; y además mantenía una rigidez propia de un muerto, sobre todo porque su pecho no se hinchaba lo más mínimo con la respiración. Esos dos detalles, que podrían parecer banales, producían un efecto muy llamativo y desagradable a cualquiera que los observara. Al final, Vanderhausen liberó al pintor de Leiden de su desagradable presencia, y los tres oyeron aliviados cómo se cerraba la puerta de la calle tras él.

—Tío querido —dijo Rose—, ¡qué hombre tan horrible! No querría volver a verlo otra vez ni por todo el oro del mundo.

—¡Bah, muchacha boba! —dijo Douw, que se sentía de lo más violento—. Un hombre puede ser feo como el demonio y, sin embargo, si su corazón y sus actos son rectos, vale más que todos esos jovencitos emperifollados que se pasean por la calle mayor. Rose, querida, es muy cierto que no tiene un bello rostro, pero sé que es rico y generoso; y aunque fuera diez veces más feo, esas dos virtudes deberían bastar para contrarrestar todas sus deformidades, y pese a que no pueden transformar realmente la forma y el color de sus rasgos, al menos deberían ser suficientes para superar todas sus carencias.

—¿Sabes, tío? —dijo Rose—. Al verlo de pie en la puerta no podía quitarme de la cabeza aquella antigua figura de madera policromada que solía asustarme tanto en la iglesia de San Lorenzo, en Róterdam.

Gerard se rio, aunque en su fuero interno tuvo que reconocer lo apropiado de la comparación. Sin embargo, no iba a permitir que su sobrina siguiera haciendo comentarios sobre la fealdad del que debía ser su prometido; aunque, por otra parte, le agradaba y le sorprendía a partes iguales observar que el extraño no parecía infundirle el temor que —no podía engañarse a sí mismo— suscitaba tanto en él como en su pupilo, Godfrey Schalken.

A primera hora de la mañana siguiente llegaron, procedentes de diversos barrios de la ciudad, ricos regalos para Rose en forma de sedas, terciopelos, joyas y demás, así como un paquete dirigido a Gerard Douw que contenía un contrato de matrimonio, escrito con todas las formalidades, entre Wilken Vanderhausen del muelle de la Botavara, en Róterdam, y Rose Velderkaust de Leiden, sobrina de Gerard Douw, maestro en el arte de la pintura, de la misma ciudad. En él se especificaba el compromiso por parte de Vanderhausen de hacer unas concesiones a su prometida aún más generosas de lo que pensaba su tutor, dejando perfectamente garantizado que podría hacer uso de ellas de la manera más irreprochable posible, y dejaba el dinero en manos del propio Gerard Douw.

Esta historia no tiene escenas románticas que deba relatar, ni de crueldad por parte del tutor, ni de magnanimidad por parte de la tutelada, ni de tormentos, ni de amores desgarradores. De lo que tengo que hablar es de sordidez, de frivolidad y de inhumanidad. Apenas una semana después de la entrevista que acabamos de describir, se oficializó el contrato de matrimonio, y Schalken vio cómo su repulsivo rival le quitaba de las manos con solemne pompa el tesoro por el que se habría jugado su propia vida. Se ausentó del estudio dos o tres días; luego volvió al trabajo, aunque con menos alegría y con una resolución mucho mayor, pues el estímulo del amor había dejado paso al de la ambición. Pasaron los meses y, al contrario de lo que se esperaba —y, de hecho, al compromiso establecido por ambas partes—, Gerard Douw no tuvo noticias de su sobrina ni de su entregado esposo. Los intereses de la dote, que habrían tenido que reclamarle periódicamente cada trimestre, seguían en sus manos sin que nadie se los pidiera.

Empezó a inquietarse sobremanera. Disponía de la dirección exacta de Minheer Vanderhausen en Róterdam. Tras vacilar un tiempo por fin decidió emprender el viaje, que no suponía ninguna dificultad, para asegurarse del bienestar y la seguridad de su sobrina, por la que sentía un sincero y profundo afecto. Pero su búsqueda fue en vano: en Róterdam nadie había oído hablar de Minheer Vanderhausen. Gerard Douw preguntó en todas y cada una de las casas del muelle de la Botavara, pero resultó inútil. Nadie supo darle ninguna información relacionada con el objeto de su búsqueda, y se vio obligado a volver a Leiden sin haber sacado nada en claro y mucho más preocupado que al partir.

A su llegada, se dirigió a toda prisa al negocio donde Vanderhausen había alquilado el vehículo que habían empleado los novios para su traslado a Róterdam, un carruaje pesado aunque de lo más lujoso para la época. Por el cochero se enteró de que habían hecho el viaje por etapas, por lo que llegaron a Róterdam a última hora. Sin embargo, poco antes de entrar en la ciudad una pequeña comitiva de hombres vestidos con ropas sobrias y anticuadas, con bigotes y afiladas barbas, les habían cortado el paso situándose en medio de la calzada. El conductor había frenado inmediatamente, temiéndose que, al ser tan tarde y al estar la carretera tan solitaria, se tratara de alguna fechoría. Pero sus miedos se disiparon al observar que aquellos extraños personajes llevaban una gran litera de aspecto antiguo que posaron en el suelo. Al momento, el novio abrió la puerta del carruaje desde dentro, descendió y, tras ayudarla a bajar, acompañó a la novia, que lloraba desconsoladamente retorciéndose las manos, hasta la litera, en la que entraron los dos. Acto seguido, los hombres la levantaron y la llevaron a hombros hasta la ciudad a paso ligero, sumergiéndose en la oscuridad y desapareciendo de la vista del cochero en unos instantes. Al mirar en el interior del vehículo, encontró un monedero con cuyo contenido quedaba pagado por triplicado el alquiler del coche y el trabajo del cochero, que no vio ni pudo relatar nada más sobre Minheer Vanderhausen y de su bella esposa.

Aquel misterio se convirtió en motivo de profunda angustia e incluso de pesar para Gerard Douw. Era evidente que había sido víctima de un fraude, pero ignoraba los motivos de Vanderhausen. Le parecía imposible que alguien pudiera hacer gala de aquella contención para luego resultar ser un mero villano, y cada día que pasaba sin tener noticias de su sobrina, en lugar de inducirle a olvidar sus miedos, los agravaba cada vez más. Haberse quedado sin su alegre compañía también le deprimía; y para combatir la tristeza que solía invadirle al acabar sus tareas diarias, muchas veces le pedía a Schalken que le acompañara a casa y se quedara a cenar con él.

Una noche que el pintor y su discípulo estaban sentados en silencio junto al fuego después de una buena cena, sumidos en la deliciosa melancolía de la digestión, se sobresaltaron de pronto por un fuerte ruido en la puerta de la calle, como si alguien la golpeara desesperadamente. Un criado fue corriendo a comprobar cuál era la causa de aquel alboroto, y le oyeron preguntar dos o tres veces la identidad del extraño que solicitaba entrar, sin obtener más respuesta que una repetición de los mismos golpes desesperados. Entonces oyeron cómo se abría la puerta, e inmediatamente después, unos pasos ligeros y rápidos por las escaleras. Schalken se acercó a la puerta del comedor, que se abrió antes de que pudiera llegar, y Rose entró corriendo. Estaba como enloquecida, demacrada, aterrorizada y agotada, pero su atuendo les sorprendió tanto como su extraño aspecto: consistía en una especie de túnica de lana blanca, que se ajustaba por el cuello y llegaba hasta el suelo; estaba en mal estado y llena de manchas. La pobre criatura apenas había entrado en el salón cuando cayó inconsciente al suelo. Con cierta dificultad consiguieron reanimarla y cuando recuperó el sentido se puso a exclamar, con un tono de terror, más que de simple impaciencia:

—¡Vino! ¡Vino! ¡Rápido o estoy perdida!

Perplejos y casi asustados por la extraña urgencia de su petición, le dieron lo que pedía, y ella bebió con una prisa y una ansiedad que les sorprendió. Apenas había tragado cuando exclamó, con la misma urgencia:

—¡Comida, por el amor de Dios, comida! ¡Rápido, o moriré!

Sobre la mesa quedaba un pedazo considerable de asado, y Schalken enseguida se puso a cortar un trozo, pero no llegó a tiempo, porque en cuanto ella lo vio lo agarró con las manos —¡la pura imagen del hambre!— y lo devoró, arrancando la carne con los dientes. Una vez aplacada el hambre extrema, de pronto pareció avergonzada, o quizá fuera que otros pensamientos más inquietantes la dominaran y la asustaran, porque se echó a llorar amargamente, retorciéndose las manos.

—¡Llamad a un ministro de Dios, por favor! —dijo—. No estaré segura hasta que llegue; mandad que vayan a buscarlo a toda prisa!

Gerard Douw envió un mensajero al momento y convenció a su sobrina para que fuera a descansar a su dormitorio inmediatamente. Ella accedió, con la condición de que no la dejaran sola ni un instante.

—Oh, que venga ya el sacerdote —dijo—, para que pueda liberarme: los muertos y los vivos no pueden ser la misma cosa. Dios lo prohíbe.

Y con esas palabras misteriosas se dejó guiar por ellos, que la llevaron a la habitación que Gerard Douw le había asignado.

—No me dejéis, no me dejéis ni un momento —insistió—. Si lo hacéis, estoy perdida.

El dormitorio de Gerard Douw estaba conectado con una amplia sala en la que estaban a punto de entrar en ese momento. Schalken y él llevaban cada uno una vela, de modo que había suficiente luz como para que todos los objetos estuvieran lo bastante iluminados. Entraron en esa gran estancia que, como ya he dicho, comunicaba con el dormitorio, cuando Rose se detuvo de golpe y, con un susurro que les aterrorizó a los dos, dijo:

—¡Oh, Dios! ¡Está aquí! ¡Está aquí! ¡Mirad, mirad, ahí va!

Señaló hacia la puerta de la habitación y a Schalken le pareció ver una vaga figura entre las sombras que se deslizaba en el dormitorio. Sacó su espada y, levantando la vela para iluminar mejor los objetos de la dormitorio, entró en su busca. Pero allí no había ninguna figura salvo las de los muebles propios de la habitación. Aun así, estaba convencido de que algo había entrado en la estancia antes que ellos. Un miedo atroz le invadió y sintió grandes gotas de sudor frío en la frente. El desespero con que Rose les imploraba que no la dejaran sola ni un momento tampoco le ayudaba a mantener la calma.

—Lo he visto —dijo ella—. Está aquí. Estoy segura, lo conozco; está aquí cerca, conmigo, en esta habitación. ¡Por el amor de Dios, si queréis salvarme, no os apartéis de mi lado!

Al final consiguieron convencerla para que se echara en la cama, desde donde seguía suplicándoles que no la dejaran. Dijo algunas frases incoherentes, repitiendo sin cesar: «Los muertos y los vivos no pueden ser la misma cosa. Dios lo prohíbe». Y luego, una y otra vez: «Que descansen los desvelados y que duerman los sonámbulos». Siguió pronunciando esas y otras frases fragmentadas y misteriosas hasta la llegada del sacerdote. Gerard Douw empezó a temerse, naturalmente, que el pánico o los malos tratos hubieran afectado al intelecto de la pobre chica, y por lo repentino de su aparición, lo intempestivo de la hora y, sobre todo, por su agitación y su miedo, abrigó la sospecha de que hubiera podido huir de algún asilo para lunáticos, y que por ello temiera que la estuvieran persiguiendo. Decidió pedir consejo médico en cuanto su sobrina se hubiera calmado mínimamente con la presencia del sacerdote que con tanta insistencia había solicitado; y hasta entonces no se atrevió a plantearle ninguna pregunta, para no correr el riesgo de despertar horribles y dolorosos recuerdos y aumentar aún más su agitación. El sacerdote llegó por fin: era un hombre de aspecto ascético y edad venerable al que Gerard Douw tenía un gran respeto, puesto que era un avezado polemista —aunque quizá fuera más temido por su beligerancia que querido por su caridad cristiana—, un hombre de moral pura, agudo ingenio y corazón frío. Entró en la sala que comunicaba con el dormitorio donde yacía Rose y, nada más llegar, la joven le pidió que rezara por ella como se reza por alguien que ha caído en las manos de Satán y cuya salvación solo puede llegar del cielo.

Para que el lector entienda todas las circunstancias del suceso que voy a describir, es necesario indicar la posición relativa de las partes implicadas. El viejo sacerdote y Schalken estaban en la antesala de la que ya he hablado; Rose estaba en el dormitorio, que tenía la puerta abierta y, al lado del lecho, por deseo expreso de ella, estaba su tutor; una vela ardía en el dormitorio, y otras tres en la antesala. El anciano se aclaró la voz, disponiéndose a hablar, pero antes de que pudiera hacerlo una repentina ráfaga de aire apagó la vela que iluminaba el dormitorio donde yacía la pobre muchacha, y ella, alarmada, exclamó:

—Godfrey, trae otra vela; la oscuridad es peligrosa.

Gerard Douw, olvidando por un momento sus reiteradas súplicas, salió del dormitorio sin pensarlo, para traerle lo que pedía.

—¡Por Dios, no! ¡No te vayas, querido tío! —gritó la desdichada, saltando de la cama para ir tras él y detenerlo. Pero llegó demasiado tarde, porque en cuanto él hubo rebasado el umbral, la puerta que separaba ambas estancias se cerró violentamente a sus espaldas, como empujada por una fuerte ráfaga de viento. Schalken y su maestro se lanzaron hacia la puerta, pero ni combinando sus esfuerzos desesperados consiguieron moverla lo más mínimo. Del dormitorio empezaron a llegar gritos cada vez más intensos, aterrorizados, desesperados. Schalken y Douw emplearon todas sus fuerzas en intentar abrir la puerta, pero fue en vano. No se oía ningún forcejeo en la otra parte, pero la intensidad de los gritos parecía aumentar cada vez más; al mismo tiempo, oyeron los postigos de la ventana deslizándose y la propia ventana rechinando al rozar con el alféizar, como si abriese. Resonó un *último* grito, tan largo y desgarrador que no parecía humano, y de pronto se hizo un silencio mortal. Unos pasos suaves cruzaron la estancia, como si fueran de la cama a la ventana; y casi en ese mismo momento la puerta cedió a la presión externa, por lo que Douw y su pupilo salieron despedidos hacia el interior de la habitación. Estaba vacía. La ventana estaba abierta. Schalken se subió a una silla y miró en dirección a la calle y al canal. No vio a nadie, pero sí vio —o le pareció ver— ondas concéntricas en las aguas del ancho canal, como si un momento antes se hubieran agitado con la caída de un cuerpo pesado.

Nunca se volvió a hallar rastro de Rose, ni se supo nada más sobre su misterioso pretendiente. Tampoco se encontró ninguna pista que ayudara a trazar un camino hacia una respuesta en aquel intrincado laberinto. Pero se produjo un incidente que, pese a que nuestros lectores más racionales quizá no lo acepten como prueba, dejó una poderosa y duradera impresión en la mente de Schalken. Muchos años después de los acontecimientos que hemos relatado, Schalken, que para entonces vivía ya lejos de allí, recibió la notificación de la muerte de su padre y del día que se iba a celebrar el funeral, en una iglesia de Róterdam. El cortejo fúnebre debía recorrer una distancia considerable y, como es comprensible, no asistieron demasiadas personas. Schalken tuvo que hacer esfuerzos para acudir a Róterdam el día del funeral, y pese a llegar tarde el cortejo aún no había llegado. Cayó la noche y seguía sin aparecer.

Schalken se dirigió a la iglesia. La encontró abierta; vio que estaba anunciado el funeral, y que la cripta en la que iba a enterrarse el cuerpo estaba abierta. El sacristán, al ver a un caballero bien vestido recorriendo el pasillo de la iglesia, se mostró hospitalario y le invitó a compartir el calor de la lumbre en un cuarto en el que solía esperar la llegada de los asistentes. La habitación comunicaba con la cripta por unas escaleras, y allí se sentaron los dos. El sacerdote, tras varios intentos infructuosos de conversar con su invitado, se resignó y recurrió a su pipa y su jarra de cerveza para pasar el tiempo en soledad. A pesar de su tristeza y sus preocupaciones, el agotamiento por el agitado viaje de casi cuarenta horas fue haciendo mella en la mente y el cuerpo de Godfrey Schalken, y se sumió en un sueño profundo del que despertó cuando alguien le sacudió suavemente el hombro. Lo primero que pensó fue que se trataba del viejo sacristán, pero él ya no estaba en el cuarto. Se puso en pie y, en cuanto consiguió aclarar la vista, percibió una forma femenina vestida con una especie de túnica blanca ligera que en

parte usaba a modo de velo. La mujer llevaba una lámpara y parecía que se alejaba de él en dirección a las escaleras que llevaban a la cripta. Schalken se alarmó un poco al ver aquella figura, pero al mismo tiempo sintió un impulso irresistible que le llevaba a seguirla. Lo hizo, pero cuando llegó a las escaleras se detuvo; la figura también lo hizo y, al girarse, la luz de la lámpara que llevaba en la mano le mostró el rostro y la silueta de su primer amor, Rose Velderkaust. No había nada horrible ni triste en su semblante. Al contrario, lucía la misma sonrisa pícara que había encandilado al artista tanto tiempo atrás, en sus días de mayor felicidad. Una sensación a medio camino entre el asombro y la curiosidad le impulsó a seguir al espectro, si es que de aquello se trataba. No podía resistirse. Ella bajó las escaleras y él la siguió, y al girar a la izquierda por un estrecho pasaje, para sorpresa de Schalken, le mostró lo que parecía una vivienda tradicional holandesa, como las que inmortalizaba Gerard Douw en sus cuadros. La sala estaba llena de muebles antiguos de gran valor, y en una esquina había una cama con un dosel del que colgaban pesadas cortinas de tela negra; la figura se giró hacia él con la misma sonrisa pícara que recordaba, y cuando llegó al lado de la cama corrió las cortinas y, a la luz de la lámpara que usó para iluminar el interior, el pintor, horrorizado, se encontró el cuerpo lívido y demoniaco de Vanderhausen sentado en la cama. Nada más verlo se desmayó y cayó al suelo, donde permaneció hasta que lo descubrieron, a la mañana siguiente, los encargados de cerrar los accesos a la cripta. Estaba tendido en una celda de un tamaño considerable en la que hacía tiempo que no entraba nadie, junto a un gran ataúd dispuesto sobre pequeños pilares como precaución para evitar el ataque de insectos u otros bichos.

Hasta el día de su muerte, Schalken sostendría que la visión que había tenido era real, y decidió dejar para la posteridad una curiosa prueba de la impresión que le había producido en una pintura ejecutada poco después de que se produjera el suceso que acabo de narrar, pieza de gran valor no solo porque muestra las características propias de su pintura, que las han convertido en piezas tan cotizadas, sino porque además hace un retrato de su amor de juventud, Rose Velderkaust, cuyo misterioso destino será para siempre objeto de especulación.

LA FAMILIA DEL VURDALAK

ALEXÉI TOLSTÓI

En 1815 se reunió en Viena la flor y nata de la erudición europea y la élite diplomática del continente: todo lo que brillaba en la sociedad de aquel momento se hallaba allí. Pero un día el Congreso que había reunido a todos aquellos notables llegó a su fin.

Los monárquicos emigrados se disponían a regresar a sus castillos, los guerreros rusos a volver a sus hogares abandonados y algunos disconformes polacos marchaban a buscar su amor por la libertad en Cracovia, al amparo de la dudosa independencia que les había procurado la triple égida integrada por los príncipes Metternich y Hardenberg y el conde Nesselrode.

Como suele suceder al término de un gran baile, la sociedad antes numerosa quedó reducida a un pequeño círculo de personas que sin haber perdido aún el gusto por el entretenimiento y maravillados del encanto de las damas austriacas, no tenían prisa por marchar a casa y demoraban la partida.

Esa sociedad amiga de la diversión, a la que yo mismo pertenecía, se reunía dos veces a la semana en la casa que la princesa de Schwarzenberg tenía pasada la aldea de Hitzing, a unas pocas millas de la ciudad. Los buenos modales de la anfitriona, adornados por la dulce hospitalidad que nos ofrecía y su fino ingenio, convertían las visitas a su casa en un verdadero deleite.

Las mañanas las dedicábamos a dar un paseo; comíamos todos juntos ya fuera en el castillo o en los alrededores y al caer la tarde nos reuníamos en torno a la chimenea encendida, charlábamos y nos contábamos toda suerte de historias. Solo estaba totalmente proscrito hablar de política, porque todos estábamos hartos de ella, de manera que el contenido de las historias que compartíamos lo extraíamos de las antiguas leyendas de nuestras respectivas patrias o de los propios recuerdos.

Una noche, cuando cada uno de los presentes ya había contado algo y nos encontrábamos en ese estado de leve excitación que suelen propiciar la penumbra y el silencio, el marqués d'Urfé, un viejo emigrado que gozaba del aprecio general debido a su juvenil vivacidad y el singular ingenio con que contaba historias de sus hazañas amorosas de antaño, aprovechó el instante de silencio y dijo:

—Las historias que contáis, señores míos, son asombrosas sin duda alguna, pero pienso que carecen de un rasgo fundamental, el de la autenticidad. Esto es así —añadió— porque, hasta donde entiendo, ninguno de vosotros ha visto con sus propios ojos las sorprendentes cosas que narra, ni puede jurar su veracidad comprometiendo su palabra de honor.

Ninguno de los presentes encontró nada que objetar a sus palabras, así que el viejo, acariciando la chorrera de su chaqueta, continuó:

—Pues en lo que a mí respecta, señores, conozco una sola aventura de esa índole, pero es tan extraña y a la vez tan terrible y verdadera, que podría horrorizar incluso a personas de naturaleza extremadamente escéptica. Para mi desgracia, yo fui tanto testigo como protagonista del suceso de marras y aunque no soy muy amigo de recordarlo, estoy dispuesto a contarles hoy lo que me tocó vivir, en caso de que las señoras no pongan objeción.

La aprobación fue unánime. Es cierto, no obstante, que algunos ojos miraron los cuadrados de luz blanca que la luna ya dibujaba en el parqué, pero enseguida el círculo de oyentes se cerró aún más y todos callamos, listos para escuchar la historia que nos contaría el marqués. El señor d'Urfé tomó una porción de tabaco, la aspiró y comenzó su relato de esta guisa:

Antes que nada, señoras mías, les ruego me disculpen si en el transcurso de mi relato me veo obligado a mencionar mis cuitas amorosas con mayor frecuencia de lo que se le supone a un hombre de mis años. Resulta, no obstante, que, en aras de la comprensión, no conviene silenciarlas. Por lo demás, a los viejos se nos da licencia para explayarnos en ciertos detalles y es culpa de ustedes, señoras mías, que, al verlas ante mí tan hermosas, alimente yo la ilusión de volver a ser el mozo que antes fui. Comenzaré sin más demora por decirles que en el año 1759 estaba yo perdidamente enamorado de la hermosa duquesa de Gramont. La pasión que sentía por ella, y que tenía entonces por profunda y eterna, me traía de cabeza tanto de día como de noche, mientras la duquesa, como suele ser tan habitual entre mujeres hermosas, aumentaba mis tormentos con su coquetería. De modo que, presa del mayor desconsuelo, resolví solicitar se me enviara en misión diplomática ante el hospodar de Moldavia, quien se hallaba entonces en unas negociaciones con el gabinete de Versalles, cuya naturaleza sería tan aburrido como inútil que les contara ahora. La prerrogativa me fue concedida y la víspera de mi marcha acudí a visitar a la duquesa.

En esa ocasión, me recibió menos sarcástica que de costumbre y alcancé a percibir cierta emoción en su voz cuando me dijo:

—Usted está cometiendo una locura, d'Urfé. Pero como le conozco bien, sé que no renunciará a una decisión ya tomada. De ahí que solo le pediré una cosa: acepte este pequeño crucifijo como prenda de mi amistad y llévelo encima hasta que vuelva. Se trata de una reliquia familiar que en esta casa valoramos mucho.

Con una galantería que tal vez estaba fuera de lugar en aquel momento deposité un beso no en la cruz, sino en la encantadora mano que me lo alcanzaba y me colgué al cuello este crucifijo que aquí veis, pues no me he apartado de él hasta hoy.

No las agobiaré, señoras mías, con los pormenores del viaje ni con mis observaciones sobre los húngaros y los serbios, ese pueblo pobre e ignorante, aunque bravo y honrado, que ni siquiera bajo el yugo turco ha olvidado su dignidad y su independencia de antaño. Solo les diré que gracias a que aprendí algo de polaco en la época que viví en Varsovia, muy pronto comencé a entender la lengua serbia, dado que esos dos idiomas, al igual que el ruso y el checo, son, como seguramente sabrán, ramas de una misma lengua, la que denominamos eslava.

Pues bien, el caso es que ya me manejaba bastante con la lengua del lugar como para hacerme entender cuando me tocó hacer una parada en una aldea, cuyo nombre nada les diría. Encontré a los habitantes de la casa donde me hospedé un tanto abatidos, cosa que me sorprendió aún más cuanto que era domingo, un día que los serbios viven con jolgorio y organizan bailes populares o se entregan a los torneos de pelea o a pegar tiros de escopeta, entre otros pasatiempos. Atribuí el estado de ánimo de mis anfitriones a alguna desgracia que habrían sufrido recientemente y, cuando ya me disponía a retirarme, me abordó un hombre de unos treinta años, de gran estatura y apariencia impresionante, y me tomó del brazo.

—Pasa, forastero, pasa —me invitó—. No te asuste nuestra congoja; la comprenderás en cuanto conozcas qué la motiva.

Entonces me contó que su anciano padre, de nombre Gorcha, un hombre de talante atrabiliario e inflexible se levantó de la cama un día, descolgó de la pared un arcabuz turco de cañón largo y anunció a sus dos hijos, Georgije y Petar:

—Hijos míos, me voy a las montañas con otros aldeanos a dar caza a ese perro rabioso que es Alibek. —Así se llamaba un salteador de caminos que llevaba tiempo asolando la comarca—. Esperadme diez días y, si al décimo día no he vuelto, encargad una misa por el reposo de mi alma, porque será que me han matado. Pero si se diera el caso —añadió el viejo Gorcha adoptando una expresión más adusta—, si se diera el caso, y no lo quiera Dios, de que yo volviera después, no me dejéis entrar a casa si queréis salvaros. Si eso sucediera, y esto os lo ordeno, olvidaos de que soy vuestro padre y clavadme una estaca de álamo en la espalda, diga yo lo que diga y haga lo que haga, porque entonces seré un maldito vurdalak que ha venido a chuparos la sangre.

Aquí debo decirles, señoras mías, que los vurdalak, que es como llaman a los vampiros los pueblos eslavos, no son otra cosa, en la imaginación de esa gente, que muertos que han abandonado sus tumbas para chupar la sangre de los vivos. Los vurdalak, por cierto, tienen las mismas inclinaciones que los demás vampiros, pero también hay algo en ellos que los hace mucho más peligrosos. A saber, señoras mías, sienten predilección por la sangre de sus familiares y amigos más queridos y próximos, y estos, una vez muertos, se convierten también en vampiros, lo que hace que algunos testigos sostengan que hay aldeas en Bosnia y Herzegovina cuyos vecinos se han convertido todos en vurdalaks. El abate Augustin Calmet ofrece aterradores ejemplos de esa práctica en un interesante trabajo acerca de los vampiros. Los emperadores germanos pusieron en marcha más de una comisión para que investigara diversos casos de vampirismo. Estas comisiones practicaron interrogatorios, exhumaron cadáveres llenos de sangre y les prendieron fuego en las plazas, no sin antes atravesarles el corazón. Los funcionarios de los juzgados que presenciaron esas ejecuciones aseguran que escucharon los chillidos que emitían los cadáveres cuando el verdugo les clavaba la estaca de álamo en el corazón. De ello dieron cumplido testimonio, que rubricaron con su juramento y firma.

Se podrán imaginar muy bien la reacción que las palabras del viejo Gorcha provocaron en sus hijos. Ambos se arrojaron a sus pies y le rogaron que les permitiera marchar en su lugar, pero con la misma el hombre dio media vuelta y se alejó de ellos canturreando una vieja balada. El día de mi llegada a la aldea era precisamente el señalado para el término del plazo dado por Gorcha y no me resultó difícil comprender la desazón que embargaba a sus hijos.

Se trataba de una familia muy unida y honrada. El hijo mayor, Georgije, de rasgos viriles y ásperos, era a todas luces un hombre severo y decidido. Tenía mujer y dos hijos. En el semblante de su hermano Petar, un hermoso joven de dieciocho años, se adivinaba más suavidad que audacia. A todas luces, su hermana menor, Zdenka, una muchacha que representaba muy bien la belleza típica eslava, sentía una gran predilección por él. Aparte de su belleza, que resultaba indiscutible desde cualquier ángulo, en Zdenka me sorprendió el vago parecido que guardaba con la duquesa de Gramont. Tenía, y eso fue lo que más llamó mi atención, un singular pliegue en la frente que en toda mi vida solo he encontrado en esas dos mujeres. Se trata de un rasgo que podía no agradar en una primera impresión, pero que bastaba ver unas cuantas veces para que atrajera con una fuerza irresistible.

Ya fuera por mi juventud de entonces o porque la semejanza entre las dos mujeres, aunada al talante particular e ingenuo de Zdenka, me causara una honda impresión, el caso es que me bastó charlar dos minutos con ella para experimentar por la joven una viva simpatía, que habría acabado creciendo hasta convertirse en un sentimiento aún más intenso si hubiera tenido que quedarme más tiempo en aquella aldea.

Nos habíamos acomodado en el patio de la casa en torno a una mesa a la que nos habían servido queso fresco y cuencos de leche. Zdenka hilaba. Su cuñada preparaba la cena para los niños, que jugaban en la arena a nuestro lado. Petar silbaba una melodía con afectada despreocupación mientras limpiaba un yatagán, el largo cuchillo turco. Acodado sobre la mesa y mudo, Georgije se apretaba las sienes con ostensible preocupación, sin apartar la vista del camino.

En cuanto a mí, me había dejado llevar por el sombrío estado de ánimo de la concurrencia y miraba melancólico a las nubes vespertinas que encuadraban el cielo dorado y a la silueta del monasterio que se alzaba sobre el bosque de pinos.

Ese monasterio, como supe más tarde, fue célebre en una época por guardar el milagroso icono de la Virgen que según la leyenda habían dejado unos ángeles entre las ramas de un roble. Pero a principios de este siglo los turcos invadieron aquellas tierras, pasaron a cuchillo a los monjes y redujeron el monasterio a ruinas. Del viejo edificio ya solo quedaban unos muros y una capilla donde celebraba misa cierto eremita. Este conducía a los feligreses a través de los escombros y refugiaba a los peregrinos que, en su camino de un santuario a otro, se alojaban gustosamente en el monasterio de la «Virgen del Roble». Pero todo esto, como les decía, lo supe mucho después; aquella noche no era la arqueología serbia lo que me ocupaba. Como suele pasar cuando uno da rienda suelta a su imaginación, me puse a recordar el pasado, los luminosos días de mi infancia, mi espléndida Francia que había abandonado para viajar a un país lejano y bárbaro. A mi mente acudió también la duquesa de Gramont y, no se lo ocultaré, pasaron también por ella muchas de las que hoy son sus abuelas cuyos rostros, siguiendo al de la encantadora duquesa, se habían grabado involuntariamente en mi corazón.

Muy pronto ya había olvidado a mis anfitriones y la razón de su angustia.

Georgije fue el primero en romper el silencio:

—Mujer, ¿a qué hora marchó el viejo? —preguntó.

—A las ocho —le respondió ella—: escuché el tañido de la campana del monasterio.

—Bien —masculló Georgije antes de volver a su mutismo y clavar nuevamente los ojos en el ancho camino que se hundía en el bosque—. Ahora debe de faltar media hora para las ocho, no más.

Antes olvidé decirles, señoras mías, que cuando los serbios sospechan que una persona ha sido vampirizada se cuidan de pronunciar su nombre o referirse a ella directamente, porque piensan que con ello la estarían llamando a salir de la tumba. De ahí que Georgije llevara un buen rato refiriéndose a su padre como «el viejo».

El silencio se prolongó unos minutos hasta que uno de los niños tiró de repente del delantal de Zdenka.

—Tía, dime, ¿cuándo volverá el abuelo? —preguntó.

Georgije respondió a pregunta tan inoportuna con una cachetada.

El niño se echó a llorar y su hermano pequeño preguntó entre el susto y el asombro:

—¿Por qué no podemos mencionar al abuelo?

Otra cachetada lo hizo callar de golpe. Los dos niños se pusieron a berrear al unísono mientras los adultos se persignaban.

En eso la campana del monasterio dio las ocho. Y fue al sonar la primera campanada cuando vimos la figura de un hombre que salía del bosque y caminaba hacia nosotros.

—¡Es él! —exclamaron Zdenka, Petar y su cuñada a coro—. ¡Alabado sea Dios!

—¡Dios nos guarde! —pronunció Georgije en tono solemne—. ¿Y ahora cómo sabemos si han pasado diez días o no?

Todos se volvieron hacia él horrorizados. Entretanto, el hombre continuaba aproximándose a nosotros. Era un anciano de gran estatura, bigote blanco y rostro pálido y severo. Caminaba con esfuerzo apoyándose en un báculo. A medida que se acercaba, el rostro de Georgije se ensombrecía. Finalmente, cuando se detuvo frente a nosotros, nos recorrió con la mirada de unos ojos que parecían ciegos de tan opacos y hundidos que se veían.

—¿Qué está pasando aquí? —protestó—. ¿Cómo es que nadie se levanta a recibirme? ¿Por qué estáis tan callados? ¿No veis que estoy herido?

En ese momento me percaté de que el viejo sangraba por el costado izquierdo.

—Ayuda a tu padre —le dije a Georgije. Y volviéndome hacia su hermana añadí—: Y tú harías bien si le dieras algo de beber, Zdenka, que está a punto de desplomarse.

—Padre —farfulló Georgije acercándose a Gorcha—, déjame ver la herida, que algo entiendo de vendajes...

El propio Georgije se disponía a levantarle la ropa, pero el recién llegado lo apartó de un empujón y se sujetó el costado con ambas manos.

—¡Déjalo, que tú no sabes nada de heridas y me haces daño!

—¡La herida es en el corazón! —chilló Georgije palideciendo aún más—. ¡Desvístete, desvístete deprisa! ¡Hazlo ahora mismo!

El viejo se irguió de repente.

—¡Tú ten mucho cuidado! —le dijo con voz sorda—. ¡Como te me acerques, te maldigo!

Petar se puso entre los dos.

—Déjalo en paz —le pidió a Georgije—. ¿No ves cuánto le duele?

—No le contradigas —intervino la mujer de Georgije—. Ya sabes que no lo soporta.

En ese instante vimos llegar al rebaño que volvía de los pastos entre una nube de polvo. Ya fuera que el perro que lo acompañaba no reconoció a su viejo dueño o que lo moviera alguna otra razón, el caso es que en cuanto vio a Gorcha se paró en seco, se le erizó el pelo del espinazo y comenzó a aullar como si hubiera notado algo raro.

—¿Qué le pasa a este perro? —preguntó el viejo enfadándose aún más—. ¡No doy crédito! ¿Acaso he cambiado tanto en estos diez días que he estado fuera que ya ni mi propio perro me reconoce?

—¿Lo has oído? —dijo Georgije a su mujer.

—¿Qué cosa?

—¡Él mismo ha dicho que faltó de aquí diez días!

—¡Que no, hombre! ¡Solo se ha hecho un lío con las fechas!

—Bien, bien. Ya sé lo que hay que hacer.

El perro, entretanto, no dejaba de aullar.

—¡Pegadle un tiro! —gritó Gorcha—. ¡Os lo ordeno! ¿Lo habéis oído?

Georgije no se movió, pero Petar se puso de pie con lágrimas en los ojos, empuñó el arcabuz de su padre y disparó al perro, que rodó muerto por el polvo.

—Era mi perro preferido —mascculló—. ¿Por qué le ha dado a padre por matarlo?

—Se lo ha buscado —le respondió Gorcha—. ¡Bueno, ya está refrescando! ¡Entremos en casa!

Entretanto, Zdenka había hervido agua con peras, miel y pasas para que el anciano tuviera qué beber, pero él rechazó la bebida asqueado. Otro tanto hizo con el plato de arroz con cordero que Georgije le ofreció y fue a sentarse junto a la chimenea farfullando unas palabras ininteligibles.

Los leños de pino crepitaban en el fuego y los vacilantes reflejos de las llamas iluminaban su rostro, tan pálido y demacrado que, de no haber sido por la viva iluminación, podía haber pasado por el de un muerto. Zdenka tomó asiento a su lado.

—No has querido comer ni te quieres echar a dormir, padre —le dijo—. ¿Qué tal si me cuentas cómo peleaste en las montañas?

La joven sabía bien que esas palabras tocarían la más sensible de las cuerdas del viejo, porque contar sus peleas y combates le producía un enorme contento. Y, en efecto, en sus labios exangües se dibujó un remedo de sonrisa, aunque sus ojos continuaron mirando como ausentes y respondió, mientras acariciaba el cabello encantadoramente rubio de la muchacha:

—Muy bien, hija, mi Zdenka, te contaré todo lo que me ocurrió en las montañas, pero lo haré otro día, que hoy me caigo de sueño. Una cosa sí te diré ahora: Alibek ya no vive, yo le di muerte. Y si alguien alberga la menor duda de ello —añadió mirando a toda la familia reunida allí—, ¡lo puedo demostrar!

Y, dicho esto, desanudó la boca del jubón que había cargado a la espalda y extrajo una cabeza ensangrentada que, por cierto, tenía un color mortecino en el semblante que bien habría podido competir con el del suyo.

Todos apartamos la vista con repugnancia. Gorcha entregó la cabeza a Petar y le ordenó:

—Toma, clávala encima de la puerta para que todo el que pase frente a nuestra casa sepa que Alibek está muerto y que nadie más que los jenízaros del sultán van asaltando a la buena gente por los caminos.

Superando a duras penas el asco, Petar cumplió lo ordenado.

—¡Ahora entiendo por qué el pobre perro aullaba como si hubiera visto un muerto! —dijo.

—Claro, como si hubiera visto un muerto —repitió Georgije en tono sombrío al entrar de nuevo en la casa.

Georgije había salido poco antes y ahora volvía trayendo algo que no se alcanzaba a distinguir muy bien, pero que me pareció una estaca. Lo colocó en un rincón.

—Georgije —le dijo su mujer bajando la voz—, ¿eso no será una...?

—¿Qué estás tramando, hermano? —le preguntó su hermana en un susurro—. No, no me puedo creer que estés pensando en hacerle eso, ¿verdad que no?

—Dejadme todos en paz —protestó Georgije—. Sé muy bien lo que me toca hacer. Y nada ni nadie me podrá detener.

La noche había caído y la familia se fue a dormir a una parte de la casa que solo una fina pared separaba de la que ocupaba yo. He de confesar que estaba muy impresionado por todo lo que me había tocado presenciar aquella noche. La vela se había apagado ya y por la pequeña ventana que había al lado de mi lecho penetraba la luz de la luna, de modo que en el suelo y en las paredes había manchas blancas como estas, señoras mías, que se recortan ahora en el salón en el que estamos sentados. Quise quedarme dormido, pero no lo conseguí. Y como culpé del insomnio a la influencia de la luz de la luna me puse a buscar, sin éxito, algo que me sirviera para cegar la ventana. Entonces me llegaron unas voces desde el otro lado del tabique y les presté oídos.

—Acuéstate, mujer —dijo Georgije—. Y tú lo mismo, Petar. Y tú, Zdenka. No os preocupéis, que yo me quedaré despierto por vosotros.

—Eso no, Georgije —replicó su mujer—, más vale que me quede yo despierta, que tú has trabajado todo el día y estarás agotado. Encima, tengo que velar por el niño, el mayor, que ya sabes que desde ayer anda malo y...

—Tú, tranquila —la interrumpió Georgije—. ¡Vete a dormir que ya me ocupo yo del niño!

—Escucha, hermano —terció Zdenka con voz dulce y queda—, mejor me quedo yo despierta, que no me cuesta nada. Padre ya está dormido y mira lo quieto que está en su sueño.

—No os enteráis de nada —replicó Georgije con un énfasis que no admitía réplica—. Os lo digo por última vez: acostaos, que ya me estaré yo despierto.

Se hizo un silencio sepulcral. Y muy pronto sentí que los párpados me pesaban como losas y me dejé vencer por el sueño.

Pero de repente la puerta de la habitación se abrió lentamente y apareció Gorcha. Debo decir que, en realidad, adiviné que era él, porque su figura emergía de la completa oscuridad y me resultaba imposible distinguirlo. Tuve la impresión de que sus ojos apagados intentaban adentrarse en mis pensamientos y velaban los movimientos de mi pecho al compás de la respiración. Después dio un paso, otro más y, cuidándose de no hacer ruido, se fue aproximando lentamente a mí. Un saltito más y ya lo tenía encima. Experimenté una sensación indecible de angustia, pero una fuerza invisible me sujetaba. El viejo me acercó su rostro lívido y se inclinó sobre mí de tal manera que alcancé a percibir su cadavérica respiración. En ese instante hice un esfuerzo sobrehumano y me desperté bañado en sudor. La habitación estaba vacía, pero al mirar a la ventana vi claramente al anciano Gorcha, que tenía la cara pegada al cristal y no apartaba de mí sus terribles ojos. Haciendo de tripas corazón, conseguí ahogar un grito y tuve la suficiente presencia de ánimo para quedarme en la cama y comportarme como si nada hubiera visto. Sin embargo, todo indicaba que el viejo solo se había asomado para asegurarse de que yo dormía. En ningún momento intentó entrar en mi dormitorio y después de estudiarme se apartó de la ventana y escuché sus pasos en la habitación contigua. Georgije ya dormía y sus ronquidos hacían temblar las paredes. En eso se escuchó la tos de un niño y alcancé a distinguir la voz del viejo Gorcha que preguntaba:

—¿No duermes, pequeño?

—No, abuelo —respondió el niño—. ¿Quieres charlar conmigo?

—¿Charlar contigo? ¿Y de qué quieres que hablemos?

—¿Por qué no me cuentas cómo has peleado contra los turcos? ¡Yo también quiero enfrentarme a ellos!

—Eso pensaba yo, querido mío, y por eso te traje un pequeño yatagán. Pero espera a que te lo dé mañana.

—Dámelo mejor ahora, abuelo. Si no duermes...

—¿Por qué no has venido a hablar conmigo antes de que apagaran la luz?

—Padre no me lo permitió.

—Es que te protege mucho tu padre. Entonces, ¿quieres el yatagán ahora mismo?

—Sí, sí, pero no me lo des aquí, no sea que padre se despierte.

—¿Y dónde quieres que te lo dé?

—Salgamos, mejor. Me portaré bien y no haré ruido —dijo el niño.

Me pareció escuchar la risa sorda y entrecortada del viejo. El niño parecía estar levantándose. Yo no creía en la existencia de los vampiros, pero después de la pesadilla que acababa de visitarme, tenía los nervios a flor de piel y, con tal de no tener algo de lo que culparme después, me levanté y pegué un puñetazo en la pared. El golpe que di debería haber servido para despertar a los siete durmientes que tenía al lado, pero, por lo visto, ninguno de ellos se enteró. Imbuido del deseo de salvar al niño, me abalancé sobre la puerta y al intentar abrirla descubrí que la habían cerrado por fuera. Por más que empujaba, el cerrojo no quería ceder a mis embates. Mientras me afanaba con la puerta, me volví un instante hacia la ventana, justo lo necesario para ver pasar al viejo llevándose al niño en brazos.

—¡Levantaos! ¡Levantaos! —grité con todas mis fuerzas, mientras golpeaba el tabique con los puños.

Georgije se despertó por fin.

—¿Dónde se ha metido el viejo? —preguntó enseguida.

—¡Corre, corre! —le grité—. Se ha llevado al niño.

Georgije arrancó a patadas su puerta, que también resultó estar cerrada por fuera, y echó a correr hacia el bosque. Por fin conseguí despertar a Petar, a su cuñada y a Zdenka. Juntos esperamos frente a la casa hasta que vimos aparecer a Georgije, que volvía con el niño en brazos. Lo había encontrado inconsciente tumbado en el camino real, pero después de volver en sí rápidamente no daba señales de haber empeorado de su malestar. Al ser interrogado dijo que su abuelo no le había hecho mal alguno, que salieron a charlar un rato, pero el aire libre le provocó mareos y nada recuerda de lo que le sucedió después. El viejo, por su parte, había desaparecido sin más.

No es difícil imaginar que el resto de la noche lo pasamos en vela.

A la mañana siguiente, me dijeron que el río Danubio, que cruzaba el camino a unas leguas de la aldea, comenzaba a arrastrar trozos de hielo, algo que en aquellas latitudes suele suceder a finales del otoño y al comienzo de la primavera. Como eso implicaba que el camino quedara cortado varios días, tuve que renunciar a la idea de continuar viaje. Y, con todo, aun si hubiera podido marchar, allí me retenían la curiosidad y un sentimiento mucho más poderoso que comenzaba a sumarse a esta. Mientras más veía a Zdenka, más atraído me sentía por ella. No soy yo, señoras mías, de esos que creen en los amores súbitos e incontrolables que nos pintan las novelas, pero sí soy de la opinión de que en algunos casos el amor crece más rápido que en otros. El singular encanto de Zdenka, su extraña semejanza con la duquesa de Gramont, por cuya causa yo había huido de París para encontrármela ahora vestida con ropas tan pintorescas, hablando en una lengua extranjera y armónica, el sorprendente pliegue en la frente por el que yo en Francia me habría sentido dispuesto a poner treinta veces mi vida en riesgo, todo ello unido a lo extraño de mi situación y al misterioso cariz que estaba tomando lo que sucedía a mi alrededor, debió de ejercer una influencia en el sentimiento que crecía dentro de mí y que en otras circunstancias se habría manifestado de una forma más vaga y pasajera.

A medio día escuché a Zdenka conversando con su hermano menor:

—¿Qué opinas de todo esto? —le preguntó—. ¿Tú también sospechas de nuestro padre?

—No me atrevo a sospechar —respondió Petar—. Además, el niño ya dijo que no le hizo nada malo. Y esto de que se haya marchado no significa nada, sabes que siempre lo hace, sin dar explicaciones.

—Lo sé —replicó Zdenka—. Ahora lo que pienso es que debemos salvarlo, que ya sabes las que se gasta Georgije...

—Sí, hagámoslo. No conseguiríamos hacerle entrar en razón, así que escondamos la estaca. No podrá encontrar otra igual porque en nuestro lado del bosque no hay álamos.

—Eso, eso, escondamos la estaca y no digamos palabra a los niños, no sea que lo suelten delante de Georgije.

—A ellos ni una palabra —convino Petar y cada uno se fue por su lado.

Cayó la noche y seguíamos sin noticias del viejo Gorcha. Yo estaba tumbado en la cama, como la noche anterior, y la luz de la luna coloreaba de blanco toda la habitación. Cuando el sueño ya comenzaba a nublar mi mente, un sexto sentido me indicó que el viejo se aproximaba. Abrí los ojos: su rostro lívido estaba pegado a la ventana.

Quise levantarme, pero no lo conseguí. Todo mi cuerpo estaba como paralizado. Después de haberme clavado la mirada unos instantes, el viejo se apartó de la ventana. Pude escuchar cómo rodeaba la casa y golpeaba suavemente la ventana de la habitación en la que dormían Georgije y su mujer. El niño se revolvió en la cama y sollozó todavía dormido. Después de un momento de silencio, el viejo volvió a golpear la ventana. El niño sollozó de nuevo y se despertó.

—¿Eres tú, abuelo? —preguntó.

—Soy yo, sí —respondió la voz sorda—. Te he traído el yatagán.

—¡Pero no puedo salir ahora! ¡Padre me lo prohibió!

—No tienes que salir —lo tranquilizó el viejo, antes de animarlo—, tú solo acércate a la ventana para que te pueda dar un beso.

El niño se levantó del lecho y cuando le escuché abrir la ventana eché mano de todas mis fuerzas, salté de la cama y comencé a aporrear la pared.

Georgije se despertó enseguida, soltó un juramento, su mujer pegó un grito, y toda la familia rodeó enseguida al niño, que yacía sin sentido. Gorcha había desaparecido como hizo la noche anterior. Con los esfuerzos de todos conseguimos que el niño volviera en sí, pero estaba muy débil y respiraba con dificultad. El pobre no tenía idea de la causa de su desmayo. Su madre y Zdenka lo explicaban por el susto que se había dado al ser descubierto con el abuelo. Yo permanecía en silencio. Al final, el niño se calmó y todos menos Georgije se metieron en la cama otra vez.

A punto de amanecer escuché la voz de Georgije llamando a su mujer. Intercambiaron unas frases en susurros. Zdenka se unió a ellos y las oí llorar a ella y a su cuñada.

El niño estaba muerto.

No contaré detalles del dolor de la familia. No obstante, ninguno de ellos culpó al viejo Gorcha de lo sucedido. Al menos, nadie se manifestó con claridad en ese sentido.

Georgije permanecía en silencio, pero a la expresión de su rostro, que siempre había sido sombría, ahora se le había sumado algo terrible. El viejo no apareció en los dos días siguientes. En la noche del tercero, después de celebrado el funeral del niño, me pareció escuchar sus pasos fuera de la casa y después me llegó su voz llamando al hermano pequeño. Por un momento creí ver su cara pegada al cristal de la ventana, pero no fui capaz de determinar si esa visión fue real o si fue mi imaginación, porque esa noche la luna se había escondido detrás de las nubes. No obstante, entendí que mi deber era poner a Georgije sobre aviso. Este interrogó al niño, que no negó que su abuelo lo hubiera estado llamando antes y aseguró que lo había visto mirándolo por la ventana. Georgije le dio órdenes terminantes de despertarlo si el viejo volvía a asomar por allí.

Todas esas tribulaciones no fueron óbice para que mi cariño por Zdenka creciera por momentos.

No había podido hablarle a solas en todo el día, de modo que, al caer la noche, la idea de mi pronta partida me afligió el corazón. La habitación de Zdenka estaba separada de la mía por un zaguán que conducía por un lado a la calle y, por el otro, al patio interior de la casa.

Ya mis anfitriones se habían ido a dormir cuando se me ocurrió dar un paseo por allí para despejar la mente. Al salir al zaguán de marras me percaté de que la puerta de la habitación de Zdenka estaba entreabierta.

No pude evitar pararme ante ella. El frufrú del vestido, tan evocador, me aceleró el corazón. Y enseguida me llegaron las palabras de una canción cantada a media voz. Era la despedida del rey de los serbios de su amada, a la que decía adiós para ir a la guerra:

> Oh, mi joven álamo, a la guerra me voy y tú me olvidarás.
> Son esbeltos y flexibles los arbustos que crecen al pie de la montaña, pero más flexible y esbelto es tu joven talle.
> Rojos son los frutos del serbal que mece el viento, pero más rojos aún tus labios son.
> ¡Y yo, en cambio, soy como un viejo roble sin follaje y mi barba es más blanca que la espuma del Danubio!
> ¡Tú me olvidarás, amada mía, y moriré de angustia, porque el enemigo no se atreverá a dar muerte al viejo rey!
> Y ahí su hermosa amada le respondió:
> «Juro que no te olvidaré jamás, que te seré fiel. Y si mi juramento violo, tú ven desde la tumba a chupar toda la sangre de mi corazón».
> A ello dijo el anciano rey: «¡Así sea!» Y a la guerra marchó. ¡Y muy pronto la hermosa en el olvido lo echó!

Zdenka dejó de cantar en este punto, como si le diera miedo terminar la canción. No pude contenerme. Aquella voz tan tierna, tan salida del alma, era la misma que la de la duquesa de Gramont... Y sin pensármelo dos veces empujé la puerta y entré en la habitación. Zdenka acababa de quitarse una especie de corpiño que llevan las mujeres de aquel país. Ahora solo llevaba una camisa cosida con hilos de oro y adornada con bordados rojos. Una sencilla falda a cuadros ceñida a su talle completaba su atuendo. Sus divinas trenzas rubias estaban deshechas, y así, semidesnuda, se la veía aún más hermosa que de costumbre. Aunque no mostró enojo alguno por mi irrupción, sí lucía turbada y se ruborizó ligeramente.

—¡Ah! ¿Por qué te apareces así? —me dijo—. ¿Qué pensarán de mí si nos ven aquí a solas?

—No temas, Zdenka, cariño mío —la tranquilicé—. Solo un saltamontes en la hierba o un abejorro de primavera serían capaces de escuchar las palabras que te diré.

—¡No, querido, no! ¡Márchate pronto! Si nos descubriera mi hermano, estaría perdida.

—No, Zdenka, no me iré de aquí hasta que me prometas que me amarás siempre, como la joven hermosa juró al rey en la canción que cantabas. Marcharé de aquí pronto, Zdenka, y nadie sabe cuándo nos volveremos a ver tú y yo... Te quiero más que a mi alma, Zdenka: ¡eres mi salvación! Y tuyas son mi vida y mi sangre. ¿Acaso no me regalarás una hora a cambio de ellas?

—En una hora pueden suceder muchas cosas —dijo Zdenka sin hurtar su mano del abrazo de las mías—. Tú no conoces a mi hermano —añadió con un estremecimiento—, y yo presiento que aparecerá aquí.

—No te afanes, Zdenka querida —le dije—, tu hermano está agotado después de tantas noches en vela y el viento que juega con el follaje lo habrá adormecido. Su sueño es profundo y larga es la noche. ¡Quédate una hora conmigo! Y después nos diremos adiós, ¡tal vez para siempre!

—¡Ah, no, no! ¡Que no sea para siempre! —dijo Zdenka nerviosa y pegó un salto de pronto alejándose de mí, como asustada de sus propias palabras.

—¡Oh, Zdenka! —exclamé yo—, ¡solo a ti te veo, solo a ti te escucho, y ya no soy dueño de mis actos: una fuerza superior se ha adueñado de mí! ¡Perdóname, Zdenka!

Y entonces, como poseído por la locura, la apreté contra mi pecho.

—¡No, no! ¡No te puedo considerar mi amigo! —exclamó ella zafándose de mi abrazo y corriendo a buscar cobijo en el rincón más distante.

No sé qué le respondí a eso, porque yo mismo me asusté de mi arrojo. Y no porque no me hubiera dado buenos réditos en otras situaciones semejantes, sino porque ni siquiera ardiendo de pasión era capaz de ignorar el profundo respeto que me inspiraba la pureza de Zdenka.

Es verdad que en un primer momento le regalé algunas pocas de las frases galantes que jamás torcieron el gesto a las bellas mujeres de la época, pero me frené enseguida, avergonzado, al percatarme de que la joven, en su llaneza, no alcanzaba a comprender el sentido puesto en ellas, uno que ustedes, señoras mías, habrían captado con media palabra.

Frente a frente estábamos, cuando la vi estremecerse y mirar despavorida a la ventana. Dirigí mi mirada en la misma dirección y me encontré con la cara de Gorcha. Inmóvil, nos vigilaba.

En ese mismo instante, una pesada mano se posó sobre mi hombro. Me di la vuelta. Era Georgije.

—¿Qué haces aquí? —me preguntó.

Desconcertado por la brusca interrogación le señalé a su padre, que nos miraba desde el otro lado de la ventana y se ocultó en cuanto Georgije lo atravesó con la mirada.

—Escuché los pasos del viejo y vine a advertir a tu hermana —le dije.

Georgije me clavó los ojos como si quisiera desentrañar mis pensamientos más recónditos. Después me tomó del brazo, me condujo a mi habitación y allí me dejó sin decir palabra.

A la mañana siguiente me encontré a toda la familia sentada a la mesa puesta frente a la puerta de la casa. Tomaban toda suerte de quesos y crema de leche.

—¿Dónde se ha metido el niño? —preguntó Georgije.

—Está en el patio jugando a matar turcos —respondió la madre—, su juego predilecto.

No había terminado la frase cuando la imponente figura de Gorcha apareció inesperadamente. El viejo salió del bosque, avanzó lentamente hacia nosotros y se sentó a la mesa. El mismo comportamiento que había mostrado el día de mi llegada allí.

—Sed bienvenido, padre —murmuró su nuera.

—Bienvenido —la secundaron Zdenka y Petar en susurros.

—Padre —dijo Georgije con voz firme, pero torciendo el gesto—, te estábamos esperando para rezar juntos. ¡Comienza!

El viejo frunció el ceño y nos dio la espalda.

—¡Recemos ahora mismo! —lo apremió Georgije—. Haz la señal de la cruz ahora mismo o te juro por san Jorge que...

Zdenka y su cuñada se inclinaron hacia el anciano rogándole que pronunciara el rezo.

—No, no y no —protestó el viejo—. ¡No tiene ningún derecho a exigirme nada! Y como lo vuelva a hacer, ¡lo maldigo!

Georgije se levantó de un salto y entró en la casa, pero volvió enseguida con los ojos encendidos de furia.

—¿Dónde está la estaca? —gritó—. ¿Dónde la habéis escondido?

Zdenka y Petar se miraron.

—¡Muerto! —le gritó Georgije al viejo—. ¿Qué le hiciste a mi hijo mayor? ¡Devuélveme a mi hijo!

A medida que hablaba, su rostro palidecía todavía más y sus ojos se inyectaban de fuego.

El viejo, inmóvil, le clavó sus ojos llenos de rabia.

—¿Y la estaca? ¿Dónde está la estaca? —volvió a preguntar Georgije a gritos—. ¡Quien la haya escondido responderá por todo el mal que se cierne sobre nosotros!

En ese mismo instante escuchamos la risa alegre y cantarina del hijo pequeño, que irrumpía en la escena a horcajadas sobre la estaca de la que a duras penas tiraba, mientras con su débil vocecita infantil emitía el grito de guerra que los serbios profieren cuando se abalanzan sobre sus enemigos.

Los ojos de Georgije querían salirse de las órbitas. Arrancó la estaca de las manitas del niño y quiso arrojarla sobre su padre. Pero el viejo ya había echado a correr hacia el bosque a una velocidad que parecía completamente sobrehumana para alguien de su edad.

Georgije se puso a correr tras él y muy pronto los perdimos de vista a ambos.

Cuando Georgije regresó a la casa, pálido como la muerte y con el cabello desordenado, ya se había puesto el sol. Tomó asiento junto a la estufa y creí percibir que le castañeaban los dientes. Nadie se atrevía a preguntarle nada. Pero llegó la hora en la que la familia solía recogerse. Georgije ya parecía haber recuperado el dominio de sí y apartándome a un lado me dijo como si tal cosa:

—Querido huésped, hoy he estado en el río y ya no trae hielo, así que no existe impedimento alguno para que te marches. No hace falta que te despidas de nadie aquí —me dijo mirando significativamente a Zdenka—. Te deseo toda la felicidad del mundo y Dios quiera que guardes un buen recuerdo de nosotros. Mañana al rayar el alba estará ensillado tu caballo y un guía te estará esperando. Adiós, pues. Tal vez algún día recuerdes a tus anfitriones y no nos guardes rencor por estos días turbulentos: no hemos podido regalarte otros.

En aquel preciso instante, los duros rasgos del rostro de Georgije expresaban algo parecido a la cordialidad. Me acompañó hasta mi habitación, me estrechó la mano por última vez. Después se estremeció otra vez y sus dientes castañearon como si tuviera frío.

Como pueden imaginar, la idea de dormir no me visitó cuando me quedé ya a solas en la habitación. Los pensamientos se arremolinaban en mi mente. No era la primera vez que me sentía enamorado. Había conocido los impulsos irrefrenables de la pasión y los ataques de angustia y celos, pero jamás, ni siquiera al separarme de la duquesa de Gramont, había sentido un dolor como el que me estaba desgarrando el corazón. No alumbraban aún las primeras luces del alba cuando ya me había vestido para el camino y quise intentar ver a Zdenka una última vez. Pero Georgije ya me esperaba en el zaguán y con su presencia se desvanecieron todas las esperanzas de verla de nuevo.

Me subí al caballo y partí al galope. Me había hecho la promesa de volver a parar en aquella aldea a mi regreso de Jassy y esa esperanza, por lejano que estuviera el momento de su consumación, disipó un poco mi tristeza. Ya pensaba con delectación en el día de mi regreso y la imaginación poblaba mi mente de toda suerte de detalles, cuando el caballo hizo un movimiento brusco que me hizo caer de la silla. La bestia se quedó clavada, avanzó las patas delanteras, resopló ruidosamente, avisando de un peligro próximo. Agucé la vista y vi a un centenar de metros por delante de nosotros a un lobo que hozaba la tierra. Asustado al vernos, el lobo echó a correr, así que clavé las espuelas en los ijares de mi caballo y le obligué a avanzar. Al llegar al punto donde había estado el lobo, vi una tumba recién cubierta de tierra. Tuve la impresión de que de los terrones que removía el lobo sobresalía una estaca dos palmos. Sin embargo, eso es algo que no puedo jurar, porque enseguida salimos al galope dejando todo aquello atrás.

En ese punto el marqués calló y tomó otra porción de tabaco.

—¿Y es todo? —preguntaron las damas.

—¡Oh, no! ¡Por desgracia, no! —respondió d'Urfé—. Todo lo que me resta ahora por contarles son los más dolorosos de mis recuerdos y mucho pagaría yo por despedirme algún día de ellos.

Los asuntos que me llevaron a Jassy acabaron reteniéndome allá más de lo que había previsto. Medio año tardé en darles el debido curso. ¿Qué les puedo decir? Por penoso que me resulte, no puedo dejar de reconocer la prístina verdad de que no hay en el mundo pasiones que sean eternas. El éxito de las negociaciones que conduje, las felicitaciones que recibí desde el gabinete de Versalles y, en definitiva, la política, esa misma política de la que tan hartos estamos estos días, acabó borrando de mi mente el recuerdo de Zdenka. Por si eso fuera poco, la esposa de nuestro anfitrión en Moldavia, una mujer muy hermosa que dominaba nuestra lengua a la perfección, enseguida me honró distinguiéndome entre el resto de jóvenes extranjeros que nos encontrábamos en Jassy. Educado como fui en las reglas de la galantería francesa y con sangre gala corriéndome por las venas, me habría repugnado la sola idea de no responder con total agradecimiento a la benevolencia que la bella mujer me dispensaba. De modo que con todo tacto respondí a esas señales de atención y, con tal de mejorar mis oportunidades de defender los derechos e intereses de Francia, comencé a tomar como míos los derechos y los intereses del anfitrión moldavo, su marido.

Cuando me convocaron por fin desde París, emprendí el camino de regreso siguiendo la misma ruta que me había llevado a Jassy.

Ya no había sitio en mi mente entonces ni para Zdenka ni para su familia, pero al pasar por unos campos una noche escuché a lo lejos ocho campanadas cuya música me resultó familiar. Pregunté a mi acompañante, quien me dijo que el sonido provenía de un monasterio cercano. Inquirí entonces de qué monasterio se trataba y al escuchar que era el de la Virgen del Roble aceleré la marcha de los caballos y poco después llamábamos a las puertas del recinto religioso. El monje nos recibió y nos acompañó a la estancia destinada al descanso de los viajeros. Había tantos peregrinos reunidos allí que perdí enseguida las ganas de pasar la noche en aquel lugar y pregunté a nuestro anfitrión si podría encontrar alojamiento en la aldea vecina.

—Oh, sí, alojamientos libres encontraréis —dijo el eremita con un suspiro—, si toda la aldea ha quedado vacía por culpa de Gorcha, ¡maldito sea!

—¡¿Qué dice?! —le pregunté—. ¿Acaso todavía vive el viejo Gorcha?

—¡No! ¡Gorcha bien enterrado está y con una estaca clavada en el corazón! Pero antes de morir le chupó toda la sangre al hijo de Georgije, su nieto. El chico volvió una noche, se puso a llorar ante la puerta de casa, a quejarse del frío y a pedir por su madre. Y ella, la misma tonta que lo había enterrado, no tuvo la presencia de espíritu necesaria para invitarlo a volver al cementerio y lo dejó entrar. Y ahí el niño se arrojó sobre ella y le chupó toda la sangre. Después de que la hubieran enterrado, también ella volvió a la casa, le chupó la sangre al menor de sus hijos y después hizo lo propio con su marido y su cuñado. ¡Los condenó a todos!

—¿Y qué fue de Zdenka? —pregunté yo.

—Ah, aquella se volvió loca de remate, la pobre. ¡Una calamidad, la chiquilla!

Aun cuando su respuesta me pareció algo vaga, preferí no indagar más.

—Los vurdalaks son contagiosos —continuó el eremita y se persignó—. No sabe cuántas familias de la aldea han sufrido ese contagio, cuántas han visto morir hasta al último de sus miembros. Usted haría bien en escuchar mi consejo y quedarse a pasar la noche aquí, en el monasterio, porque si se va a la aldea, lo mismo lo devoran los vurdalaks, que le dan tal noche terrorífica que tendrá la cabeza blanca de canas antes de que yo haya llamado a maitines. No soy más que un pobre monje —continuó—, pero la generosidad con la que me regalan los viajeros es la misma que me permite proveerlos bien. Tengo un queso espléndido, pasas que le harán la boca agua y unas cuantas botellas de vino de Tokai que ni el santísimo patriarca las descorcha mejores.

A esas alturas, tuve la impresión de que el eremita se había convertido en un posadero. Y supuse que las historias de terror que me había contado antes solo estaban motivadas por su deseo de que yo decidiera agradar al Cielo regalando anticipadamente mi generosidad a los viajeros futuros que tantos bienes regalarían al santo hombre como para que se permitiera regalárselos él después a otros.

Por si ello fuera poco, la palabra «terror» producía en mí el mismo efecto que el toque de clarín en un caballo bravo del ejército. Me habría dado vergüenza no tomar inmediatamente el camino de la aldea. Mi acompañante, entretanto, me rogó que le autorizara a permanecer en el monasterio, un ruego que por supuesto atendí.

Llegar a la aldea me tomó una media hora. La encontré desierta. No había luz en ninguna ventana, no se escuchaba una sola canción. Pasé en silencio junto a la hilera de casas de las que muchas me resultaban conocidas y me detuve delante de la de Georgije. Ya fuera porque me rindiera a los tiernos recuerdos de mi estancia anterior o porque me moviera mi arrojo juvenil, el caso es que decidí pernoctar precisamente allí.

Salté del caballo y llamé al portón. Nadie respondió. Lo empujé, chirriaron las bisagras y entré al patio.

Sin desensillar el caballo, lo até bajo un voladizo y, tras haberme asegurado de que contaba con suficiente forraje para que comiera, eché a andar hacia la casa familiar.

Todas las puertas de las habitaciones estaban abiertas, pero nada indicaba que alguien viviera en ellas. Tan solo la habitación de Zdenka daba la impresión de que su inquilina se hubiera marchado de ella la víspera. En la cama había unos vestidos revueltos. Unas pocas joyas que yo le había regalado, y entre ellas la cruz esmaltada que compré al pasar por Pest, brillaban a la luz de la luna en una mesilla. Por mucho que ya mi amor por ella fuera cosa pasada, sufrí un estremecimiento.

Como quiera que venía a descansar, me arropé con la capa que llevaba y me tumbé en el lecho. El sueño se apoderó de mí muy pronto. No recuerdo ya los detalles del sueño que me visitó, pero sí que en él aparecía Zdenka tan hermosa, sencilla y amorosa como siempre. Al mirarla me resultaba imposible no recriminarme por mi egoísmo y frivolidad. Y me preguntaba, tanto como alcanzaba a hacerlo en un sueño, por qué había abandonado a aquella criatura encantadora que tanto me había amado y cómo fui capaz de olvidarla. Pronto su imagen acabó fundiéndose con la de la duquesa de Gramont y ambas se convirtieron en una sola mujer. Me vi caer a los pies de Zdenka e implorarle su perdón. Un sentimiento indescriptible de tristeza y amor se apoderó de repente de todo mi ser, de toda mi alma.

Tal era el curso de mi sueño, hasta que un sonido armónico que se asemejaba al de la brisa barriendo los campos, me sacó a medias de él. Me pareció escuchar el melódico roce de los juncos empujados por el viento y el canto de los pájaros que se fundía con el estruendo de la cascada y el susurro del follaje. Pero enseguida todos aquellos sonidos vagos resultaron confluir en el frufrú de un vestido mujer; corté de golpe el ritmo de mi especulación y abrí los ojos. Zdenka estaba delante de mí, de pie junto a la cama. La luna alumbraba con tal brillo que ahora podía distinguir, aun en la duermevela, hasta los más recónditos detalles de la belleza que tan cara me había sido antes, apreciar todo lo que habían valido para mí. A Zdenka la encontré todavía más bella, más madura. Ahora volvía a estar solo vestida a medias como la última vez que la vi: llevaba una sencilla blusa de seda bordada con hilos dorados y una falda ceñida a su talle.

—Zdenka —exclamé sin levantarme del lecho—. Zdenka, ¿eres tú?

—Sí, soy yo —me respondió ella en voz baja con un deje de tristeza—. Soy yo, tu Zdenka, la Zdenka a la que echaste en el olvido. ¡Oh, ¿cómo es que no viniste antes?! Ahora ya todo está acabado y debes marcharte sin demora. ¡Un minuto más y estarás perdido! ¡Adiós, cariño mío! ¡Para siempre, adiós!

—Zdenka —le dije—, me han dicho que cargas con un dolor muy grande. Acércate, hablemos, ¡te sentirás mejor!

—Ay, amor mío —susurró ella—, no hay que creer todo lo que nos dicen. Tú vete, vete ahora mismo, porque si te quedas no escaparás a la desgracia.

—¿De qué desgracia hablas, Zdenka? ¿De veras no me puedo quedar aquí una hora, una hora siquiera, para hablar contigo?

Un estremecimiento la sacudió. Y una extraña transformación se operó en ella.

—Sí, claro, una hora —dijo. Y añadió—: Una hora como aquella en la que me escuchaste cantar la canción del viejo rey y te apareciste en esta misma habitación… ¿Es esa la hora que me pides? Bien, bien, ¡quédate otra hora más aquí! Oh, mejor no. ¡Oh, no! —se corrigió a sí misma de repente, como si tomara consciencia de algo—: ¡Márchate! ¡Márchate! ¡Vete ahora mismo, ¿me oyes?! ¡Corre antes de que sea tarde!

Cierta energía salvaje animó los rasgos de su rostro de repente.

Yo no alcanzaba a entender la razón que la movía a decir aquellas cosas, pero lo cierto es que se veía tan tremendamente hermosa que decidí desoír su llamado y permanecer allí. Ella, por su parte, cedió a mis ruegos, tomó asiento junto a mí y, cuando rememoramos el pasado, me reconoció, sonrojándose, que se había enamorado de mí desde el primer momento en que me vio. Entretanto, la enorme transformación que se había operado en ella me fue resultando cada vez más evidente. La poquedad de antaño había mutado en una extraña desenvoltura en el trato. En su mirada, tan apocada antes, se advertía ahora la insolencia. Y la manera en que se comportaba conmigo indicaba que poco quedaba en ella de la timidez que la distinguía antaño.

«¿Sería que Zdenka no era ya la joven pura e inocente que conocí dos años atrás?», me pregunté. Y también me dije: «¿Será que solo disimulaba por temor a su hermano? ¿Habré sido vilmente engañado por su noble apariencia? Pero, si eso fuera así, ¿por qué me animaba ahora a marchar de allí a toda prisa? ¿O sería aquello una treta urdida desde la coquetería? ¡Y yo que me había creído que la conocía bien!»

«¡Mas ¿qué más da?! —pensé por fin—. Si Zdenka no es la Diana que imaginé, puedo compararla con otra diosa no menos encantadora. ¡Y no hace falta decir que encarnaré con más gusto el papel de Adonis que el de Acteón!»

Si esa sentencia clásica con la que me complací les parece pasada de moda, señoras mías, tengan en cuenta que lo que les cuento sucedió en el verano de 1759. En aquel entonces la mitología estaba muy en boga y la verdad es que yo nunca he tenido ganas de adelantarme a mi siglo. Todo ha cambiado mucho desde entonces y no hace tanto que una revolución suprimió tanto la memoria pagana como las creencias cristianas y las sustituyó por el culto a la diosa Razón. Esa diosa, señoras mías, nunca ha sido mi patrona cuando me encuentro rodeado de mujeres como ustedes, y en la época de la que les hablo me sentía mucho menos inclinado a ofrecerle sacrificios que en cualquier otro momento de mi vida. De modo que me rendí ciegamente al sentimiento que me inspiraba Zdenka, ella dio rienda suelta a su coquetería y yo le seguí el juego. Después de un rato gozando de esa embriagadora intimidad, entretenido adornándola con las joyas que le había regalado, me dispuse a colgarle del cuello el pequeño crucifijo esmaltado que encontré en su mesilla. Al acercarle la joya, Zdenka se estremeció y se apartó bruscamente.

—¡Basta ya de jueguecitos, cariño! —protestó—. Deja esas fruslerías ya. ¡Hablemos de ti, de tus planes!

La incomodidad que mostró me puso en guardia. Un examen más detenido me hizo reparar en la ausencia de cualquier imagen religiosa o relicario colgando de su cuello, cuando es tan habitual que la gran mayoría de serbios los lleven desde la infancia hasta el último de sus días.

—¿Qué se ha hecho de las imágenes que llevabas antes en el cuello, Zdenka? —le pregunté.

—Las perdí —respondió ella con el gesto torcido y cambió la conversación enseguida.

Un oscuro presentimiento se apoderó de mí, pero no supe adoptar una resolución enseguida. Al final, decidí marcharme, pero Zdenka me retuvo.

—¿Qué es esto? —protestó—. ¡Me pides que me quede una hora más contigo y ahora eres tú el que se marcha!

—Es que llevabas razón, Zdenka, cuando me instabas a marchar. Estoy escuchando un ruido que no me gusta nada. ¡Tengo miedo de que nos sorprendan juntos aquí!

—No temas, amado mío, todos duermen ya. Tan solo un saltamontes en la hierba o un abejorro echado a volar se enterarían de lo que te digo.

—¡No, no, Zdenka! ¡Tengo que marcharme ya de aquí!

—¡Espera, espera! —imploró Zdenka—. ¡Te quiero más que a mi alma, más que a mi redención! ¡Y un día me dijiste que míos son tu vida y tu sangre!

—Pero tu hermano vendrá, Zdenka. ¡Presiento que vendrá!

—¡Tú cálmate, amor mío! Mi hermano duerme, lo mece el viento que juega con el follaje. Su sueño es profundo y larga es la noche. ¡Quédate una hora más junto a mí, te lo ruego!

Zdenka estaba tan hermosa cuando decía esas palabras que el terror insoportable que se había apoderado de mí cedió al deseo de quedarme junto a ella. Una sensación indescriptible, una suerte de mezcla de temor y deseo, colmó todo mi ser. A medida que mi voluntad se relajaba, Zdenka era más cariñosa aún y acabé decidiendo ceder a su ruego, aunque me prometí mantenerme en guardia. No obstante, como acabo de decirles, nunca fui razonable más que a medias y cuando la joven, notando mis reservas, me ofreció poner coto al frío nocturno con unos cuantos vasos de buen vino, que me aseguró le había proporcionado un eremita generoso, fue tal el entusiasmo con el que le mostré mi conformidad que sonrió satisfecha. El vino hizo lo suyo. A partir del segundo vaso, la impresión negativa que me había dado la desaparición de las imágenes religiosas y su renuncia a llevar la pequeña cruz se disipó por completo. Vestida con descuido, el hermoso cabello revuelto y las joyas refulgiendo bajo la luz de la luna, Zdenka me parecía sencillamente divina. Incapaz de embridar más mi deseo, la apreté entre mis brazos.

En ese punto, señoras mías, recibí una de esas misteriosas revelaciones cuya razón soy incapaz de explicar, pero en las que, obligado por la experiencia, comencé a creer involuntariamente desde entonces, aunque antes siempre las desdeñé.

Fue tal la fuerza con la que abracé a Zdenka que el propio impulso hizo que la pequeña cruz que antes les mostré, la que me había dado la duquesa de Gramont cuando nos despedimos, se me clavara en el pecho como una lanza. El agudo dolor que sentí en ese instante fue como un rayo de luz que lo aclaró todo en torno a mí. Miré a Zdenka y comprendí que sus rasgos, si bien todavía con huellas de su hermosura, estaban deformados por los tormentos de la muerte, constaté que sus ojos ya no veían y observé que su sonrisa ya no era más que una mueca impresa por la agonía en el rostro de un cadáver. Y en ese mismo momento sentí un olor nauseabundo en la habitación, como el que despiden los sepulcros mal cerrados. Y la terrible verdad se presentó ante mí de repente en toda su evidencia, y entonces, si bien tarde, recordé las advertencias que me había hecho el monje. Comprendí de golpe lo peligroso de mi situación y cobré consciencia de que mi suerte iba a depender, por igual, del arrojo y la templanza que consiguiera mostrar. Aparté la vista de Zdenka: no quería que se percatara del horror que estaría dibujado en mi semblante. Mis ojos se quedaron clavados en la ventana a la que estaba asomado el terrible Gorcha, mirándome fijamente con sus ojos de hiena apoyado en una estaca ensangrentada. El rostro exangüe de Georgije, que en aquellos momentos terribles parecía idéntico al de su padre, se recortaba sobre la otra ventana. Daba la impresión de que ambos estudiaban cada uno de mis movimientos y no tuve la menor duda de que si intentaba escapar a la carrera se abalanzarían sobre mí. Consciente de ello, no di señales de haberme percatado de su presencia y, con enorme esfuerzo de mi voluntad, me obligué, señoras mías, a seguir prodigando a Zdenka las caricias con las que llevaba un buen rato regalándola. Entretanto, pensaba, angustiado y muerto de miedo, en la manera de escapar de allí. Me percaté de que Gorcha y Georgije intercambiaban miradas impacientes con Zdenka. Por lo visto, estaban hartos de esperar el desenlace. Al otro lado de la pared, escuché la voz de una mujer y los aullidos de dos niños, cuyo timbre era tan espeluznante que más parecía el de dos gatos salvajes.

«Tengo que salir de aquí, y cuanto antes lo haga, mejor», me dije para mis adentros.

Entonces dije a Zdenka alzando la voz para que su tenebrosa parentela escuchara mis palabras:

—Estoy exhausto, cariñito mío, y quiero tumbarme a dormir unas horas, pero deja que vea primero si mi caballo se comió todo el forraje. ¡No te muevas de aquí y espérame, te lo ruego!

Rocé con los míos sus labios gélidos, inertes, y salí al exterior. Mi caballo me recibió con los belfos llenos de espuma y pugnando por zafarse de las riendas que lo sujetaban. No había tocado el forraje y el relincho desesperado que dio al verme me heló la sangre en las venas: me horrorizó pensar que fueran a descubrir mi intención de escapar. Sin embargo, los vampiros, que probablemente habían escuchado las palabras que dirigí a Zdenka, no parecían alarmados. Comprobé que el portón estaba abierto, salté sobre la silla y clavé los talones en los ijares del caballo.

Al salir vi que alrededor de la casa se había reunido un grupo numeroso de vecinos y que la mayoría de ellos se agolpaban frente a las ventanas. Mi súbita fuga pareció confundirles en un primer momento, porque durante un rato no escuché más sonido rompiendo el silencio de la noche que el de los cascos de mi caballo golpeando el suelo acompasadamente. Y a punto estaba ya de felicitarme de la buena fortuna que me había regalado mi astucia cuando escuché detrás de mí un ruido que salía de las montañas, como el rugido de un huracán. Miles de voces confusas gritaban y chillaban, como en una endemoniada disputa. Después, como puestas de acuerdo, callaron todas al unísono y solo me llegó el sonido de unas zancadas acuciantes, como si un pelotón de infantería se aproximara a mí con paso veloz.

Espoleé mi montura clavándole los tacones sin piedad. Un fuego febril me hacía hervir la sangre, todo mi cuerpo estaba en tensión y tenía que hacer un gran esfuerzo para no rendirme a la presión del momento. En eso escuché una voz que le hablaba a mi espalda:

—¡Espera, aguarda, espérame! ¡Te amo más que a mi alma, más que a mi redención! ¡Espera, espera! ¡Tuya es mi sangre!

Y sentí enseguida el aliento gélido de Zdenka, que había saltado a la grupa de mi caballo.

—¡Corazón mío! ¡Cariño mío! —decía—. ¡Solo para ti tengo ojos, solo a ti te deseo, ya no soy dueña de mí, porque una fuerza superior se ha apoderado de mi voluntad! ¡Perdóname, amado mío, perdóname!

Zdenka me rodeó con sus brazos y tiró de mí pugnando por clavar sus colmillos en mi cuello. Nos enfrascamos en una pelea larga y encarnizada. Me costó mucho oponerle resistencia, pero al final conseguí asirla de la falda con una mano y de las trenzas con la otra y, apoyándome en los estribos, la arrojé a tierra.

Ahí ya me abandonaron las fuerzas y caí en el delirio. Un millar de imágenes tan disparatadas como terribles y rostros contraídos en horribles

muecas me perseguían. Al principio eran Georgije y su hermano Petar quienes corrían por los lados del camino intentando cortarme el paso. Ambos fracasaron en su intento y, cuando ya me disponía a celebrarlo, me di la vuelta y vi al viejo Gorcha que, apoyado en la estaca que portaba, iba pegando saltos como hacen los tiroleses para salvar los barrancos cuando se mueven por sus montañas. Pero también Gorcha acabó quedando atrás. Ahí le tocó el turno a su nuera, que venía tirando de sus dos hijos y le arrojó uno a Gorcha, quien lo ensartó con la estaca y, ayudándose de ella como de una palanca, me lo arrojó queriendo alcanzarme con él. Conseguí zafarme, pero la bestiecilla logró adherirse al cuello de mi caballo, como lo habría hecho un avieso bulldog, y mucho me costó separarla. Me lanzaron tambien al otro niño, pero cayó bajo los cascos del caballo, que lo aplastaron enseguida. No recuerdo qué ocurrió después, pero cuando recuperé el conocimiento ya era de día y yo estaba tumbado en medio del camino con mi caballo agonizando a mi lado.

Y así llegó a su fin, señoras mías, una historia de amor que debió haberme quitado para siempre las ganas de vivir alguna otra. Pero no seré yo, sino algunas contemporáneas de sus abuelas, quienes les dirán si aquellas peripecias me tornaron más prudente.

Sea como fuere, todavía hoy me estremezco al pensar que, de haberse salido mis enemigos con la suya, yo sería ahora un vampiro. Pero no lo quiso así el Cielo y por eso ahora, señoras mías, no solo no siento sed de su sangre, sino que aun siendo lo viejo que soy, muy dispuesto estoy a derramar la mía por ustedes.